रायता फैल गया

(उपन्यास)

रायता फैल गया

कविता झा

ISBN : 978-81-946538-4-4

प्रकाशक:
हिंद युग्म ब्लू
सी-31, सेक्टर-20, नोएडा (उ.प्र.)-201301
फ़ोन- +91-120-4374046

मुद्रक : थॉमसन प्रेस, दिल्ली
कला-निर्देशन : विजेन्द्र एस विज

पहला संस्करण : 2021
मूल्य : ₹150

Rayata Fail Gaya
A novel by *Kavita Jha*

Published By
Hind Yugm Blue
C-31, Sector-20, Noida (UP)-201301
Phone- +91-120-4374046
Email : sampadak@hindyugm.com
Website : www.hindyugm.com

First Edition : 2021
Price : ₹150

#1#

"धाँय-धाँय-धाँय..."

इस बेरहम आवाज ने इत्मीनान से ऊँघ रहे सन्नाटे के चिथड़े उड़ा दिए, शांतिपुर में सनसनी फैल गई। गोलियों की आवाज ने आस-पास के सरकारी ऑफिस में दिन-दहाड़े ऊँघते बाबुओं की नींद में खलल डाल दिया। आवाज सुनकर कुछ बाबू आपस में 'कौन बनेगा करोड़पति' की तर्ज पर सवाल-जवाब खेलने लगे, तो कुछ बिना हिले-डुले राष्ट्रीय विकास की गति की तरह ऊँघते रहे, कुछ जागरूक अलसायी सरकारी आँखों ने दिन के उजाले के दर्शन किए, थोड़ा बुदबुदाए और फिर अपनी सौतन फाइलों के सीने पे गाल सटाकर आँखे बंद कर लीं।

शांतिपुर थाने में तालियों की गड़गड़ाहट के बीच आवाजें सुनाई देने लगीं, "वन्स मोर सर, वन्स मोर..."

"अरे नहीं भाई और नहीं, डिपार्टमेंट को गोलियों का हिसाब देना पड़ता है। दूसरों को भी तो मौका मिलना चाहिए। दुलाल बाबू अब तुम्हारा चांस है निकालो अपनी तमंचा जान को पर्दे से बाहर, भीतर पड़े वह बुढ़ा जाएगी। आज हम भी देखे आपकी तमंचा जान के जलवे।"

"नहीं सर, आज मूड नहीं है, फिर कभी।"

"मूड नहीं है, क्या हो गया तुम्हारे मूड को? रिवॉल्वर चलाने के लिए कह रहे हैं, तुम हो कि जाने क्या समझ रहे हो।" खी-खी कर हँसते हुए बोला, "उसे खड़ा करोगे तभी तो मूड बनेगा बेचारी को हमेशा सुला के ही रखते हो, जगाओ उसे, फिर देखो कैसे मूड बनता है।"

"नहीं सर आज नहीं, सुबह से बाईं आँख फड़क रही है।"

"हमेशा कोई-न-कोई बहाना बनाकर बचते रहते हो, सोचो अगर किसी दिन

रिवॉल्वर चलाना पड़ा तब क्या करोगे? जब कोई बदमाश बंदूक तान के मारने आए तो उससे कह देना, टाइम प्लीज, फिर कभी मारेंगे तुमको आज मूड नहीं है, तुम आज रेस्ट करो!"

"सालों बीत गए पुलिस की नौकरी करते, कभी जरूरत नहीं पड़ी। अब ये सब करके क्या होगा?"

"रिवॉल्वर पकड़ने से डरते हो! रोज नया बहाना, ये खिलौना है, इससे कभी-कभी खेलना चाहिए। भट्टाचार्जी को देखो ये भी खेलता है इस खिलौने से, आज तो साला बउआ भी बंदूक पकड़ लिया। देखो कैसा किसन कन्हैया की तरह पानी के मटके को टुकड़े-टुकड़े कर दिया और एक तुम हो जो इसे देखकर दूर भागते हो।" मूँछों पर ताव देते हुए थाना प्रभारी बक्षी साहब ने दुलाल बाबू से कहा। उनकी बातों को सुन इंस्पेक्टर दुलाल के चेहर पर मुस्कुराहट की दस्तक हुई। मुस्कुराहट पूरी तरह निष्पक्ष थी, न तो उसमें तानों का समर्थन था, न ही विरोध का डंका फूँकने का इरादा, मुस्कुराहट भ्रष्टाचार की तरह चेहरे पर फैलती उससे पहले चेहरा सिमटकर पुलिसिया अंदाज में लौट आया।

कॉन्स्टेबल गोपीचंद्र ने कहा, "सर, पब्लिक डिमांड पर वन्स मोर हो जाए?"

"नहीं गोपी, आज के लिए शूटिंग खत्म।" और फिर अपनी सर्विस रिवॉल्वर को सुदर्शन चक्र की तरह घुमाया, रजनीकांत स्टाइल में रिवॉल्वर को हवा में उछाला, फिर उस रिवॉल्वर को जैसे-तैसे कैच किया। थाने में एक बार फिर तालियों की गड़गड़ाहट गूँज उठी। प्रशंसा से प्रसन्न हो देवानंद की स्टाइल में सभी का शुक्रिया अदा करते हुए अपनी सीट पर विराजमान हुए, उनके भार से कुर्सी कराह उठी। चूँ-चूँ चैं-चैं की आवाज में बिलखने लगी। अपनी सर्विस रिवॉल्वर को मेज पर रख थाना प्रभारी बीएन बक्षी ने क्लर्क रोमेश बाबू से पूछा, "क्या हुआ रोमेश बाबू, आप कुछ नहीं कहे, शॉट पसंद नहीं आया?"

बक्षी साहब द्वारा पूछे गए प्रश्न की लाज रखने की खातिर रजिस्टर से मुँह उठा रोमेश बाबू ने जवाब दिया, "भेरी गुड शॉट सर भेरी नाइस!" फिर उसी रजिस्टर में चेहरा छुपा लिया।

इस पर बक्षी साहब ने फिल्मी अंदाज में कहा, "रिवॉल्वर चलाने का कीमत तुम क्या जानो रोमेश बाबू, पुलिसवाले का आन है रिवॉल्वर, सरकारी वर्दी की शान है रिवॉल्वर, अरे मेरा तो जान है रिवॉल्वर। इसे हाथ में लेकर लगता है

मानो माधुरी दीक्षित को गले से लगा लिया हो।" डायलॉग खत्म होते ही एक बार फिर तालियों और वाह-वाह के शोर से शांतिपुर थाना गूँज उठा, "आप तो केवल कलम घिसिए रोमेश बाबू।" ताना मारते हुए बक्षी साहब ने रमेश बाबू से कहा, पर रोमेश बाबू पर उनकी बातों का कोई असर न हुआ। बिना कोई रुकावट उनका सिर रजिस्टर में डूबा रहा पहले की तरह।

"रिवॉल्वर चलाना साला बहुत मेहनत का काम है। देखो कितना घाम छूट गया, दास बाबू एक कप चाय पिलाई जाए।"

दास बाबू धैर्यवान व्यक्ति थे। नीति-कथाओं से लेकर जातक-कथाओं की धैर्य एवं संयम वाली मिट्टी के आपसी सहयोग एवं समन्वय से भगवान ने इनकी काया गठी थी। हमेशा सोच-समझकर कदम आगे बढ़ाते, एक-एक कदम जमीन पर फूँक-फूँककर रखते। इन्हें चलता हुआ देख फिल्म 'जो जीता वही सिकंदर' के 'पहला नशा पहला खुमार' गाने के दृश्यों की याद आती।

इस गाने में सब कुछ स्लो मोशन में घटित हुआ था। दास बाबू की संयमित चाल के समक्ष ये गीत भी पुरी तरह लज्जित था। थाने से बाहर पैर निकाले हुए बमुश्किल पैंतालीस सेकेंड का समय बीता होगा। अचानक, 'खून-खून' चिल्लाते हुए, हवा की रफ्तार से दास बाबू उलटे पाँव थाने के अंदर घुस आए। उन्हें यूँ आता देख लगा मानो उनकी पूँछ में किसी ने आग लगा दी हो। दास बाबू के इस प्रकार दौड़ने के अविश्वसनीय और अद्वितीय दृश्य को देख किसी को भी अपनी आँखों पर विश्वास न हुआ। पर उनकी गति को देख सभी ये विश्वास करने के लिए विवश हो गए कि कुछ तो महाभयंकर घटा है, जिसने दास बाबू को धर्य को सीमा लाँघने पर मजबूर कर दिया। अनिष्ट की आशंका से सभी भयभीत हो गए। दास बाबू पर सभी की निगाहें ठहर गईं। सवाल पूछने की जिम्मेदारी बक्षी साहब ने अपने विशाल कंधों पर ली, "किया हुआ दास बाबू? आप इतना फुर्ती के साथ भागते हुए आए, सब ठीक तो है?"

दास बाबू ने बड़ी मुश्किल से शब्दों को अपने मुँह से खींचकर बाहर धकेला, "बाबू खून... ख... ख ख ख... खून हो गया..."

झल्लाकर बक्षी साहब ने कहा, "दुर्र पगला! थाने में ड्यूटी करते हैं और खून से डरते हैं! अरे ई सब तो चलता रहता है। जो ई सब नहीं होगा तो थाना पे ताला लगाकर सरकार इहाँ फूल का बागान बना देगी, फिर साला लभर्स लोग दिन रात यहाँ चोंच लड़ाएगा। फिर आप अपनी ये मतवाली चाल कहाँ चलेंगें?

होने दीजिए ये सब अच्छा चीज है।" उनकी बात पर सभी खी-खी कर हँस पड़े।

अपनी अधेड़ उम्र साँसों को थामते हुए दास बाबू ने बम फोड़ा, "बाबू... वह... थाना के बाहर मुर्गा का खून हो गया।"

"क्या?" सभी ने एक स्वर में दोहराया।

"मुर्गे का खून हो गया... वह भी थाना का बाहर में... अरे बाप रे!" सभी एक साथ दरवाजे की ओर लपके। थाने के गेट से पंद्रह फुट की दूरी पर खून से लथपथ मुर्गे की लाश पड़ी थी। सभी लाश को घेर खड़े हो गए और बारी-बारी से झुककर मुर्गे का बारीकी से निरीक्षण करने लगे। बउआ सिंह ने उँगलियों से सिर खुजाते हुए कहा, "सर फड़फड़ा रहा है, लगता है इसके अंदर अभी जान बाकी है।"

बउआ की बात को अनसुना कर थाना प्रभारी बक्षी साहब ने अपनी जिम्मेदारी की लगाम थामी, सवाल पुछने के लिए मुँह खोला ही था कि दुविधा उनके हृदय में चिकोटी काट गई। वे सोचने लगे कि पहले इसके इलाज का बंदोबस्त किया जाए या पूछताछ की जाए। वर्दी के भीतर से विवेक ने झाँक कर सलाह दी कि वे कानून के रक्षक हैं तो उन्हें कानून की रक्षा हेतु पहले पूछताछ करनी चाहिए, वैसे भी अस्पताल वाले बिना पुलिस को दौड़ाए इलाज थोड़े ही शुरू करेंगे, तो पहले पूछताछ कर लेते हैं। जिंदा या मुर्दा, इसे तो हर हाल में अस्पताल जाना ही है। दुविधा जिस रास्ते से आई थी उसी रास्ते से उसे उलटे पाँव रवाना कर दिया और झुककर घायल के साथ पूछताछ-पूछताछ खेलना आरंभ किया, "एई ठीक-ठीक बतलाओ तुम जिंदा हो या मर चुके हो?" सवाल सुनते ही मुर्गे ने आम आदमी की तरह प्रतिक्रिया देने के लिए उतावलापन दिखाया, अपनी शक्ति जुटाई, पर शक्ति थोड़ी कम पड़ गई। उसके होंठ फड़फड़ाए पर वॉल्यूम म्यूट रहा। उसकी बातें ऊपरवालों के कानों तक पहुँचने से पहले ही खामोश हो गईं।

भवों को मरोड़ते हुए सह थाना प्रभारी भट्टाचार्जी ने एक्सपर्ट कमेंट की तोप दागी, "सर इसका बात सुनाई नहीं दे रहा है, पर एक बात है ये अभी जिंदा है। इसके मरने में अभी देरी है।"

"ए ठीक-ठीक बताओ तुमरा मर्डर हुआ है या साला तुम सुसाइड का कोशिश किए हो?"

कॉन्स्टेबल गोपीचंद्र सिन्हा अपनी दाईं आँख की भवों को तिरछी कर गंभीर स्वर में बोला, "सर लाश के हाथ में हथियार नहीं है और इसे गोली लगी है

मामला तो मर्डर का लगता है।" फिर अपने दाएँ हाथ से दाएँ कान के ऊपरी भाग को रगड़ते हुए शकभरी नजरों से बक्षी साहब को देखने लगा। बक्षी साहब और गोपीचंद की नजरें आपस में टकराईं, सकपका कर बक्षी साहब ने नजरें दूसरी तरफ फेर लीं। फिर क्या था सभी शकभरी नजरों से एक साथ बक्षी साहब को देखने लगे। बक्षी साहब बगलें झाँकने लगे।

सभी शक करने में व्यस्त थे तभी रोमेश बाबू की थकी आवाज से उनके कानों में सुरसुरी मच गई, "सर रिपोर्ट में क्या लिखें, मर्डर या आत्महत्या?"

बक्षी साहब खतरनाक इरादे से रोमेश बाबू को घूरते हुए बोले, "चुप एकदम चुप्प। सोचने दो... अभी तो ये साला जिंदा है।"

"ठीक है सर, जब सोचना कंप्लीट हो जाए तो इन्फॉर्म कर दीजिएगा, लिख देंगे।" अपनी बात खत्म कर रोमेश बाबू थाने के भीतर चले गए और इत्मीनान के साथ अपना मुँह रजिस्टर में छुपा लिया।

"सर गोली सीधा माथा में जाकर घुस गिया है।" भट्टाचार्जी बोले।

"हूँ।" एक हाथ कमर पर और दूसरा हाथ सिर पर, मोहिनी मुद्रा में खड़े थाना प्रभारी ने अपनी उँगलियों को सिर पर आहिस्ता-आहिस्ता घुमाते हुए सामने खड़े दास बाबू को पैनी नजरों से पहले ऊपर से नीचे तक फिर नीचे से ऊपर तक देखा, देखने की क्रिया समाप्त कर उनसे महत्त्वपूर्ण प्रश्न किया, "आपके हिसाब से इस पर गोली कौन चलाया होगा, दास बाबू?"

सवाल सुनते ही दास बाबू के भीतर का डिटेक्टिव छलांग मारकर बाहर निकल आया और वहाँ मौजूद सभी के चेहरों को बारी-बारी से बड़े गौर से देखा। कुछ देर तक अपनी खुरदरी ठुड्डी को माधुरी दीक्षित की ठुड्डी समझकर प्यार से सहलाते रहे, फिर 'उँह' कहकर मुँह घुमा लिया।

"अरे बाप रे बाप! इस आदमी का आदत जो खराब हो गया है। साला इसीलिए पब्लिक पुलिस को गाली देता है। इसका हिम्मत देखो, ई साला पुलिसवाला से घूस माँगता है? बाप रे बाप क्या होगा इस देश का? सब लोग थोड़ा देर के लिए अपना मुँह दूसरा तरफ घुमा लो।"

ईमानदारी का सरे आम वस्त्र हरण होते देखने से बेहतर, उसे अनदेखा कर धर्म की लाज रखी जाए। घूस लेने वाले को, सिस्टम के हाथों विवश हो घूस देते भला वर्दी वाले कैसे देख पाते! तो झट सभी ने दूसरी तरफ अपना मुँह घुमा लिया। बक्षी साहब ने अपनी जेब से दस का नोट निकालकर दास बाबू के हाथ

पर जोर से पटक दिया। नोट देखते ही दास बाबू की तीसी बेशर्मी से बेपर्दा हो गई, अफसर के स्वामित्व वाले नोट के सामने तीसी की बेहयाई पर दास बाबू ने झट पर्दा डाल दिया, वैसे गौरतलब है कि दास बाबू के बत्तीस की जगह तीस ही दाँत थे। सामने के दो दाँत साथ छोड़कर जा चुके थे, इसीलिए तीसी कहा गया है। हलाँकि इसका कहानी के साथ कोई नैतिक या अनैतिक संबंध नहीं है, बस जानकारी के लिए बता दिया, वैसे तीसी से दास बाबू को बड़ा लाभ हुआ। मुँह खोलने पर उनके मुँह के भीतर वायु का बिना रोक-टोक आवागमन होता और बोलते समय स का फ हो जाता। इसी कारण इतने मॉडर्न होते हुए भी किसी को सर नहीं कहते, बाबू जैसे पुरातनकालीन शब्द से सभी का लिहाज करते। नोट जेब में रखते हुए दास बाबू बोले, "बाबू, लगता है कि गोली पुलिफ रिभाल्भर फे चली है।"

कह कर अपना मुँह बंद कर लिया। दास बाबू की नजरों में दस रुपया की इतनी ही औकात थी। उनका मानना था जब आजकल दस रुपये में एक किलो आलू नहीं मिलता है, तो इस हिसाब से दस रुपये में इतनी इन्फॉर्मेशन काफी है। दास बाबू मौलिक रूप से 'बाय वन गेट वन फ्री' वाली व्यवस्था के खिलाफ थे। अधिक जानकारी चाहिए तो और अधिक नोटों की बलि चढ़ाइए। दिमाग को बहलाने के लिए इतनी जानकारी काफी थी, सो बक्षी साहब ने उनसे कोई सवाल नहीं किया। इधर मुफ्त की सलाह देने के लिए गोपीचंद्र का दिमाग फड़फड़ाने लगा। थाने में सबसे बड़े इंटलेक्चुअल गोपी बाबू ही थे और इंटलेक्चुअल वही जो हर बात पर अपनी राय की टाँग घुसेड़े। दास बाबू की राय पर अपने विचारों की तशरीफ टिकाने के लिए वो विचारों से लैस था। बक्षी साहब भी दस रुपये की खरीदारी कर चुके थे, अब नींबू के साथ जबरन ली जानेवाली मुफ्त की मिर्च के लिए उतावले थे। गोपी की ओर देखकर बोले, "गोपी बाबू, आप को क्या लगता है, दास बाबू ठीक कह रहे हैं?"

"सर हमलावर का तो पता नहीं पर मुर्गे का मुँह थाने की तरफ है। गौर से देखने पर ये ज्ञात होता है कि ये थाने की तरफ देख रहा है।" सभी पुलिसवाले एक साथ मुर्गे की पीठ की तरफ चले गए। गोपी बाबू की बात को परखने के बाद सभी बक्षी साहब को देखने लगे।

गरजते हुए बक्षी साहब ने पूछा, "तुम्हारा मतलब क्या है गोपी?"

"सर मुर्गे की टाँगों को देखने के बाद पता चलता है कि ये थाने की ओर

जा रहा था और इसी दौरान इस पर किसी ने गोली दाग दी (मुर्गे की खोपड़ी की तरफ इशारा कर बोला) गोली सामने से चली है।" इतना सुनते ही बक्षी साहब ने अपनी पैंट की जेब से रूमाल निकाला और पसीना पोंछकर रूमाल जेब में रख लिया। उपस्थित थानावासियों ने धैर्यपूर्वक अपनी निगाहों से उनकी क्रियाओं पर नजर रखी। सभी क्रिया के समाप्त होने के इंतजार में जस-के-तस खड़े रहे।

"जो कहना चाहते हो एकदम झाड़कर साफ-साफ कहो, बीबी की तरह गोल-गोल बातें न करो।"

"सर, ऐसा मालूम होता है इस पर हमला थाना की ओर से हुआ है।"

सवालिया निगाहों का गठबंधन फिर एक साथ बक्षी साहब की तरफ उठा। बेचारे घबराहट के पसीने में बुरी तरह नहा चुके थे, दिन में तारे नजर आने लगे। गोपीबाबू ने आगे कहना शुरू किया, "मुर्गा मर्डर केस बनेगा। ड्यूटी से सस्पेंड, फिर जाँच, उसके बाद जेल!"

गोपी की बात खत्म हो इससे पहले थाना प्रभारी लड़खड़ाने लगे, दास बाबू का कंधा उनकी पहुँच में था सो झट अपना भार इनके कंधों पर डाल खड़े हो गए। दास बाबू इस वजन के बोझ से देश की अर्थव्यवस्था की तरह लड़खड़ाने लगे। उनकी हालत धोबी के गधे की तरह हो गई। बिना प्रतिक्रिया बेचारे बक्षी साहब का बोझ सहते रहे। इधर बक्षी साहब का दिल मेंढक की तरह उछलकर किसी बिल में घुस के बैठना चाहता था, पर दिल की भावनाओं को अमली जामा पहनाने के लिए ये सही वक्त नहीं था। आखिर अफसरी भी कोई चीज है, यही मौका है अफसरी का रौब झाड़ने का। आगबबूला होते हुए बक्षी साहब ने गोपीचंद से कहा, "एकदम चुप करो! साला जब मुँह खोलेगा तब फायरिंग करेगा, इतना शौक है फायरिंग तो बॉर्डर पे काहे नहीं चले जाते हो? कम-से-कम देश का गोलियों खर्चा तो बचेगा। तुम साला जिंदगी भर हवलदार का हवलदार ही रहेगा। जरा भी बुद्धि नहीं है, जरा आगे-पीछे देखकर बोला करो, मौका मिला और शुरू हो गए।" रौब झाड़ते-झाड़ते पसीने से पैंट गीली होने लगी। इधर दास बाबू बक्षी साहब के शरीर के भार तले उसी प्रकार दबे जा रहे थे जिस प्रकार विश्व बैंक के कर्जे तले हमारी अर्थव्यवस्था पिस रही है। जब वजन सँभालना असहनीय हो गया तो उन्होंने बक्षी साहब को अंदर चलने का इशारा किया। बक्षी साहब सीधे खड़े हो गए, दास बाबू को मालूम हुआ मानो कंधे से होकर माँस का ट्रक गुजर गया। बेचारे की सिंहल पसली काया में जीवन का संचार हुआ या

यूँ कहें कि जान में जान आई। लाश के पास खड़े बउआ सिंह ने बक्षी साहब से पूछा, "सर इसका क्या करना है, हस्पताल ले चलें क्या? साँस बाकी है अभी।"

"समस्या काफी गंभीर है, सब लोग थाना के अंदर आइए, बैठकर सोचते हैं कि क्या करना है।" बक्षी साहब ने बउआ को अंदर जाने का इशारा किया और वह दरवाजे की ओर लपक लिया।

आदेश सुनते ही सिवाय गोपी के सभी भगदड़ के साथ थाने में घुसने में व्यस्त हो गए। गिने-चुने चार लोग थे, पर भगदड़ मचाने लगे, और ऐसा करना अनिवार्य भी था वर्ना लोगों को उनकी नागरिकता पर संदेह होता। गोपी अपनी जगह से टस-से-मस नहीं हुआ तो बक्षी साहब लाल-पीले का बैलेंस एक समान रखते हुए बोले, "अरे ओ धर्मात्मा हरिशचंदर, अब तुमको लाने के लिए बारात का इंतजाम करना होगा? चुपचाप अंदर आओ और सोचो, अगर केस बना तो सभी इस मुर्गे की तरह बेमौत मारे जाएँगे।"

अपमान के तीरों से घायल गोपीचंद मुँह लटकाए मुर्गे के पास ही खड़ा रहा। वह दुखी था पर उसे दुख इस बात का नहीं था कि थाना प्रभारी ने उसे अपशब्द कहे, बल्कि इस बात पर क्रोध आ रहा था कि उसके जैसे महान जासूस के 'जासूसी दिमाग' की प्रशंसा करने के बजाय, उसे सबके सामने 'निर्बुद्धि' कह अपमानित किया। कुछ और कहा होता तो उसे बुरा नहीं लगता पर निर्बुद्धि... घर के पासवाली सात गलियों में उसके बुद्धिमत्ता की धौंस है और यहाँ उसे... सच कहा है किसी ने चिराग तले अँधेरा होता है।

उधर थाने में मीटिंग शुरू हुई। मीटिंग हमारे सिस्टम का संवैधानिक अधिकार है, हर समस्या का समाधान मीटिंग में मिलता है। हर जरूरी एक्शन से पहले होने वाले विचारों के विश्व युद्ध को मीटिंग कहते हैं। लोगों की दिमागी खुराफात जिसे आम भाषा में विचार कहते हैं, उसे सुनने और एक-दूसरे की टाँगें खींचने के दायित्व का सफलतापूर्वक निर्वाह करने के लिए मीटिंग अनिवार्य है। ये अहम इसलिए भी है, एक्शन के खेल में फेल होने पर आप दूसरे के सिर उनके दिए सुझावों का तंबूरा लटकाकर उस पर निशानेबाजी की नेट प्रेक्टिस कर सकते हैं। इसलिए मीटिंग की अनिवार्यता को देखते हुए मीटिंग शुरू की गई। गोपी को गायब देख बक्षी साहब बाहर चले गए और चार-पाँच मिनट बाद गोपी को संग लेकर लौटे और उन्होने मीटिंग की कमान सँभाल ली, "आज जैसा कि आप सभी जानते हैं कि हमारे थाने से गोली चली और एक मुर्गे को लगी। सरकार

हजार सवाल पूछेगी कि आखिर गोली क्यों चली, किस कारण चली? इस सवाल का जवाब ढूँढना हम सबकी सामूहिक जिम्मेदारी है।"

एक स्वर में सभी ने सवाल किया, "सामूहिक जिम्मेदारी?"

"हाँ सामूहिक जिम्मेदारी।"

दुलाल बाबू ने धीमे स्वर में कहा, "लेकिन गोली तो आप लोग चलाए थे।"

"हाँ गोली तो हम चलाए थे (भट्टाचार्जी की तरफ इशारा कर कहा) और ये भी चलाए थे (बउआ की तरफ हाथ फैलाकर कहा), ये जनाब भी हाथ साफ किए थे। अब ये कैसे पता चलेगा कि किसकी गोली से मरा है? हम सभी तो बस गोली चलाने के लिए चला रहे थे। (दुलाल से मुखातिब हो बोले) और आप भी तो थाने में थे, आप क्या कर रहे थे? मान लीजिए अगर हम गलत कर रहे थे तो आपका फर्ज था कि आप हमें रोकते। आप उस समय ड्यूटी पर थे, पर आप ने ऐसा नहीं किया, आप के खिलाफ भी लापरवाही का केस दर्ज होगा। जाँच हुई तो आप का जो आधा समय सामाजिक कार्यों में बीतता है उसका सारा पोल खुल जाएगा और मिस्टर दुलाल, आप की पत्नी का शॉपिंग का लिस्ट तो भारतीय संविधान से भी बड़ा है। जाँच होगी तो क्या जवाब दोगे सरकार को और तुम बउआ सिंह कहाँ से शुरू करें आप की रामायण का बखान, लंका कांड से या सुपर्नखा कांड से। साला इस थाने में लोग सबसे ज्यादा कम्प्लेंट तुम्हारे नाम पे दर्ज कराने आते हैं।"

बिना रुके बक्षी साहब एक ही बार में इतना सब बोल गए, सभी उनकी भाषण प्रतिभा के सामने नतमस्तक थे। सभी भाषण में इतना लीन हो गए कि ताली बजाने की औपचारिकता का भी भान न रहा। इधर बक्षी साहब की दशा ऐसी न थी कि तालियाँ न बजने का अफसोस करते, एक साँस में जितना बोल गए थे, उतना बोलने के बाद साँस लेना और छोड़ना आवश्यक हो गया। शरीर के दोनों भागों से साँस छोड़ने के बाद निर्वाण की स्थिति में पहुँच, अपने विचारों को सरलतापूर्वक लतियाकर आगे धकेलते हुए बोले, "इलाके में चलने वाला हर दूसरा नोट हमारी शक्लें पहचानता है। हमारे किए कांडों का बखान करते हुए मुँह गंधाता है। देखो, गोली चली है वह भी नियम-कानून को ताक पर रखकर पूरी लापरवाही के साथ। अब ये कहना मुश्किल है कौन दोषी है? पर गोली क्यों चली उसका क्या जवाब देंगे? सालों से यहाँ कोई ऐसा क्राइम नहीं हुआ कि गोली चलाई जाए।"

बउआ सिंह बीच में बोल पड़ा, "सर, मेरी गोली तो मटका पे जाकर ठहरी थी। आप दोनों का निशाना जाने कहाँ जाकर फिट बैठा, पता नहीं। पर सवाल ये है कि इस झमेले से निकला कैसे जाए? कुत्ता-बिल्ली तो है नहीं, मुर्गा मरा है, वह भी सरकारी गोली से।"

पूरे डेढ़ मिनट तक सभी मौन रहे। मौन तोड़ते हुए बक्षी साहब ने सभी को उपाय सोचने के लिए प्रोत्साहित किया। प्रोत्साहना पाकर सभी उपाय सोचने के बारे में गंभीरता के साथ सोचने लगे। हर सोचने वाले को पता था कि सोचना उसके बूते की बात नहीं पर सोचना हमारा राष्ट्रीय संस्कार है, इसलिए जैसे-तैसे सभी सोचने की कोशिशों में व्यस्त रहे। कभी मष्तिष्क के ऊपरी भाग को खुजलाते तो कभी कनपट्‌टी को, अंत में सभी ने सहयोग के मार्ग का अनुकरण करने का निश्चय किया और फिसड्डी परीक्षार्थियों की तरह सभी बगलें झाँकते हुए एक-दूसरे से इशारों में पूछने लगे कि बता तूने सोचा क्या है। सवाल के जवाब में उत्तरकर्ता विद्वानों-सी अकड़ दिखाने लगे, किसी ने अपनी सोच की नकल करवाने में दिलचस्पी नहीं दिखाई, अकड़ की आड़ में सभी ने नकलचियों से अपनी सोच को सुरक्षित रखा। काफी देर तक जब किसी के दिमाग का पत्ता नहीं खड़खड़ाया तो बक्षी साहब ने ऐतिहासिक घोषणा की, "दोस्तों, इस संकट की घड़ी में हमारा मार्गदर्शन करेंगे हमारे महान डिटेक्टिव गोपीचंद... गोपी बताओ क्या आइडिया है तुम्हारे पास?" गोपी खामोश रहा।

"गोपी... गोपी बाबू... श्रीमुख से कुछ कहिए वर्ना बोलने का मुहूर्त निकल जाएगा और एक बार मुहूर्त निकल गया तो सरकार सस्पेंड का डंडा भीतर डालकर सीधा कर देगी। जनता का नौकर बनने के बजाय सरकारी दामाद बन जनता को साला बना के रखा है न, सब हेकड़ी निकल जाएगी। जाँच की चक्की में घूमते रहेंगे सभी बैल की तरह, साला तेल निकाल देगा सिस्टम। जन्मकुंडली में राहु अपने पिछवाड़े फेविकोल लगाकर बैठ जाए और इसी थाने के सामने चाय बेचने की नौबत आए, उससे पहले मुँह का फाटक खोलो, गोपी बाबू।"

बुरे फँसे गोपी बाबू! औरों की तरह उनके दिमाग में भी किसी आइडिया ने झाँकने की फुर्सत नहीं दिखलाई, पर गोपी बाबू हार मानने वालों में से नहीं थे पूरे सोलह आने तिकड़मी थे। शरीर इंसान का था पर दिमाग शैतान का, ध्यानमग्न मुद्रा में चार कदम आगे चलकर फिर छह कदम पीछे आने के बाद गोपी ने अपने दिमाग की गाड़ी को बेलगाम दौड़ाना शुरू किया, "सभी गौर से सुनिए दरअसल

ये मुर्गा एक आतंकवादी था। इसका संबंध लश्कर-ए-तौयबा ग्रुप से था और एक बड़ी वारदात को अंजाम देने के इरादे से वह थाने की ओर आ रहा था। पुलिस और मुर्गे के बीच मुठभेड़ हुई और मुठभेड़ में इसे गोली लग गई और उसकी मौत हो गई। पुलिस की सूझ-बूझ और बहादुरी के कारण शहर एक बड़े आतंकी हमले से बाल-बाल बच गया।"

गोपी द्वारा किए गए विस्फोट से सभी की आँखे फट गईं। वो फटी आँखों से गोपी को देखते रहे। शांतिपुर थाना में अभी-अभी जो शब्दों की विस्फोटक ध्वनि गूँजी वह कभी किसी ने सपने में भी नहीं सोचा था। जिस थोने में कभी किसी ने मच्छरों को दौड़ाकर मारने की बात तक न सोची हो, न ही इस दिशा में सोचने की कोई कोशिश की, उस थाने में एनकाउंटर!

एनकाउंटर! गोपी की कहानी सुनने के बाद सालों से कब्ज के शिकार पुलिसवालों का पेट गुड़गुड़ाने लगा। रोमेश बाबू अपने रजिस्टर को बंदकर बाथरूम की दशा बदलने के लिए भाग गए। इंस्पेक्टर दुलाल ने सुन रखा था कि शैतानों के सिर पर सींग होते हैं अतः गोपी के सिर पर अदृश्य सींग ढूँढने की कोशिश में, गोपी द्वारे बुलाए गए नेचुरल काल को दबाए बैठे थे। नियंत्रण काबू से बाहर जाने की पूरी संभावना बनती जा रही थी। पर नियंत्रण बनाए रखने की कोशिशें युद्ध स्तर पर जारी थीं। इधर रोमेश बाबू थाने के इकलौते शौचालय की रजिस्टरी अपने नाम किए बैठे थे। बक्षी साहब की तालियों ने सभी की हैरानी के सिलसिले को तोड़ा, "जीनियस गोपी जीनियस!"

"थैंक्यू सर!"

भट्टाचार्जी बाबू ने बक्षी साहब से पूछा, "पर इसे आतंकवादी कैसे साबित करेंगे? इसे देखकर तो लगता है ये एक आम आदमी है।"

बक्षी साहब ने भट्टाचार्जी से कहा, "आतंकवादियों के सिर पर कभी सींग देखा है क्या, नहीं न, फिर परेशान क्यों हैं किसी के चेहरे पर लिखा नहीं होता है कि वह शरीफ है या आतंकवादी।"

"अगर इसका कोई पुलिस रिकॉर्ड नहीं निकला तो मुश्किल में घिर सकते हैं।"

गोपी ने कहा, "आतंकवादी का कोई रिकॉर्ड नहीं होता है इसीलिए कभी पकड़ में नहीं आते हैं। इसे हमें आतंकवादी बनाना है।" सब लाचार भाव से उन्हें घूरने लगे।

बक्षी साहब ने गोपी की पीठ थपथपाते हुए पूछा, "भेरी गुड गोपी, लेकिन एक बात बतलाओ कि इसे आतंकवादी बनाएँगे कैसे?"

"वेरी सिंपल सर, हमारे थाने में बहुत-सी चीजें बेकार पड़ी हैं, वो किस दिन काम आएँगी?"

सब एक ही थाली के चट्टे-बट्टे थे। सभी के चरित्र के मखमल पर भ्रष्टाचार का पैबंद लगा था। सभी का एक मकसद था हर हाल में अपनी गर्दन बचाए रखना, तो फिर इन्हें एक होने से भला कौन रोक सकता था। सभी ने गोपनीयता बनाए रखने की शपथ ली। गोपी के अलावे किसी की समझ में कुछ भी नहीं आया था। सभी ने अपने विचार और आचार करने की क्षमता को सूली पर टाँग दिया और समझदारी का दिखावा कर गोपी के पीछे हो लिए। स्वार्थ का गठबंधन अटल इरादे से आगे बढ़ा। ये इतिहास की पहली सरकारी मीटिंग होगी जो बिना चाय और समोसे के खत्म हुई।

मीटिंग खत्म होने के बाद अच्छी तरह दाएँ-बाएँ देख लिया कि कहीं कोई उनकी योजना तो सुन नहीं रहा है। कोई दिखाई न पड़ा। कमरे में गाँधी जी अपनी तस्वीर में साइड पोज में मुस्कुरा रहे थे। गाँधी जी अगर साइड प्रोफाइल से देखने के बजाए अगर फ्रंट साइड से देखने लगे तो शायद देश में ईमानदारी निडर होकर चहलकदमी करे।

मुर्गे की बेजान आँखें थाने को घूर रही थीं। उसकी आँखों को देख सभी एक पल के लिए सहम गए। गोपी के मार्गदर्शन में दोबारा हरकत में आए और खून में डूबी मुर्गे की लाश को सावधानी के साथ उठा उसका मुँह थाने की विपरीत दिशा की ओर कर दिया। लाश के पास एक बिना लाइसेंसी हथियार और शहर का एक नक्शा रख दिया। लाश की तलाशी ले उससे उसकी पहचान छीन ली गई और उसे नई पहचान थमा दी, वह अब एक आतंकवादी था। हड़बड़ी में मिशन एनकाउंटर सफलतापूर्वक समाप्त हुआ। थाना प्रभारी बीएन बक्षी ने फोन पर पुलिस मुख्यालय को तथाकथित एनकाउंटर की विस्तार से जानकारी दी, "सर, थाने पर कुछ आतंकियों ने हमला कर दिया था। जवाबी कार्रवाई में एक मुर्गा मारा गया।" सुनते ही वह अफसर अपनी कुर्सी से उछलकर खड़ा हो गया। फोन सँभालते हुए बोला, "आतंकी हमला! वहाँ के हालात कैसे हैं?"

"सर सब कुछ अंडर कंट्रोल है, सर।"

बक्षी साहब का फोन काटकर अफसर ने पुलिस विभाग के प्रमुख को घटना

की जानकारी दी। प्रमुख ने गृहमंत्री को फोन करके कच्ची-पक्की खबर उन्हें सौंप दी। उधर थाना प्रभारी को मुख्यालय की ओर से सख्त आदेश मिला की विशेष जाँच दल के पहुँचने तक घटना स्थल से किसी भी चीज को न तो हटाया जाए न ही उसे हाथ लगाया जाए और मीडिया को घटना से जुड़ी बातें संक्षेप में ही बताई जाएँ। खबर विस्फोटक थी। सरकार के मंत्रियों के कान के परदे हिल गए। मीडिया वालों ने दो घड़ी जरा दम धरने का मौका भी नहीं दिया, वारदात को सूँघते हुए घटना स्थल पर कैमरों से लैस होकर आ धमके। बड़ी तिकड़म से तो मुर्गे की मुसीबत से पीछा छुड़ाया था, एक और नई मुसीबत आकर सिर पर चमगादड़ की तरह लटक गई।

#2#

कुछ अर्से से समाचार जगत में मुर्दई-सी छाई थी। एनकाउंटर की खबर ने मुर्दे में जान डाल दी, कलम और कैमरे मुस्तैद हो गए। प्रत्येक न्यूज चैनल पे एनकाउंटर की खबर लुभावने कैप्शन के साथ फ्लैश होने लगी, जो खबर कम, साड़ी का विज्ञापन ज्यादा मालूम होता- 'धरती के सीने को लाल रंगने के इरादे से आए खूँखार आतंकवादी को ढेर कर दिया', 'बेगुनाहों के खून के छीटों से लाल होने से बाल-बाल बची धरती', तो कुछ ऐसे कैप्शन थे जो बेहद डरावने थे, 'आतंकवादियों के नापाक इरादों से शहर बाल-बाल बचा', 'आतंकवादी का खेल तमाम, खुशियों पर आतंक का साया', 'खूनी इरादों पर देशभक्ति भारी पड़ी' और 'नापाक साजिश को मुँहतोड़ जवाब' आदि।

इन रंग-बिरंगे और भारी-भरकम ब्रेकिंग न्यूज ने आम जनता के मन में डर पैदा कर दिया। न्यूज चैनलों के कैमरों ने हर एंगल से मुर्गे की तस्वीरें उतारीं। दूसरे चैनलों से आगे निकलने की होड़ में कुछ हटकर दिखाने की स्पर्धा शुरू हो गई। पत्रकार मुर्गे में कुछ नया तलाशने लगे जैसे उसके चेहरे पर कितने मुँहासे थे? डार्क सर्कल थे या नहीं? कुछ पत्रकार तो इस बात की खोजबीन में जुट गए कि मुर्गे की मूँछों में कितने बाल हैं? शेव किस रेजर से करता रहा होगा? और किस ब्रांड के साबुन से नहाता रहा होगा? वह तो मुर्गे की तकदीर अच्छी थी जो ये लोग उसके कपड़ों के भीतर कैमरे घुसाकर तस्वीरें लेने में असमर्थ थे वर्ना जिन अंगों को सेंसर बोर्ड द्वारा सेंसर की चादर में ढँककर पूरी तरह सुरक्षित रखा गया है, मुर्गा उन अंगों को अपना कहने लायक नहीं रहता। ये लोग उसे भी न्यूजात्मक तरीके से सबूतों से जोड़कर दिखाते। और फिर टीआरपी की अम्मा चीख-चीखकर कहती, 'अभी अभी ये चीज ब्रह्मांड में पहली बार दिखाई दी है। इससे पहले इसका अस्तित्व नहीं था। और इसे खोजने का श्रेय इन्हीं

टीआरपीखोरों को जाता है, और ये अनोखी चीज हर दस हजार साल बाद राहु, मंगल, बुध, बृहस्पति और शनि के एक सीध में आकर सीधे खड़े हो, एक-दूसरे की लंगोटी खींचने के कारण दिखाई पड़ती है।' फिर तीन-चार ग्रह एक्सपर्ट को बिठा ये जानने की पुरजोर कोशिशें होतीं कि इस चीज का दिखना संसार के समस्त प्राणियों के लिए शुभ है या अशुभ।

थाना प्रभारी से घटना का धाराप्रवाह विवरण लेने के लिए पत्रकार अधिकारपूर्वक थाने में घुस गए। थानावासियों ने पहली बार मीडिया का कैमरा देखा था, कैमरों को देख सभी अपनी जिम्मेदारी के कद के हिसाब से नर्वस होने लगे। आज थाने में जो कुछ घट रहा था, शांतिपुर थाना के पुलिस वालों के लिए सब नया था। आज का दिन इनकी जिंदगी का पहला हाइपर एक्टिव दिन था जब उन्होंने बहुत कुछ एक साथ, एक ही दिन में पहली बार किया था। पहली बार उनकी गोली से जीता-जागता इंसान मरा था, पहली बार अपराध किया था। घूस लेना इनके विचार से अपराध नहीं बल्कि मेहनताना है। पहली बार पत्रकारों को देखा था, पहली बार उनके अस्त्र-शस्त्र अर्थात कैमरों के दर्शन हुए थे। पहली बार झूठ की सफेद गंगा बहानी थी।

ये इलाका अपने नाम की तरह ही हद से ज्यादा शांत था। पिछले तीन सालों में हत्या की धमकियों की बीस रिपोर्टें दर्ज हुईं, पर एक भी हत्या नहीं हुई। जहाँ धमकी और टुर्र-पुर्र से ही काम बन जाता हो वहाँ हत्या करने की एक्स्ट्रा मेहनत कौन करे? देश की अर्थव्यवस्था क्या गिरी यहाँ का क्राइम रेट अपने आप गिर गया। वैसे दोनों बातों के बीच दूर-दूर तक किसी भी प्रकार का कोई नैतिक या अनैतिक रिश्ता नहीं था, पर दोनों घटनाएँ एक साथ घटी थीं। थाने के दाईं तरफ कुछ महत्त्वहीन सरकारी कार्यालय थे। महत्त्वहीन इसलिए की यहाँ की हर एक फाइलें जाने कब से दूसरी फाइलों के ऊपर बेशर्मी से लेटी हुई थीं। पहली बार भरी जवानी में इस तरह एक के ऊपर एक इतरा कर लेटी थीं, और आज बुढ़ापे तक यूँ ही बेहया जैसी लेटी पड़ी हैं। इनकी अनैतिक अदाओं के बोझ तले दबकर विकास को थर्ड डिग्री पोलियो हो गया है। बेचारा लँगड़ाता रहे इसलिए नित नए कानून बना सुधार लाने के लिए फिजियोथेरेपी जारी है। पोलियो तो आज भी लाइलाज है। थाने के बाईं तरफ मध्यमवर्गीय होटल और बाजार थे, उनके पीछे रिहाइशी इलाका था। अराजकता के नाम पर यहाँ हाथापाई, चोरी जैसी छिटपुट घटनाएँ होती रहती थीं। सुरक्षा के लिए पुलिसवालों के पास राइफल थी और

कारतूस भी थे और डंडे भी थे, डंडे तो कभी-कभार किसी तशरीफ का स्वाद चख लेते थे। पर बंदूक और गोलियों की दशा राष्ट्रीय धरोहरों जैसी थी। राइफल और गोलियाँ, इनकी जवानी संगम की प्रबल इच्छा मन में लिए, एक-दूसरे की जवानी को लालची नजरों से ताकते हुए बीत गई। अब तो दोनों की एक टाँग कब्र में और दूसरी टाँग थाने की खूँटी पर टँगी है। बंदूक उम्र में थानाकर्मियों की बुजुर्ग कहलाने का हक रखती हैं। आखिर हों भी क्यों न सन अठारह सौ अठ्ठावन में जन्मी एनफिल्ड राइफल्स जो थी, जिसकी चचाजात अंग्रेज भाई जुगों पहले कब्र में लेट गए थे। जवानी क्या अब तो इन राइफल के पास बुढ़ापा भी न रहा, पर आज भी बतौर हथियार टँगी हैं और इनसे जलवे दिखाने की उम्मीद विभाग के हर अदना-पौना को है। थाना प्रभारी और सह थानाप्रभारी के पास रिवॉल्वर थी। कभी-कभार ये अपने सरकारी खिलौने से प्रैक्टिस-प्रैक्टिस खेल लिया करते थे, आज का खेल बिगड़ गया था।

पत्रकारों की टोली बीएन बक्षी को घेरकर खड़ी हो गई। बक्षी साहब थोड़ा नरभसाए (नर्वस), थोड़ा घबराए। 'दावा' टीवी चैनल के पत्रकार ने सवालों का उद्घाटन किया, "आतंकवादी को मार गिराने के बाद आप कैसा महसूस कर रहे हैं?"

मुर्गे को आतंकवादी बनाने की कहानी गढ़ने की हड़बड़ी में पत्रकारों से छुटकारा पाने के तरीकों पर किसी का ध्यान ही नहीं गया। सवाल सुनते ही परेशानी में पड़ गए। बड़ी-बड़ी गोल-गोल आँखों को दाएँ-बाएँ घुमाने के बाद अपना सिर खुजाने लगे। खुजाते-खुजाते खुशकिस्मती से दिमाग का बटन ऑन हो गया। दिमाग काम पे लग गया। टीवी पर बॉलीवुड सुपर स्टार द्वारा दिए एक इंटरव्यू की याद हो आई और उसी इंटरव्यू की नकल करने की ठान ली। लंबी साँस लेकर बोलने की शुरुआत की, "बहुत अच्छा लग रहा है। ये हमारा टीम वर्क है। काफी मेहनत की है हम सभी ने इस पर। उम्मीद है आप सभी को हमारा परफॉर्मेंस पसंद आएगा।" उनकी बातें सुनकर गोपी और बउआ सिंह ताली बजाने लगे। वर्दीवालों को तालियाँ बजाते देख पत्रकार असमंजस में घिर गए, पर बक्षी साहब पूरी तरह मोर्चा सँभाल चुके थे। पत्रकारों का ध्यान अपनी ओर खींचते हुए बोले, "ये हमारी टीम के सदस्य हैं, आज ये जो आतंकी यहाँ खामोश पड़ा है इसमें इन का बहोत बड़ा योगदान है।" पत्रकारों को थोड़ा इधर घुमाने-फिराने के बाद पहले से पकी हुई कहानी सलीके से परोस दी। 'सनसनी खबर'

के पत्रकार ने विचारशील मुद्रा की आड़ में इंटेलिजेंट कहा जाने वाला सवाल पूछा, "मुर्गे को गोली लगने के बाद क्या वह चिल्लाया था?"

सवाल सुन बक्षी साहब की आँखें फैल गईं, मुँह खुल गया और बत्तीसी बाहर झाँकने लगी। सभी को एक साथ समेटते हुए बोले, "आ... आ... आ... हाँ हाँ! हाँ वह चीखा था, पर फिर उसने हम पे फायरिंग किया फिर... फिर, हम लोग उस पर फायरिंग किए। वह जमीन पे गिर पड़ा और वह मर गया।"

'सनसनी खबर' के पत्रकार ने फिर सवाल किया, "क्या उसकी चीख सुनकर आपको लगा कि मुर्गा आतंकवादी हो सकता है?" पसीना पोंछते हुए बक्षी साहब ने पत्रकार को यूँ देखा जैसे खून का प्यासा मच्छर किसी मोटे-ताजे इंसान को देखता होगा। भावनाओं को काबू के पत्थर से बाँध, गर्दन को दाएँ-बाएँ कसरत कराई, फिर सिर खुजाते हुए बोले, "हाँ... वह जोर लगा के चीखा तो हमको लगा जैसे वह आतंकी है।"

फिर जेब से रूमाल निकाल रूमाल में पसीना समेट उसे अपनी जेब में रख लिया। इस समय उनकी हालत कॉमन मैन जैसी थी। लाचार और बेबस।

दूसरे पत्रकार ने पूछा, "मुर्गा थाने में किसलिए आया था? पहले फायरिंग किसने शुरू की?"

"ए भी कोई पूछने का बात है, गोली पहले वह लोग चलाया था। मुर्गा और उसका साथी पुलिस वालों को बंधक बनाने लिए आया था। अपना साथी लोगों को छुड़ाने का उसका प्लान था।" 'बासी खबर परसों' के पत्रकार ने सवाल किया, "इसका मतलब ये हुआ कि मिशन पे उसके साथी भी साथ थे तो वे लोग अभी कहाँ हैं? उस पर शक कैसे हुआ कि यही है वह आतंकवादी?"

बुरे फँसे ये पेंच तो स्क्रिप्ट में नहीं था, अब? बक्षी साहब केवल मर्द नहीं थे बल्कि शादीशुदा मर्द थे। मर्द को दर्द होता है या नहीं इस पर विवाद हो सकता है, पर शादीशुदा मर्द, दर्द को सँभालने की कला में माहिर होते हैं, यह सत्य निर्विवाद है। हाँ, ये दर्द थोड़ा ज्यादा सूजन वाला था, पर था तो दर्द ही सो लड़खड़ाते हुए सही पर सँभाल ही लिया, "मुर्गा के चार साथी थे। एक साथी पुलिस पे फायर किया, हम लोग जवाब में फायर किया तो उसका बाकी साथी भाग खड़ा हुआ। ये लड़ता रहा लास्ट में उसका माथा में गुली (गोली) लग गया। बाकी साथी की तलाश शुरू कर दिया है। इसका पास से नोटों का बंडल, एक पिस्तौल, शहर का एक नक्शा मिला। इससे तो ऐसा लगता है जैसे इन लोगों का कोई बड़ा प्लान

था। हमारे पास खुफिया जानकारी थी इस हमले की।"

पसीना बहाकर सफेद झूठ पैदा किया था, पर थी तो वह नाजायज संतान। क्या पता था वो इस कदर आवारा हो जाएगा। जिस भी गली से गुजरा सवाल रूपी बलमाओं की भीड़ लगा दी और इन बलमाओं ने बक्षी साहब को परेशान कर दिया। नाजायज आवारा संतान बाप की प्रतिष्ठा पर सौ सवाल खड़े करते हैं। पर वे भी कम न थे, होते भी क्यों? पैदा तो उन्हीं ने किया था। सो अंत तक नाजायज को जायज बनाने में जुटे रहे और आम के पेड़ की तरह जवाबों की बहार को बनाए रखा। पत्रकारों के सवालों का जवाब देते रहे। बीच-बीच में पत्रकारों की तरफ मुस्कुरा के देखते। खासकर महिला पत्रकारों के सवालों का जवाब हर बार मुस्करा कर दिया, जिससे एक बात साबित हो गई कि पुलिसवाले शालीनता के मामले में उतने कंजूस नहीं हैं जितना कि समझे जाते हैं। इधर पुलिस की छवि सुधर रही थी उधर पत्नी बिगड़ रही थी। बक्षी साहब इस बात से पूरी तरह बेखबर थे कि समूचे देश के साथ श्रीमती स्नेहलता बक्षी भी उन्हें गौर से टीवी पर देख रही हैं।

'सनसनी खबर' के पत्रकार ने सवाल किया, "क्या आप की खबर पक्की है कि मुर्गा किसी बड़े हमले की साजिश को अंजाम देने यहाँ आया था। वह किस संगठन के लिए काम करता था?"

"ऐ लश्कर-ए-तैयबा संगठन का आदमी था। बाकी का डिटेल आप को भट्टाचार्जी बाबू देंगे।"

और सहथाना प्रभारी को आगे कर दिया।

भट्टाचार्जी बाबू। इनका सरनेम काफी वजनदार है। काश थोड़ा वजन इनके शरीर पर होता। इन्हें देखकर देश की अर्थव्यवस्था की याद आती है। काया अर्थव्यवस्था की तरह ही डावाँडोल है। कद पाँच फुट सात इंच, वजन 50 किलोग्राम से दो छटाँक कम या एक छटाँक ज्यादा होगा। सिर पर घनी जुल्फें, गाल पिचके-चुसे हुए आम की तरह, घनी मूँछें, उम्र चालीस के आस-पास। इन्हें देखते ही एक साथ कई कार्टून कैरेक्टर्स की याद ताजा हो जाती है। पर ये निर्धारित करना बेहद मुश्किल जान पड़ता है कि कौन-सा कार्टून इनपें सटीक बैठेगा। गौर करने वाली बात ये है कि इनकी लव मैरेज हुई थी। इनकी लव मैरेज वाली बात को सुन लोग गहरी सोच में घिर जाते हैं, पर ज्यादातर तो अपनों कानों पर संदेह करते हैं। ऊपर से नीचे तक गौर से देखने के बाद तो इस बात

को पचा पाना आसान नहीं है। लव मैरेज में इन्होनें कोई विशेष तीर नहीं मारा था। दरअसल इनकी पत्नी की पास की नजर बचपन से ही जरा कमजोर थी। भट्टाचार्जी बाबू की इस दशा के लिए उनकी माताजी को पूर्णत: दोषी ठहराया जा सकता है। जब वो गर्भवती थीं तब हितैषियों के लाख समझाने के बावजूद एक चुनावी रैली में जा पहुँची। रैली में नेता विकास के बड़े-बड़े चुनावी वायदे कर रहा था, वायदों के झाँसे में आकर भीतर पल रहा बच्चा वायदों का चुनावी पुलाव डकार मारकर खा गया। इंसान तो ये सब पचा जाते हैं पर वह तो अजन्मा बच्चा था, भयानक अपच हो गई। कुपोषण का ऐसा शिकार हुआ कि घूस खाकर भी दशा नहीं बदली। अब इन पर पत्रकारों के सवालों की मार को सहने की जिम्मेदारी थी। पत्रकार ने भट्टाचार्जी की काया को पहले ऊपर से नीचे, फिर नीचे से ऊपर देखा और बड़ी सावधानी के साथ सवाल किया, "एनकाउंटर में आप भी शामिल थे? कितनी गोलियाँ चलाईं आप ने रिवॉल्वर उठाते हुए? कहीं हाथ में चोट तो नहीं आई?" वगैरह-वगैरह...

#3#

ब्रेकिंग न्यूज दिखा-दिखाकर न्यूज चैनलों ने देश को हिलाकर रख दिया। चैनलों के बीच एनकाउंटर से जुड़ी हर खबर सबसे पहले दिखाने की होड़ लग गई। पत्रकार हर गली नुक्कड़ पर एक-एक पत्ता, एक-एक पत्थर हटाकर जाँच-पड़ताल करने लगे। चश्मदीद की तलाश में हर आने-जाने वाले को पकड़ गहन पूछताछ का सिलसिला शुरू हो गया। चैनलों पर मुर्गे के अस्तित्व की चीड़फाड़ शुरू हो गई। धमकी भरे अंदाज में एक न्यूज एंकर ने खबर पढ़ना शुरू किया। इस एंकर का अंदाज काफी डरावना था, रात को जब कोई बच्चा नहीं सोता तो माँ न्यूज चैनल लगा देती।

"गौर से देखिए इस मुर्गे को... इसकी मासूमियत पर मत जाइए। ये आतंकवादी है। चैन से सोना है तो जाग जाओ और देखते रहो इस आतंकवादी से जुड़ी तमाम खबरें सबसे पहले हम पहुँचा रहे हैं आप तक।" एक न्यूज एंकर चीख-चीखकर खबर पढ़ रहा था उसे देख महसूस होता था जैसे कि आतंकी उसकी कुर्सी पर दर्जन भर नुकीली कील लगा गया है। हर चैनल पे ये बताने की होड़ लग गई कि ये खबर सबसे पहले उनके चैनल ने दी है। मुर्गा एक कसाई अनेक!

एक चैनल पर महिला एंकर ने राजधानी एक्सप्रेस की रफ्तार में खबर पढ़नी शुरू की। इसकी रफ्तार से लग रहा था अगर इसने जल्दी-जल्दी खबर नहीं पढ़ी तो कोई और खबर छीनकर पढ़ लेगा और सरकार इसे राष्ट्रीय आपदा घोषित कर देगी, "आखिरकार मुर्गे के नापाक इरादे को वक्त रहते खत्म कर दिया शांतिपुर थाना के जाँबाज पुलिसवालों ने। सोचिए अगर यह कामयाब हो जाता अपने खूनी इरादों में तो इस वक्त इस मुर्गे की जगह आप की लाश होती। सावधान! खतरा अभी टला नहीं है। इसके चार साथी अभी तक आजाद घूम रहे हैं। हो सकता

है इस वक्त वह आप के आस-पास हों, चौकन्ने हो जाइए और आस-पास के लोगों पर नजर रखिए।" इसकी कही बातें तो खोपड़ी का चुम्मा लेकर भाग गईं पर सूरत बड़ी हसीन थी तो लोग खबर सुनने की जगह खबर देखते रहे। चाय की दुकान पर खबरें देख रहे जागरूक समाचारखोरों ने अपनी गर्दन पहले दाएँ फिर बाएँ घुमाकर अच्छी तरह एक-दूसरे को शक भरी नजरों से देखा फिर 'ना' में गर्दन हिलाई और लगे गौर से खबर देखने।

एंकर ने फिर कहना शुरू किया, "किसी पर भी भरोसा न करें। हो सकता है आप का कोई अपना इस मुर्गे का साथी हो।"

बस फिर क्या था सभी एक-दूसरे से एक हाथ की दूरी मेनटेन कर बैठ गए, और दोबारा अपना पूरा ध्यान खबर पढ़ने वाली के शब्दों पर केंद्रित किया। तभी वहाँ एक बुजुर्ग समाचारखोर अपनी लाठी के सहारे हिलता-डुलता आया और उसने चैनल बदल, सरकारी चैनल लगा दिया।

अपनी झुर्रियों का फायदा उठा ताऊ समाचारखोरों के मौलिक अधिकार के गलियारे में जबरन घुसपैठ कर गए। ये हरकत सभी को नागवार गुजरी, पर उसकी उम्र का लिहाज कर चुप रहे। सरकारी चैनल पर न्यूज एंकर बैलगाड़ी की रफ्तार में मुँह लटकाकर खबर पढ़ रही थी।

"आज शांतिपुर थाना के सामने एक आतंकवादी को पुलिस ने मार गिराया।" गंभीर चेहरा बनाकर एक युवक ने उस बूढ़े से कहा, "ताऊ, इसको देखकर ये बात समझ में नहीं आ रही कि ये मुर्गे के मरने का शोक मना रही है या हमारे बच जाने का मातम मना रही है। ताऊ, हम तो अपना चैनल देखेंगे, हटाओ इस आंटी को।"

"क्यों बेटा, तुम्हारे चैनल वाले तुम्हारे नाना के घर से खबर लाते हैं?"

"ताऊ, खबर तो सभी अपने मामा के घर से लाते हैं, पर क्या है न खबर पढ़ने वाली टिपटॉप होनी चाहिए, खबर में क्या रखा है? हर बार वही ढाक के तीन पात ही तो होते हैं।" उधर 'बासी खबर परसों' चैनल वाले देश के जाने-माने लोगों को पकड़ घटना पर उनकी राय लेने लगे। तो 'सनसनी खबर' ने अपने चैनल पर लाइव चर्चा शुरू कर दी। टीवी स्क्रीन के छह टुकड़े हो गए। पाँच टुकड़ों में बुद्धिमान लोगों से लेकर नेताओं के चेहरे दिखाई दे रहे थे। छठे वाले टुकड़े में एक हसीन न्यूज एंकर की तस्वीर दिख रही थी जो न्यूज एंकर कम मॉडल ज्यादा नजर आ रही थी। एंकर ने बोलना शुरू किया, "आज शहर

श्मशान बनने से बच गया। आखिर कौन था ये मुर्गा? कहाँ से आया था? क्या करने की फिराक में था यह आतंकी? देखिए हमारे संवाददाता दीपक अँधेरा की ये रिपोर्ट।" तभी टीवी स्क्रीन पर जाने कहाँ से मुर्गे की शानदार तस्वीर आ गई और पीछे से रिपोर्टर की आवाज सुनाई देने लगी- "इस मुर्गे की भोली शक्ल पे मत जाइए। बड़ा ही शातिर था ये, देश को दुश्मनों के हाथों बेचने की साजिश रचने का गुनहगार था ये। हमारे सूत्रों के हवाले से खबर मिली है कि सीमा पार से इसे मदद मिल रही थी। इसे लश्कर-ए-तैयबा संगठन के ट्रेनिंग कैंप में आतंकवाद की ट्रेनिंग मिली थी। अपने आकाओं के इशारे पर ये और इसके साथी यमराज की फ्रेंचाइजी चला रहा थे।" दीपक की बात बीच में ही काट स्टूडियो में एंकर ने चर्चा आरंभ की और पहला सवाल भूतपूर्व मॉडल कम फैशन डिजाइनर कम समाजशास्त्री कम जागरूक नागरिक कम वर्तमान राजनेता से पूछा, "मिस कामिनी ये बताइए किस इरादे से यह थाने की तरफ जा रहा था?"

"देखिए... मुझे लगता है कि ये एक आतंकवादी था और पुलिस पर हमले की योजना रही होगी इसकी।"

"क्या आपको इसके आतंकी होने पर शक है?"

"दरअसल इसका हुलिया आतंकवादियों से एकदम अलग है। मुझे इसके ड्रेसिंग सेंस से काफी निराशा हुई है। इसके कपड़ों से इसकी पर्सनालिटी उभरकर सामने नहीं आ रही है और वह फील नहीं आ रही है।" नाक सिकोड़ते हुए मिस कामिनी ने कहा।

इनकी बात खत्म हो इससे पहले विपक्ष के नेता बीच में बोल पड़े, "कामिनीजी, आप वह कहावत भूल रही हैं कि व्यक्ति की पहचान उसकी पर्सनालिटी से नहीं काम से होती है, ये सरकार की जिम्मेदारी है कि वह लोगों के ड्रेसिंग सेंस को सुधारें ताकि लोग अपने व्यक्तित्व को निखार सकें। अगर मुर्गा शिक्षित होता तो उसने अपने व्यक्तित्व को निखारा होता। सरकार इस मुद्दे पर नाकाम रही है, इसके लिए सीधे-सीधे सरकार दोषी है।"

सत्तारूढ़ पार्टी के नेता बीच में कूद पड़े। ऊँची आवाज में बोले, "सरकार बिना किसी भेदभाव के सभी को समान अवसर देती है। इस बात का सबूत ये मुर्गा स्वयं है। देखिए इसकी तस्वीर को, इसमें और एक आम आदमी में कोई फर्क नजर आता है आपको, एकदम आम आदमी की तरह दिखता है।" चर्चा छोड़ सत्तापक्ष और विपक्ष के नेता एक-दूसरे पर आरोप-प्रत्यारोप की बारिश

करने लगे। एंकर दोनों को शांत करने की कोशिश करती रही और सभी उसकी कोशिशों पर मटका भरभर के ठंडा पानी डालते रहे। आखिर कोई चुप क्योंकर रहता। हर किसी को यहाँ बोलने के लिए ही तो आमंत्रित किया गया था। वैसे भी मौन रहना मूर्खता की निशानी होती है। यह परिचर्चा कम हुड़दंगी बच्चों की क्लास ज्यादा लग रह थी। खीझते हुए मिस मानवतावादी ने एंकर से कहा, "आप पहले यह साफ कर दें कि आज की बहस का मुद्दा क्या है, मुर्गे का ड्रेसिंग सेंस या आतंकवाद?" सारे वक्ताओं ने एक साथ मिस मानवतावादी पर अपनी नुकीली वाणी से तीक्ष्ण प्रहार किया।

सत्तापक्ष के नेता लाल-पीले होते हुए बोले, "आप क्या कहने की कोशिश कर रही हैं क्या हम सभी यहाँ बकवास कर रहे हैं? समझदारी का ठेका तो आपने ले रखा है। इस गलतफहमी में न रहें, दूसरे भी यहाँ पढ़े-लिखे और समझदार हैं।"

इस पर विपक्ष के नेता ने मौका देख चौका लगा दिया, "आप अपनी पढ़ाई-लिखाई के बारे में हमारा मुँह न ही खुलवाएँ मंत्रीजी। आपकी नकली मार्कशीट का भांडा फूट चुका है। देश का बच्चा-बच्चा जान चुका है आप का कारनामा।"

विपक्षी पार्टी के नेता के ईंट का जवाब देने के लिए सत्तापक्ष के नेता ने पत्थर उठा लिया और निशाना लगाते हुए बोले, "जाइए जाइए, आप के फॉरन टुअर की तस्वीरों से समूचा देश नयन सुख उठा चुका है। एजूकेशनल टुअर पर आप का बार बालाओं के साथ एजूकेशनल डांस अभी भूला नहीं है देश।"

एंकर के लिए राहत की बात ये थी कि ज्यादातर वक्ता सेटेलाइट के जरिए कार्यक्रम से जुड़े थे। अगर आमने-सामने होते तो अब तक एक-दूसरे का मुँह नोंच लिया होता। हलाँकि चर्चा आतंकवाद जैसे गंभीर विषय पर हो रही थी, पर जनता को कॉमेडी शो का आनंद मिल रहा था। साथ ही आज की घटना से घबराई जनता के लिए ये कार्यक्रम राहत देने वाला था। हमारे देश में नेता विकास के नाम पर जनता को वादे के शुद्ध घी के साथ खयाली पुलाव परोसते हों, पर जब बात मनोरंजन की आती है तो वे पूरी ईमानदारी के साथ जनता का मनोरंजन करते हैं। भरपूर और सोलह आने खरा, कभी संसद में तो कभी न्यूज चैनलों पर। जनता को इस बात के लिए अपने नेताओं का शुक्रगुजार होना चाहिए। कुश्ती के अखाड़े में माफ कीजिए चर्चा में एक ब्रेक का समय हो गया था। एंकर ने ब्रेक की घोषणा की और एक लंबी साँस लेने के बाद आईने में खुद को निहारने लगी। दो मिनिट बाद चर्चा फिर शुरू हई। एंकर ने मिस मानवतावादी से प्रश्न किया,

"मिस एम ब्रेक पे जाने से पहले आप कुछ कह रही थीं।"

"देखिए मेरा सवाल ये है कि क्या मुर्गे को जिंदा नहीं पकड़ा जा सकता था? क्या यह एनकाउंटर जरूरी था? कहीं ऐसा तो नहीं कि जल्दबाजी में कोई बेगुनाह मारा गया हो, एनकाउंटर की जाँच होनी चाहिए। गुनहगार बेशक बचके निकल जाए, पर किसी मासूम को निशाना नहीं बनाया जाना चाहिए।"

सत्तापक्ष के नेता ने अपना हाथ टेबल पे पटकते हुऐ ऊँची आवाज में कहा, "आप लोगों की परेशानी क्या है? पुलिस कुछ करती है तब भी आप लोग हाथ में झंडा लेकर हाय-तौबा मचाती हैं, पुलिस कुछ न करे तब भी आप लोग झंडा लेकर चिल्लाने लगती हैं। अब आप लोग बताएँगी पुलिस को क्या करना चाहिए?"

"देखिए, मेरे कहने का आप गलत मतलब निकाल रहे हैं मैं तो ये कह..."

"ये मैं-मैं क्या लगा रखी है? साफ-साफ क्यों नहीं कहतीं कि आप को मुर्गे से हमदर्दी है। आप लोगों के हिसाब से तो उसकी मौत पे राष्ट्रीय शोक घोषित करना चाहिए।"

"देखिए आप अपनी मर्यादा से बाहर जा रहे हैं। मेरा मानना है कि पुलिस प्रशासन की निरंकुशता से बचाने के लिए इस तरह की घटनाओं की निष्पक्ष जाँच होनी चाहिए। हम किसी भी अमानवीय घटना का विरोध करते हैं। हमारी कोशिश रहती है कि हर मानव को न्याय मिले। पुलिस की लापरवाही से किसी के जीवन को हानि नहीं पहुँचनी चाहिए। पुलिस की लापरवाही का उदाहरण हम पहले भी देख चुके हैं। कई एनकाउंटर मामलों में पुलिस दोषी पाई गई है।"

"मैडमजी, आप लोगों को मानना पड़ेगा, अगर पुलिस आतंकी को मार गिराए तो अमानवीय घटना और उस आतंकी के लिए आपको न्याय चाहिए और यही लोग जब पुलिसवालों को जान से मारते हैं उस समय तो आप लोग चुप रहती हैं। उस समय आपका मानवता प्रेम कहाँ छुट्टी मनाने चला जाता है?"

"मामले में अगर पुलिस पाक-साफ है तो आप को जाँच से एतराज क्यों है? सच्चाई को सब के सामने लाना चाहिए।"

"जाँच से पुलिस का मनोबल गिरेगा, आप क्या चाहती हैं कि पुलिस आतंकियों को गोद में बिठाकर लोरी सुनाए?"

काफी देर से ऊँघ रहे तीसरे पार्टी के नेता ऊँघना होल्ड पर रख बीच में बोल पड़े, "हम घटना की निष्पक्ष जाँच की माँग करते हैं। अगर सरकार हमारी

माँगें नहीं मानती है तो कल से देशभर में हमारी पार्टी सरकार के खिलाफ धरना-प्रदर्शन करेगी... ऊँहु ऊँहु ऊँहु..." बात खत्म कर पाते उससे पहले उन्हें जोर की सूखी खाँसी आ गई।

विपक्षी पार्टी के नेता ने कहा, "जब तक सरकार घटना की सीबीआई जाँच के आदेश नहीं देती, हम सदन की कार्रवाई चलने नहीं देंगे। हम लोकतंत्र का इस प्रकार मजाक नहीं बनने देंगे। सरकार को हमारी माँग के आगे झुकना पड़ेगा।"

तीसरी पार्टी के नेता खाँसते हुए बोले, "सरकार इस घटना की नैतिक जिम्मेदारी लेते हुए इस्तीफा दे... ऊँहु ऊँहु ऊँहु... और मध्यावधि चुनाव की घोषणा करे।"

सभी प्रतिभागी एक स्वर में बोल उठे, "मध्यावधि चुनाव?"

"चुनाव हलवा है क्या? महाशय आप ऊँघते हुए ही देश की सेवा कीजिए, आप का जागना देश हित में नहीं है।" फिर दोनों के बीच तू-तू मैं-मैं शुरू हो गई जो कुछ ही पल में हूतूतू में तब्दील हो गई। न्यूज एंकर हड़बड़ाते हुए बोली, "आप लोग मुद्दे से भटक रहे हैं, हमारी चर्चा का मुद्दा है...." कह पेपर में चर्चा का विषय ढूँढने लगी।

गिरा एम ने एंकर को याद दिलाया कि मुद्दा आतंकवाद है। इसके बाद वही हुआ जो हमारी फिल्मों में क्लाइमेक्स से पहले विलेन के अड्डे पर होता है, पर यहाँ ये तय करना मुश्किल था कि हीरो कौन है और विलेन कौन?

#4#

उधर टीवी पर भोलेनाथ बक्षी उर्फ बक्षी साहब को महिला पत्रकारों के सवालों पर मुस्कुराते देख उनकी धर्मपत्नी स्नेहलता आगबबूला हो उठीं। आखिर हों भी क्यों न, पंद्रह सालों से पति की सूजी शक्ल देखने की आदी पत्नी ने उन्हें हँसते हुए बत्तीसी के साथ पकड़ लिया था। घर में ही फुला पड़ा रहता है, बाहर देखो कैसे हँसी फूट रही है। आज तो हद पार कर दी जोरू के गुलाम ने। उसकी जानकारी के बिना ही पति टीवी पर दिखाई दे रहा था। श्रीमती बक्षी का दावा है कि उनके पति सभी काम उनसे पूछ कर करते हैं और आज इतनी बड़ी बात हो गई श्रीमानजी टीवी पर नजर आए, वह भी बिना पूछे और बिना बताए। ये सब ज्यादा ढील देने का नतीजा है। बेचारी ये सोच परेशान हो उठी कि अगर उसकी सहेलियों को इस बात की भनक लगी तो वे लक्ष्मण की तरह नाक काट कर ही मानेंगी। ताना मार-मार कर वे सभी पुराने बदले चुकाएँगी सो अलग और उसकी इस हालत का जिम्मेदार कौन होगा? और कौन यही इकलौता निकम्मा पति। अगले ही पल किसी को फोन लगाया, पर किसी ने फोन का जवाब नहीं दिया।

घटना को बीते सात घंटे से अधिक समय बीत चुका था। पर थाने के आस-पास का माहौल तनावपूर्ण था। तनाव मीडिकर्मियों और पुलिसवालों के बीच था। पत्रकारों के जमावड़े से पुलिस परेशान थी, और सुराग की तलाश में मीडियावाले परेशान थे। दोनों की परेशानियों ने मिलकर तनाव को जन्म दे दिया था। पुलिस अपने दायित्व का पालन कर चुकी थी जैसे मुर्गे की लाश पोस्टमार्टम के लिए फोरेंसिक विभाग जा चुकी थी, पुलिस के आला अफसर घटना स्थल का निरीक्षण करके घटना की जाँच में जुट चुके थे, घटना से संबंधित आधिकारिक जानकारी मीडिया को दी जा चुकी थी। पर पत्रकार मंडली की छानबीन खत्म होने का नाम ही नहीं ले रही थी। फिलहाल तो इस सिर दर्द से छुटकारा पाने का

कोई रास्ता दिखाई नहीं दे रहा था। उस पर हर दस मिनट बाद पुलिस मुख्यालय से फोन आ रहा था सो अलग। इधर पत्रकार खोजबीन में कोई कोर-कसर नहीं छोड़ना चाहते थे, घटना स्थल से लेकर चाय स्थल और चाय स्थल से शौच स्थल तक जितने भी स्थल आँखों से टकराए, उन सब की बड़ी बारीकी से जाँच करने में जुट जाते। इनका बस चलता तो ये लोग मुर्गे की लाश से घटना का आँखों देखा हाल पूछते। मीडिया बाल की खाल ढूँढने में व्यस्त था और पुलिस उस खाल को छुपाने में व्यस्त थी। तभी बक्षी साहब की पैंट की जेब में रखे मोबाइल फोन की घंटी बजी। फोन उनकी होम मिनिस्टरी का था। आम जनता जिस तरह पुलिस के नाम से घबराती है उसी तरह बक्षी साहब अपनी पत्नी के फोन से घबराते हैं। फोन उठाकर आवाज में चाशनी घोलते हुए बोले, "हैलो... इस समय थोड़ा व्यस्त हूँ, फ्री होकर तुम से बात करता हूँ।"

"अच्छा जी, टीवी वाली के साथ पटर-पटर बोलने के लिए टाइम है, लेकिन मुझसे बात करने के लिए टाइम नहीं है तुम्हारे पास?" संस्कारानुसार बक्षी साहब चुप रहे। स्नेहलता बोलती रही, "और ये क्या नया तमाशा है मुर्गे का? सच-सच बताओ माजरा क्या है? बड़ी-बड़ी डींग हाँक रहे थे टीवी पर कि मुर्गे का एनकाउंटर कर दिया है, इससे पहले तो तुम्हें कभी किसी खुजलीवाले कुत्ते को हड़काते हुए नहीं देखा, आज सीधे मुर्गे पर हाथ आजमा डाला। तुम ठीक तो हो न?" पत्नी स्नेहलता ने ताना मारते हुए बक्षी साहब से जवाब माँगा।

ताने और खाने का महत्त्व उनके जीवन में एक समान था, अत: उस पर विशेष ध्यान न देते हुए बातों में मधुरता की मात्रा का सही परिमाण बनाए रखा और बोले, "हाँ डार्लिंग, खबर एकदम सही है। मुर्गे का एनकाउंटर हो गया है। तुम्हारी कसम हम ही मारा है उसे, इस समय यहाँ बहुत झमेला है। बाद में फोन करता हूँ।"

"कान खोलकर सुन लो, ये खबर अगर गलत निकली तो मुझ से बुरा कोई नहीं होगा। घर कितने बजे लौटोगे ये तो..." बक्षी साहब ने फोन काट दिया। पंद्रह साल लंबे वैवाहिक जीवन में ऐसा पहली बार हुआ था जब बक्षी साहब ने स्नेहलता की बात बीच में काटी हो और उसका पत्नी-पुराण अधूरा रह गया हो। पति की इस हरकत ने स्नेहलता के क्रोध की ज्वाला में घी डाल उसे और भड़का दिया। फोन को सोफे के ऊपर फेंक खुद भी सोफे पर धमक के बैठ गई और लगी टीवी चैनल बदल-बदलकर देखने। मन-ही-मन खुद को कोसने लगी कि

ये सब उसी की ढील का नतीजा है वर्ना इतनी हिम्मत कि उसका फोन काट दें। पर एक बात उसके मन को खटकने लगी कि जिस आदमी को मच्छर नजर भर कर देख ले तो डर के मारे डेंगू हो जाए, आज उस मिट्टी के माधो ने मुर्गे को मार डाला और तो और उसका फोन काटने की हिम्मत कर दी। दाल में जरूर कुछ काला है। बंदर दो ही हालत में गुलाटी मारता है, एक तो उसका पेट खराब हो फिर किसी बंदरिया के साथ नैन-मटक्का चल रहा हो। जब से बॉलीवुड के फैमिली मैन कहे जाने वाले रितिक रोशन का तलाक हुआ है, स्नेहलता ने मर्दों पर शक करने की अपनी स्पीड बढ़ा दी है।

पत्नी के व्यवहार से क्षुब्ध बक्षी साहब ने अपना गुस्सा चायवाले पर उतारा, "ये चाय है कि घोड़ा का मूत (मूत्र)?" रोज की तरह सब कुछ सामान्य होता तो चायवाले ने थाना प्रभारी की बात को सरेआम छेड़ा होता, साथ हँसी-ठिठोली की होती, पर आज उसकी बात छोटा मुँह बड़ी बात हो सकती है। हालात सभी की पकड़ से बाहर थे। उसने चुप रहने में ही अपनी भलाई समझी, मुस्कुराता हुआ थाने से बाहर निकल गया। गर्दन पर लटकती चमचमाती तलवार की धार से ध्यान भटका, दुलाल बाबू ने माहौल को थोड़ा हल्का किया और बक्षी साहब को छेड़ते हुए बोले, "सर लगता है होम मिनिस्टरी बहुत ज्यादा नाराज है, घर पर रहने में खतरा हो सकता है, आपको प्रोटेक्शन देने के लिए हमारे पास पर्याप्त पुलिसबल नहीं है। आज यहीं पुलिस प्रोटक्शन में रात बिताना सही रहेगा।" कहकर वो हँस पड़े। तो एकता दिखाने के लिए सभी उनके साथ खी-खी कर हँस पड़े।

"चुप एकदम चुप! ई थाना है या मछली बाजार, जब देखो तब खी-खी लगा रहता है। जरा सिचुएशन को समझने की कोशिश करो (थाने के बाहर मँडराते पत्रकारों की तरफ इशारा कर के बोले) नहीं तो ये साला लोग है सबका खाट खड़ी कर देगा। एक तो साला मुर्गा का हड्डी गले में फँसा है उस पर तुम लोगों की खी-खी। सीनियर का कोई लिहाज नहीं है?"

बक्षी साहब की सलाह का असर हुआ और सभी फिस्स-फिस्स कर बोलने लगे, "सारा दुनिया इस खाकी वर्दी से घबराती है, पर वर्दी वाले की नाक में दम तो उसकी घरवाली करती है। सरकार वर्दी पहनाती है और घरवाली उतारती है। किसी और में दम है वर्दी को हाथ लगाने का। पुलिस वाले भले दुनिया भर के लोगों की धुलाई करते हैं, पर वर्दी और वर्दी वालों की धुलाई तो हमारी बेरहम

घरवालियाँ करती हैं।" भट्टाचार्जी बाबू इतना कह हँस पड़े। बक्षी साहब के लिए भी हँसी को रोक पाना मुश्किल हो गया। सब भूल वे भी साथ में हँस पड़े। उनकी देखा-देखी सारे फिर से हँस पड़े। दिन भर घटनाओं का ताँता लगा रहा। हर चीज दौड़-भाग रही थी, पर रोमेश बाबू का मुँह था जो रजिस्टर से बाहर नहीं निकला। आखिर ऐसा क्या था उस रजिस्टर में?

#5#

शहर में हाई अलर्ट घोषित कर दिया गया। सार्वजनिक जगहों की सुरक्षा बढ़ा दी गई। मुर्गे के अन्य साथियों की धर-पकड़ के लिए तालाशी अभियान जोर-शोर से शुरू हो गया। राह चलते कम उम्र के युवकों को पकड़कर उनकी तलाशी ली जाने लगी। युवा देश की शान है, पर जब कोई आतंकी वारदात होती है तो मुसीबत उनकी जान को बन आती है। गहरी उम्र के लोग की ओर शक की सुई फटकती तक नहीं और जवानों को बख्शती नहीं, मानो जवानी सारे गुनाहों की जड़ है।

"ए रुको!" डंडे से रुकने का इशारा करते हुए हवलदार ने साइकिल सवार से कहा।

"कहाँ जा रहा है बे, तेरे इस थैले में क्या है?" कड़कती आवाज में दूसरे हवलदार ने पूछा। पहले हवलदार ने आगे बढ़कर उसकी साइकिल का हैंडल पकड़ लिया।

"क्या हुआ हवलदार जी?"

"होना जाना क्या है, ऊपर से ऑर्डर आया है तेरी तलाशी लेनी है।" पहला हवलदार बोला।

"तलाशी! हुजूर मैं तो ऑफिस से घर जा रहा हूँ। इस थैले में तलाशी लेने लायक ऐसा-वैसा कुछ नहीं है, आप खुद ही देख लीजिए।"

दूसरे हवलदार ने कड़कती आवाज में कहा, "तलाशी लेने लायक कुछ है या नहीं ये तू बताएगा हमें? जो ऐसा-वैसा कुछ नहीं है इसमें तो फिर क्या ठूँस रखा है?"

थैले में से संतरा बाहर निकाल हवलदार को दिखाते हुए साइकिल सवार बोला, "गरीब आदमी हूँ हुजूर, मेरे पास आपको क्या मिलेगा? घर के लिए

सब्जियाँ खरीदकर ले जा रहा हूँ, ये देखिए।"

ईमानदारी से ड्यूटी निभाते हुए पहले हवलदार ने साइकिल सवार को सब्जियों से भरा थैला सड़क पर उड़ेलने का आदेश दिया। थैले में हरी सब्जियों के साथ आधा दर्जन संतरे थे। संतरों पर नजर पड़ते ही पहला हवलदार बोला, "अच्छा, तो तुम गरीब आदमी हो? एक बात बताओ हमारे देश में गरीब आदमी कब से संतरा खाने लगा?"

दूसरा हवलदार गरजते हुए बोला, "झूठ बोलता है सच-सच बता तू ही है न वह जो आतंकी की मदद कर रहा था?"

साइकिल सवार को दिन में तारों की रोशनी में स्वर्ग में रंभा का ब्रेक डांस नजर आने लगा, "आतंकी! नहीं माई-बाप मैं तो गरीब आदमी हूँ, भला मैं उनकी मदद क्यों करने लगा? ये देखिए मेरे गले में बाबा भोलेनाथ का ताबीज है।" और दोनों के सामने हाथ जोड़ गिड़गिड़ाने लगा। पहला हवलदार बोला, "तो तुम गरीब आदमी हो? (दूसरे हवलदार से बोला) कस के दो डंडे इसके पैरों पर बरसाओ, सब भूत की तरह बक देगा।" ये सुनते ही साइकिल सवार की हिम्मत अपंग की तरह लड़खड़ाने लगी।

"एक तो तू गोरा है, उस पर तेरी दाढ़ी भी है, हो न हो तू उन आतंकियों से मिला हुआ है।" दूसरे हवलदार ने कहा। इस पर पहला हवलदार बोला, "एक तो ये आतंकी जैसा दिखता है उस पर संतरा खाता है। ये ऐसे नहीं मानेगा, ले चलो इसे थाने, वहीं पर इसका मुँह खुलवाते हैं।"

इस पर दूसरा हवलदार पहले हवलदार से बोला, "जरा चख के देख ये संतरा है या कुछ और? आजकल ये लोग बड़े चालाक हो गए हैं, ससुर किसी भी चीज को बम बना देते हैं। ओए सच-सच बोल कहीं ये बम तो नहीं है? अगर हवलदार को कुछ हुआ तो डुटी (ड्यूटी) पे तैनात पुलिसवाले की हत्या के अपराध में फाँसी मिलेगी।"

बेचारे गरीब को अपने कानों की वफादारी पे शक होने लगा। दोनों कानों को बारी-बारी से छूकर देखा, वे अपनी जगह पर मिले। जितनी देर तक वह सोचता रहा उतनी देर में हवलदार दो संतरों पे हाथ साफ कर चुका था। तीसरा संतरा खाने के बाद दोनों हवलदारों ने घोषणा कर दी कि उसके द्वारा खाई गई चीज संतरा ही है। बेचारे ने तसल्ली से साँसें लेनी चाही, पर हवलदार उसके चैन में अड़ंगा लगाने के लिए तैयार खड़े थे। पहला बोला, "संतरे काफी मीठे हैं,

पर संतरे की मिठास से उसे खरीदने वाले आदमी के कैरेक्टर का पता थोड़ी न चलता है। ये बता अगर तू आतंकी नहीं है तो, फिर चेहरे पर ये दाढ़ी क्यों रख छोड़ी है ?"

"हुजूर... दाढ़ी तो घरवाली के कहने पे रखी है, आजकल फैशन है दाढ़ी रखना। घरवाली कहती है मैं दाढ़ी में बड़ा हॉट लगता हूँ। वह तो ये भी कहती है दाढ़ी और मूँछें तो मर्दानगी की निशानी हैं, इनके बिना मर्द असली मर्द नहीं लगता है।"

"हॉट हूँ! ले हम तो किसी और ही चीज को मर्दानगी समझते थे। (हवलदार एक सुर में हँस पड़े) एक तो तू मर्द है उस पर हॉट दिखता है और संतरा भी खाता है, तुझ पर तो शक और भी गहराता जा रहा है। थाने चल वहीं अच्छी तरह पूछताछ होगी। दो मिनट में सारा सच अपने आप बाहर निकल आएगा।"

साइकिल सवार की आँखें फैली-की-फैली और मुँह खुला-का-खुला रह गया। चहरे पर एक विशेष प्रकार का भाव उभर आया। ये भाव चमत्कारपूर्ण घटना के दर्शन और श्रवण लाभ से उत्पन्न समर्पण मुद्रा में भाव-विभोर हो जाने की दशा में चेहरे पर छप जाता है। सामान्य मनुष्य इस अवस्था को बकलोल अवस्था कहते हैं। साइकिल सवार के गले से कोई आवाज नहीं निकली, पर बदन नागिन की तरह हिलने-डोलने लगा। उसकी अवस्था को देख उपेक्षित पड़ा विवाद नए सिरे से फन उठा फुफकार कर कहने लगा देखा, नाचने के लिए तबला हारमोनियम को पीटना जरूरी नहीं है, विकट परिस्थितियों द्वारा पाँव में घुँघरू बाँधने से भी नाचा जा सकता है।

दूसरा हवलदार बोला, "एक बात बता, हम क्योंकर यकीन करें तेरी बात का?"

साइकिल सवार के आँखों के सामने बेहोशी छाने लगी, पर ये होश खोने का समय नहीं था। जैसे-तैसे होश की दुम को पकड़े रखा। दोनों के हाथ-पाँव जोड़ता रहा। चौरासी लाख देवी-देवताओं की कसमें खाते-खाते जबड़े दुखने लगे तब कहीं दिमाग के रोशनदान में उजाला हुआ। जेब में पचास रुपये थे, झट से निकाल दोनों के सामने रख दिया, आश्चर्य भाव से नोट को देख, दोनों हवलदार ईमानदारी पे डटे रहे, टस-से-मस न हुए। आखिरकार साइकिल सवार ने अपनी शादी की सोने की अँगूठी उँगली से निकालकर दोनों के सामने रख दी और खुद हाथ जोड़कर जमीन पर बैठ गया। पहले हवलदार ने अपने डंडे से चले जाने

का इशारा किया। उठकर उसने साइकिल जमीन पे सीधी खड़ी की, सब्जियाँ उठाकर थैले में भरीं और जाने लगा तो दूसरा हवलदार साइकिल के हैंडल पे डंडा पटकते हुए बोला, "इसे कहाँ ले जा रहा है बे? नीचे रख। अब ये सरकारी संपत्ति है। सरकार ने इसे जब्त कर लिया है। थाने में इसकी जाँच पड़ताल होगी, तुझे भी चलना है थाने?"

थैला जमीन पे पटक साइकिल सवार हवा हो गया।

इधर आनन-फानन में पुलिस के आला अधिकारियों ने प्रेस कॉन्फ्रेंस कर मुर्गे को आतंकवादी घोषित कर दिया। कॉन्फ्रेंस में पुलिस ने अपनी और सरकार ने अपनी पीठ थपथपाई। न्यूज चैनलों पर घटना को लेकर कोहराम मचा हुआ था, हर तरफ सिर्फ आतंकी हमले की बात हो रही थी। क्या हुआ से ज्यादा क्या हो सकता था, इस विषय पर हर चैनल अपनी राय दिखलाकर लोगों के बीच जागरूकता से ज्यादा दहशत फैला रहे थे। सार्वजनिक जगहों पर सुरक्षा के कड़े इंतजामों ने शहर को अस्त-व्यस्त और त्रस्त कर दिया। निजी बस, ऑटो और टैक्सी मालिकों ने खतरे को देखते हुए एतिहातन अपनी सेवाएँ स्थगित कर दीं। दफ्तर से घर लौटने वालों के लिए हालात बदतर हो गए। मौकापरस्तों की चाँदी हो गई। वे यात्रियों से दस रुपये की जगह पचास पचास रुपये वसूलने लगे। मरता क्या न करता, गाड़ी वाले ने जो भी माँगा, रख दिया हाथ पर।

#6#

बक्षी साहब को रात थाने में गुजारनी पड़ी, निजी कारणों से नहीं, बल्कि इलाके की सुरक्षा कारणों से। उनके साथ उनका पूरा स्टाफ था और पत्रकार अपने कैमरों के साथ थे। पुलिसवाले पत्रकारों के जाने के इंतजार में रात भर जागते रहे, सोते हुए पुलिसवालों की फुटेज चैनल पर दिखा उनेक निकम्मेपन का ढिंढोरा पीट, टीआरपी बटोरेने के सपने आँखों में लिए पत्रकार पुलिसवालों के सोने के इंतजार में जागते रहे। रातभर थाने के आस-पास जबरदस्त गहमा-गहमी रही। दोनों ही दल अपना अपना मकसद साधने के लिए छिछोरी हरकतों पर उतर आए, पर दोनों ही अपने मकसद में पूरी तरह नाकाम रहे। हवलदार बउआ सिंह के लिए आज का दिन, माफ कीजिए रात वरदान साबित हुई। रातभर पुलिसवालों को हाथी और चींटी की लवस्टोरी से लेकर चींटी के हाथी के बच्चे की माँ बनने वाले जोक्स सुना, उनके धैर्य की परीक्षा लेता रहा। और सभी परीक्षार्थी भगवान से सिर्फ 'एक खून माफ' करने की प्रार्थना करते हुए जागते रहे।

बउआ सिंह उर्फ शाहरुख हिंदी फिल्मों के बहुत बड़े शौकीन। इन्हें शौकीन कहना इनका अपमान होगा, ये तो फिल्मों के परम भक्त हैं। ये न होते तो जाने फिल्मों का क्या हाल होता? इस सिनेमची के बचपन से दो ही शौक रहे हैं, एक फिल्में देखना और दूसरे जोक्स सुनाना। पैदा होते ही जाने कौन-सा घटिया चुटकुला अपनी माँ को सुनाया कि बेचारी स्वर्ग सिधार गई। जवानी की दहलीज पे खड़े होते ही हीरो बनने का फितूर जागा, काफी हाथ-पाँव मारा, नाक तक पानी में डूबने के बाद भी मायापुरी में छपने लायक बात नहीं बनी। कहानी पुलिस की नौकरी पर आकर खत्म हुई। हीरो बनने की कोशिशें तो खत्म हो गईं पर हीरोपंती नहीं गई। दिल में फिल्मों के लिए प्यार बरकरार है। शांतिपुर में रिलीज होने वाली घटिया-से-घटिया फिल्म का फर्स्ट डे फर्स्ट शो जरूर देखता। पर मुफ्त में,

पुलिस की नौकरी कुछ तो काम आए। बउआ सिंह खुद को शाहरुख कहलवाना पसंद करता था। इलाके की हर दूसरी लड़की को राज के अंदाज में छेड़ चुका था। सड़के पे खड़े हो बाँहें फैलाकर आती-जाती लड़कियों को अपनी बाँहों में भरने की कोशिश कर शाहरुख के नाम पर बट्टा लगा दिया था। इसकी वजह से दिलवाले दुल्हनियाँ ले जाएँगे फिल्म का नाम सुनते ही थानेवालों के पिछवाड़े आग लग जाती, वे आग-बबूला हो फिल्म को कोसते। उनका शाहरुख लड़की पटाने के सभी फिल्मी तरीके आजमा चुका था। जैसे लड़की को देख सीटी बजाना, गाने गाना, उनका पीछा करना, लड़की को हँसाने के लिए ऊलजुलूल हरकतें करना। क्योंकि हर सड़क छाप रोमियो की तरह ये भी उसी फॉर्मूला को मानता है कि लड़की हँसी तो समझो फँसी। इतनी मेहनत करने के बावजूद आज तक कोई लड़की न तो इसे देख हँसी, फँसना तो दूर की बात, उलट वर्दी की परवाह न करते हुए बउआ के कान के नीचे एक जोरदार तमाचा जड़ दिया और थाने में जाकर फजीहत की सो अलग। थाने के कर्ता-धर्ताओं को मामले को रफा-दफा करने के लिए के माथापच्ची करनी पड़ती। बउआ सिंह के गालों पर पड़े तमाचों का रिकॉर्ड रखा गया होता, तो पुलिसवाला हो कर सबसे ज्यादा तमाचे खाने का लिम्का बुक ऑफ रिकॉर्ड्स बउआ सिंह के नाम दर्ज होता। अपनी ना-कामयाबियों से कभी मायूस नहीं हुआ। हर बार नए जोश के साथ आगे बढ़ता रहा। अब आप सोच रहे होंगे कि इसके खिलाफ कोई अनुशासनात्मक कार्रवाई क्यों नहीं हुई? इसकी वजह बड़ी गंभीर है। दरअसल बउआ के मिसेज बक्षी और मिसेज भट्टाचार्जी से काफी करीबी रिश्ते थे। करीबी रिश्ते शब्द का गलत अर्थ न निकालें। दोनों ही महिलाएँ इसे अपना भाई मानती थीं और ये अपनी बहनों के लिए खबरी का काम करता। थाने में इनके पति कितने ग्लास पानी पीते और कितनी पानी गुसलखाने जाकर बाहर निकालते, इन सारी बातों की खबर एकदम टाइम पर बहनों तक ब्रॉडकास्ट होती थी। बक्षी साहब और भट्टाचार्जी बाबू दोनों इससे डरते थे। वह कहावत तो आप सभी ने सुनी ही होगी कि सारी खुदाई एक तरफ और जोरू का मुँहबोला भाई एक तरफ। फिर किसकी हिम्मत जो इस पर हाथ डाले। इसकी सूरत और सीरत में काफी तालमेल था जिसे देखकर संदेह पक्का हो जाता कि हो न हो भगवान ने लापरवाही से बंदर बनाने वाले साँचे में इसे डाल दिया था। और जब अपनी मौलिकता का हनन होते देख, बंदरों ने इसके खिलाफ कॉपीराइट एक्ट के तहत सार्वजनिक रूप से आपत्ति दर्ज

कराई, तो उनकी आपत्ति का सम्मान करते हुए भगवान ने बउआ सिंह को पूँछ से वंचित रख, बंदरों और बउआ में देखने मात्र का अंतर बनाए रखा।

दिन चढ़ आया था। थाने में अन्य दिनों की तुलना में जबरदस्त चहल-पहल थी, हर कोई काम करने की कोशिश करता दिख रहा था, पर कौन-सा काम करें, ये बड़ा प्रश्न था। रातभर शांति के साथ रहने के बाद फिर एक बार फोन की घंटियों ने टुनटुनाकर थाने के वातावरण को अशांत कर दिया। जब भी फोन की घंटी टुनटुनाती एक आधा पत्रकार थाने की खिड़की को माशूका के गाल समझ उससे चिपक जाता। इन चौकन्ने पत्रकारों के सवालों के चाबुक से बचने के लिए पुलिसवालों ने सुबह से मौन व्रत धारण कर रखा था। बारह घंटे से भी ज्यादा समय से पुलिसवाले थाने में कैदी के समान घिरे हुए थे। पत्रकारों को सच्चाई से दूर रखना जरूरी था, वहीं थकान हटाने के लिए फ्रेश होना इस वक्त की सबसे बड़ी डिमांड थी। तो तय हुआ कि बारी-बारी से सभी घर जाकर मॉर्निंग एक्टिविटिज निपटा, उलटे पाँव थाने में ड्यूटी पर लौटेंगे। और कल की घटना के बारे में परिवार वालों को उतना ही बताएँगे जितना कि देश की जनता को पता है, और सबसे जरूरी बात कि मीडिया के तामझाम और झाँसे में न आएँ, सुरक्षित दूरी बनाए रखें।

वरिष्ठता के अनुसार सबसे पहले बक्षी साहब अपने घर पहुँचे। दरवाजे की घंटी बजाने के लिए हाथ घंटी की तरफ बढ़ाया, पर दरवाजा उससे पहले खुल गया। पत्नी स्नेहलता ने शब्दों को खर्च किए बिना ही घर में उनका स्वागत किया। बिना घंटी बजाए दरवाजे का खुलना शुभ लक्षण नहीं है। आमतौर पर तीन से चार बार घंटी बजाने के बाद ही दरवाजा खुलता था और उस पर सवालों की बौछार होती थी। आज स्नेहलता खामोश थी, और साहब को इनके गुस्से से नहीं, बल्कि खामोशी से डर लगता था। क्योंकि खामोशी जब मुँह खोलती है तो तूफान करवट लेता है और हमेशा उसके नीचे बेचारे बक्षी साहब दब जाते हैं। स्नेहलता आगे साहब उनके पीछे घर में प्रवेश कर गए। पत्नी का फोन काटकर सिर तो पहले ही मुँडवा चुके थे, अब तो बस ओले पड़ने का इंतजार था। दोनों खामोश थे, पर कमरे में बच्चों की धमाचौकड़ी, वातावरण में मानवीय संवेदनाओं को पुचकार शब्दों की बारिश कर रही थी, पर दोनों पति-पत्नी सूखे बैठे थे। टीवी पर कार्टून चैनल आ रहा था। दो बच्चे आपस में टीवी के रिमोट के लिए लड़ रहे थे। सबसे छोटा वाला बच्चा टेबल पर बैठकर नाश्ता कर रहा था। उम्र यही

कोई चार-पाँच साल होगी। वह अपने हाथों से खा रहा था। अपने साथ-साथ आस-पास की सभी चीजों को भी खिला रहा था। सबसे बड़ा बच्चा दूसरे कमरे में ऊँची आवाज में गाना सुन रहा था। घर की हालात देखकर लग रहा था जैसे अजायबघर हो। फर्नीचर के अलावे घर की हर चीज अपनी जगह बिछुड़ चुकी थी। बच्चों की तादात देखकर घबराइए नहीं, बक्षी साहब परिवार नियोजन विभाग को कभी चैलेंज करने का साहस नहीं दिखा पाए। इन चार बच्चों में से सिर्फ दो ही उनके हैं, एक वह लड़की जो रिमोट के लिए झगड़ रही है दूसरा वह जो गाना सुन रहा है। बाकी के दो बच्चे समझ लीजिए दहेज में मिले हैं। छोटा वाला जो नाश्ता कर रहा है वह छोटी साली का है। और जो रिमोट के लिए लड़ रहा है वह इनके चचेरे साले की इकलौती संतान है। छुट्टी छाटी वाले दिन इनके घर बच्चों का जमावड़ा लगता है। आज शनिवार है, उस पर कल की घटना के कारण स्कूल-कॉलेज जैसे सभी संस्थान एहतियातन बंद कर दिए गए हैं। बक्षी साहब को देखते ही बच्चे दौड़कर उनके पास आ गए सिवाय उस टेबल वाले के। बेटी दौड़कर उनकी तोंद से लिपट गई, और दोनों लड़के उनके सामने खड़े हो गए। बेटी का चेहरा खुशी में डूब गया था, पर दोनों लड़के सवालिया निगाहों से उन्हें ताक रहे थे, “पापा आप तो हीरो हो हीरो!” खुशी के मारे बेटी ठीक से बोल नहीं पा रह थी। बक्षी साहब की ठुड्डी पकड़ते हुए बोली, “पापा टीवी में दिखाया कि आप ने आतंकवादी को मारा है, मेरे हीरो पापा।”

बच्ची की बातें सुन टेबल पर बैठा बच्चा ‘हीरो’ कहकर चम्मच टेबल पे पटकने लगा। उधर रसोई घर से बर्तन गिरने की जोरदार आवाज आई, पर किसी को इस आवाज से विशेष फर्क नहीं पड़ा सिवाय बक्षी साहब के, वे भली-भाँति जानते थे कि बरसने से पहले बादल अक्सर गरजकर अपने आगमन की पूर्व सूचना देते हैं। बेटी हीरो कहकर जोर से तालियाँ बजाने लगी, फिर रसोईघर से बर्तन के गिरने की आवाज आई। बक्षी साहब के अंतरआत्मा की हालत इस समय उस बच्चे के जैसी थी, जो परीक्षा में नकल करते हुए रंगे हाथों पकड़ा गया हो। और मास्टरजी पिताजी के सहपाठी थे और पिताजी ने मास्टरजी को स्कूल के दिनों में मुर्गा बनाया था।

बक्षी साहब हमेशा से ही डरपोक रहे हों, ऐसा नहीं था। कॉलेज के दिनों में बहादुरी की डींगें हाँकने में माहिर थे। दिल से कोमल थे, उस पर गायकी का शौक भी पालते थे। इनकी गायकी के विषय में विशेष जानकारी नहीं है, पर इतना

पता है कि ये अपनी आवाज दुनिया को सुनाना चाहते थे, बाथरूम के कमोड, नल और बाल्टी के सिवा कोई तीसरा इनका गाना नहीं सुन सका। इनकी माँ चाहती थी कि बेटा अपने परिवार की परंपरा का मान रखे और पुलिस में भर्ती हो जाए। एक लायक बेटे की तरह माँ का सपना पूरा किया और गायक बनने के सपनों को दिल के संदूक में बंद कर, उसके ऊपर बड़ा-सा पत्थर रख उस पत्थर के ऊपर बैठ गए, पर जब भी गायकी मन को खुजलाने लगती तो गाने के लिए बाथरूम चले जाते। शुरू के दिनों में ये तबीयत से काफी ईमानदार थे। काम ईमानदारी से करते। नतीजा रोज-रोज अफसरों की डाँट सुननी पड़ती। सिस्टम तो न बदल सके, धीरे-धीरे खुद को सिस्टम की खातिर बदल लिया। बदलते ही भाग्य के दरवाजे खुल गए। शादी के लिए रिश्तों की लाइन लग गई। कमाऊ पुलिसवाले पर हर बेटी के बाप की ललचाई नजर होती। स्नेहलता के पुलिस अफसर पिता को अपनी लाडली और गुस्सैल बेटी के लिए शांत एवं सुशील स्वभाव का पति चाहिए था। और बक्षी साहब के घरवालों को मोटा दहेज, और फिर ज्योतिष के अनुसार दोनों के छत्तीस के छत्तीस गुण मिलते थे। तो एक दिन शुभ मुहूर्त देखकर भोलेनाथ बक्षीजी की शादी कर दी गई। इस घटना को घटित हुए पंद्रह साल बीत चुके हैं। शादी के सालभर बाद बड़ा बेटा घर आ गया, उसके छह साल बाद बेटी घर आई। स्नेहलता का उपनाम चौधरी से बदल बक्षी हो गया, पर स्वभाव में तनिक मात्र भी बदलाव नहीं आया। पहले पुलिसवाले की बेटी थी, अब पुलिसवाले की बीबी यानी करेला अब नीम चढ़ा था। बक्षी साहब का स्वभाव गृहस्थी बसाने में बहुत काम आया। रिश्ते में शुरू से ही वो शादीशुदा थे और स्नेहलता सुखी। वह कहते हैं न कि हर कामयाब आदमी के पीछे एक औरत का हाथ होता है और बक्षी साहब के पीछे वह हाथ उनकी पत्नी का था। थाने में किसे कितनी घूस मिलनी चाहिए इसका फैसला भी वही करतीं। सोफे के पीछेवाली दीवार पे दोनों की तस्वीर थी। तस्वीर में बक्षी साहब साँस रोके गंभीर मुद्रा में थे और मिसेज की तिरछी नज़रें उन पर थीं। इस तस्वीर को देख, देखने वालों को आपातकाल की याद आ जाए जब अभिव्यक्ति की स्वतंत्रता पर सरकार द्वारा इसी प्रकार नजर रखी जाती थी और लोग ऐसे ही सहमे रहते थे। थाने में इनका एक खबरी भी था। नाम बउआ सिंह, जो हर बात की खबर उनके कानों तक सही समय पर पहुँचाता था पर अबकी वह चूक गया था। बक्षी साहब सोफे पे विराजमान थे। बेटी उनकी गोद में बैठी थी। घर में एक बेटी ही

थी जो उन्हें समझती थी। बाकी के सदस्य उन्हें कुछ नहीं समझते थे। बेटी ठुड्डी हिलाते हुए बोली, "पापा कैसे मारा आप ने उसे आपको डर नहीं लगा?" अपने दोनों हाथों से बक्षी साहब का चेहरा पकड़ के प्यार से बोली, "बोलो ना पापा।"

"अरे नहीं इसमें डरने का क्या बात है? तुम्हारा पापा तो बहादुर है। वह तो हम ऐसा बहोत सारा बदमाशों को मार के भगाया है।" इतना सुनते ही दोनों लड़के मुँह टेढ़ा कर वहाँ से निकल लिए।

"आप इतने बहादुर हो फिर मम्मी से क्यों डरते हैं, वह आपको हमेशा डरपोक क्यों कहती हैं?"

प्रश्न अनसुना करने में भलाई थी। बेटी को गोद से उतार उसे खेलने के लिए कह, इधर-उधर देखा स्नेहलता कमरे में नहीं थी। नौकरानी को चाय लाने के लिए आवाज दी और बाथरूम चले गए। दस मिनट बाद नौकरानी चाय टेबल पर रख के चली गई। रिश्तों की ईंटों के बीच बक्षी साहब सीमेंट की तरह दबे-कुचले से पड़े थे। पंद्रह साल की शादीशुदा जिंदगी में पहली बार पत्नी से झूठ कहा था। सच सामने आने का भय दिल को दहलाने लगा था। कान में एक प्रसिद्ध गाने की लाइनों का दो-दो मिनट पर रिपीट टेलीकॉस्ट हो रहा था- 'मार दिया जाए कि छोड़ दिया जाए बोल तेरे साथ क्या सलूक किया जाए।' ये गाना महिला के स्वर में था जो उनके डरावने खयालों की आँच को फूँक मारकर भड़का रहा था। आधी उम्र पुलिस की नौकरी में बीती पर आज से पहले ऐसा कोई केस न देखा, न समझा। नहाकर कपड़े पहनने के लिए सबसे पहले लाल रंग का लंगोटा हाथ में लिया, पहनने ही वाले थे कि विश्वप्रसिद्ध लंगोटधारी श्री सुपरमैन की याद हो आई, और साथ सवाल लाई कि आखिर सुपरमैन पैंट के ऊपर लंगोटा क्यों पहनता था। गौर से लंगोटा देखने के बाद पहली बार सुपरमैन की समझदारी समझ में आई। आम लोग सीधी तरह से लंगोटा पहनते हैं, अर्थात कपड़ों के भीतर लंगोटे को छिपा लेते हैं। फिर भी उन्हें अपनी इज्जत खोने की चिंता खाए जाती है। अपना लंगोटा जमाने को दिखाने के लिए हिम्मत और बेशर्मी दोनों होनी चाहिए। ऐसा कर आप अपना सब कुछ दिखा भी देते हैं, और जमाने को खबरदार कर भी देते हैं कि अपनी राह चलें। क्योंकि दुनिया उनका क्या बिगाड़ लेगी, ऐसा क्या है जिसे सरेआम कर देगी सब कुछ तो वे पहले ही दिखा चुके हैं। इधर छुपा के पहनने वालों का लंगोटा अक्सर झीना होता है पैंट उतर गई तो लंगोटा भला किस काम का, पर वहीं सुपरमैन का लंगोटा उतर भी जाए तो इतनी

आसानी से राज नहीं खुलते। और न ही उस खुलते राज को देखने में किसी को दिलचस्पी होती है। अब लोग अपना बचाएँ कि दूसरे की उतारें। पर बक्षी साहब तो पैंट के अंदर लंगोटा पहनने वालों में थे, पैंट उतर गई तो? इस आत्ममंथन से वो इस नतीजे पर पहुँचे कि चिंतामुक्त रहने के लिए लंगोटा पैंट के ऊपर धारण करना आवश्यक है। सुपरमैन की समझदारी पर फोन कर उसे शाबाशी देने का जी किया, पर उसके लिए ये सही समय नहीं था। झट लंगोटा धारण कर लिया। खाते-पीते पुलिसवाले थे, पर लंगोटे की दशा देख विश्व बैंक वाले सामने से चलकर लंगोटा खरीदने के लिए लोन थमा जाएँ।

हालात बक्षी साहब की समझ के परे थे इसलिए गोपी के अफलातून दिमाग के सामने घुटने टेकने में भलाई समझी। अंतरआत्मा से रह-रहकर रिपीट टेलिकॉस्ट हो रहा था कि स्नेहलता को सच्चाई बता दो पर दिमाग ने चेतावनी जारी कर दी अगर उसे सच्चाई बता दी तो ससुराल में उसका टेलीकॉस्ट हो जाएगा और स्नेहलता से हर घड़ी ब्लैकमेल होना पड़ेगा सो अलग, चुप्पी में ही सबकी भलाई है।

#7#

मुर्गे के एनकाउंटर को बारह घंटों से ज्यादा का वक्त बीत चुका था। अभी तक किसी भी आतंकवादी संगठन ने मुर्गे को शहीद घोषित कर, उसे अपने संगठन का सदस्य नहीं बताया था। जिससे गृह मंत्रालय के आला अफसरों के सिर में दर्द बढ़ता जा रहा था। विपक्ष घटना की सीबीआई द्वारा जाँच की माँग को लेकर सरकार के साथ हूतूतू खेल रही थी। सरकार के सहयोगी दल भी टाँग खींचने के लिए राहु केतु और शनि को हलवा का भोग लगा शुभ मुहूर्त तलाश रहे थे। इधर फेसबुकिया धुरंधर लाइक, कमेंट और शेयर की राजधानी एक्सप्रेस चला सरकार की नींद में अलार्म क्लॉक लगाए बैठे थे। इन हालात में भी सरकार अपनी पीठ थपथपाने के मौके जुगाड़ने में लगी थी। दूसरी ओर खुफिया विभाग की नींद हराम हो रही थी, ये सोच के कि आखिर मुर्गा था कौन ? क्या थी उसकी योजना और उसके चार साथी कहाँ गायब हो गए ? उन्हें धरती निगल गई या आसमान खा गया ? और सबसे चौंकानेवाली बात कि आतंकी हमले को लेकर खुफिया विभाग की ओर से कोई अलर्ट जारी नहीं हुआ था। फिर आतंकी हमले की खबर शांतिपुर थाने तक कैसे पहुँची ? किस विभाग ने दी सूचना ?

इधर न्यूज चैनल वाले पुलिस से बाजी मार ले गए और मुर्गे का पता ठिकाना ढूँढ निकाला। मुर्गे के घर के सामने पत्रकारों का मेला लग गया। हर पत्रकार मुस्तैद था सो सच्चाई की तह को गहराई से खोद निकालने के लिए उछल-कूद करने लगा। मुर्गा शांतिपुर का रहने वाला था। कद पाँच फुट सात इंच, गोरा रंग, उम्र बीस साल, मेधावी छात्र, कंप्यूटर में महारत हासिल थी। हाल ही में वह भारत भ्रमण से लौटा था। उसके कैमरे में देश के कई महत्त्वपूर्ण एवं प्रसिद्ध इमारतों की तस्वीरें थीं। मीडिया के अनुसार ये सारी बातें इस ओर इशारा कर रही हैं कि मृतक देश के दुश्मनों के साथ मिलकर देश के खिलाफ काम कर रहा था। ये

खबर बक्षी एंड कंपनी को राहत देने वाली थी।

आज के अखबारों के पहले पन्नों पर बड़े-बड़े अक्षरों में कल की घटना का गुणगान छपा हुआ था। गुणगान के साथ अखबारों ने अपनी अक्ल का तड़का लगाकर खबर में चार लाइनें और जोड़कर छाप दिया कि निकट भविष्य में शहर के ऊपर एक बड़े आतंकी हमले की तैयारियाँ चल रही हैं। फिर क्या था जनता के सिर पर चिंता से लबालब भरा लावारिस अफवाहों का गर्मागर्म टोकरा लटक गया। और जनता उस टोकरे के उलटने के इंतजार में चर्चामग्न हो गई। लोग खबरों को चाट-पोंछकर पढ़ने लगे। तेज मसालेदार और चटपटी खबर के चाटने से पेट में जागरूक और जिम्मेदार नागरिक होने की गुड़गुड़ी होने लगी, तो उन्होंने जागरूकता का परिचय देते हुए चालीस लोगों को चेताया और चैन की डकार ली, फिर उस चेते हुए व्यक्ति ने चार सौ लोगों को चेताया इस तरह खबर पक्की हो गई कि शहर पर बड़ा हमला होने वाला है। रोजमर्रा की परेशानियों को नाजायज औलाद समझ लोग भूलने लगे, कुछ याद रहा तो वह थी अफवाह की आवारा हरकतें। विचारों के अखाड़े में खबर की सत्यता पर मुहर लग गई कि बड़ा आतंकी हमला होने वाला है।

#8#

रायता जितना फैल सकता था फैल चुका था। लोकतंत्र देश में कुँवारी है और किसी के साथ चोंच नहीं लड़ा रही है, दुनिया को ये संदेश देने के लिए अब जाँच-जाँच खेलना जरूरी था। दिन के ग्यारह बजे बक्षी साहब को पुलिस मुख्यालय बुला उनसे कल की घटना की लिखित जानकारी माँगी गई। उनके द्वारा जो लिखित जानकारी दी गई, उसके अनुसार एक बजे के आस-पास थाना प्रभारी के पास एक गुमनाम फोन आया जिसके अनुसार थाने पर आतंकी हमला होने की साजिश रची जा रही है। पर इस जानकारी को किसी की शरारत समझकर विशेष महत्त्व नहीं दिया। दोपहर दो बजे के आस-पास आतंकी ने अपने एक दोस्त के साथ थाने पर फायरिंग शुरू कर दी। जवाब में पुलिस ने फायरिंग की और एक आतंकी मारा गया। उसका दूसरा साथी भागने में कामयाब रहा।

पुलिस के तीन आला अफसरों के एक जाँच दल ने बक्षी साहब से बंद कमरे में पूछताछ शुरू की। तीनों टेबल के तीन तरफ और बक्षी साहब एक तरफ। चारों के सिर के ऊपर बिजली का पंखा नाच रहा था। बक्षी साहब के ठीक सामने बैठा खूँखार सा दिखनेवाला ऑफिसर टेबल पर अपनी उँगलियों को थिरका रहा था। वह जिस अदा से बक्षी साहब को घूर रहा था अगर कोई आदमी अपनी आँखों से ये दृश्य देख ले तो उसके मन में ऑफिसर के चाल-चलन पर मध्यम मार्गीय प्रभाव होने का संदेह कुलबुलाने लगे। पहले अफसर ने बक्षी साहब को ऊपर से नीचे तक गौर से देखा। पुलिस की मामूली-सी तनख्वाह में भी खाते पीते घर के नजर आते थे। गोल-मटोल छोटे-मोटे फुटबाल जैसे, तोंद के ऊपर यूनिफॉर्म का बटन खुला हुआ था।

"बटन बंद करो।" ऑफिसर ने आदेश दिया।

"जी, जी सॉरी सर!"

बटन को बंद करने की कई ईमानदार कोशिशें कीं, पर बटन ने विपक्ष की तरह अड़ियल रवैया अपनाते हुए बंद होने से साफ इनकार कर दिया। कोशिशों पर पूर्णविराम लगा। हथेली को बटन के ऊपर रख बैठ गए। दरअसल बटन की तुलना अड़ियल विपक्ष के साथ करना उचित नहीं है क्योंकि इसमें बटन का कोई दोष नहीं था। बल्कि वह तो आम जनता की तरह हालात के हाथों मारी गई थी। छोटी वर्दी में बड़े से शरीर को सहेजने में बटन पूरी असहाय थी। कोशिशों की इस पूरी प्रक्रिया के दौरान जाँचकर्ता उन्हें घूरता रहा। हर कोशिश उनके मन में कामयाबी की आस बँधाती, फिर अगले ही क्षण टूटकर इधर-उधर बिखर जाती। तीनों को अंत तक विश्वास था कि बक्षी साहब धोनी की तरह मैच की आखिरी गेंद पर छक्का लगाकर मैच का रुख बदल देंगे। पर नतीजे ने उन्हें निराश किया।

बक्षी साहब के दाएँ तरफ बैठे अफसर ने सवाल किया, "पहले गोली किसने चलाई?"

"जी उसने।"

"उसने किसने?"

"जी वो... वो आतंकी ने।"

"तुम सबके सब बच गए, किसी को चोट या खरोंच कुछ नहीं आई?"

"जी नहीं।"

"तुम ने भी उस पर फायरिंग की थी?"

"जी..."

"कुछ बता सकते हो किसकी गोली से मरा होगा वह?"

"जी वह.... कहना तो थोड़ा मुश्किल है कि किसकी गोली से मरा!"

"पर आपने अपनी रिपोर्ट में लिखा है कि वह आपकी गोली से मरा।"

"जी हमको ऐसा लगता है पर ठीक-ठीक कहना मुश्किल है कि किसकी गोली से मरा।"

"दिन में कितने किलोमीटर तक दौड़ लगाते हैं?" कोई आवाज नहीं।

"कितने किलोमीटर तक बिना हाँफे चल सकते हैं?"

"जी वह काफी दूर तक चल लेते हैं। सुबह में उठकर रामदेव बाबा का जोगा भी करते हैं।"

"और कुछ कहना चाहोगे घटना के विषय में?" न में सिर हिलाया।

"उसके साथियों के हुलिए के बारे में आपकी रिपोर्ट में कुछ भी नहीं लिखा

है?"

"जी सब कुछ इतना जल्दबाजी में हुआ कि किसी का शक्ल ठीक से याद नहीं।"

"बाकी के साथी किस ओर भागे थे? कुछ याद है या वह भी ठीक से देखा नहीं?"

"जी, कॉलेज वाली सड़क की तरफ भागे थे।"

"पर आस-पास की सड़कों पर लगे सीसी टीवी में किसी के भागने की कोई फुटेज नहीं है।" इस सवाल पर बक्षी चुप ही रहे।

अब सवाल पूछने की उत्सुकता बाएँ बैठे अफसर ने दिखलाई, "अच्छा एक बात बताओ, मुर्गे के कुल कितने साथी थे?"

"जी दो।"

"पर मीडिया को तो आपने बताया था कि उसके साथ तीन और लड़के थे।"

"अच्छा हो सकता है पर रिपोर्ट में दो लिखा है।"

"इतनी बड़ी गलती कैसे हुई?"

सवाल-जवाब की बैलगाड़ी घड़ी के काँटों को आगे धकेलती रही। दोनों ही पक्ष अपने कर्तव्य का निर्वाह करते रहे। एक घंटे तक पूछताछ चली पर बात जहाँ से चली थी अभी तक वहीं पर फँसी थी। जाँचकर्ता घुमा-फिराकर सवाल करते, बक्षी साहब गूगल डॉट कॉम की तरह जवाब ढूँढ लाते। हर सवाल को चुइंगम की तरह चबा-चबाकर खींचा, पर जवाब पर उसकी लंबाई का प्रभाव नहीं पड़ा।

"अब आप जा सकते हैं, अगर कुछ याद आए तो बतलाना भूलना नहीं।"

पूछताछ के दौरान अफसर नंबर तीन था जो बक्षी साहब के ठीक सामने बैठा था। वह पूरे समय खामोश रहा। वह या तो अपनी डायरी में कुछ लिखता या एक टक बक्षी को देखता। बक्षी साहब को सवालों से ज्यादा इसके घूरने से परेशानी महसूस हो रही थी। जैसे ही जाने का आदेश मिला बक्षी साहब की जान में जान आई। झट अपनी सीट से उठ गए और तीनों अफसरों से मुस्कुराकर बिदाई ली।

दाएँ बैठे अफसर ने कहा, "अगली मुलाकात पे वर्दी का बटन ठीक से बंद करके आना।"

"अगली मुलाकात!"

"हाँ अगली मुलाकात।"

बत्तीसी दिखाते हुए नंदी बैल की तरह सिर हिला दिया। घूरने वाले अफसर की लाल आँखे बक्षी साहब की तोंद को घूरने लगीं। पहली बार उसके मुँह से आवाज बाहर आई, "लगता है काफी कमाई कर ली है, बटन खुला मत छोड़ो, छेद से सब बाहर झाँक रहा है।"

ये सुनते ही बक्षी साहब के तोते उड़ गए। इस वक्त उनके दिमाग में बस एक ही खयाल दौड़ रहा था कि कैसे जल्द से जल्द यहाँ से बाहर निकला जाए। वो कुछ और फरमाएँ इससे पहले सभी को हाथ जोड़ प्रणाम कर उनकी नजरों से दूर हो गए।

पुलिस मुख्यालय की इमारत किसी भूलभुलैया से कम न थी। उस पर पैरों की ताकत धीरे-धीरे साथ छोड़ रही थी। बाहर निकलते हुए महसूस हो रहा था मानो मकड़जाल में उलझते जा रहे हों। कई बार आँखो के सामने धुँध पड़ गई। एक-एक कदम सदियों का फासला तय करता महसूस हो रहा था। मुख्यालय से बाहर निकलकर खुली हवा में लंबी साँस छोड़ी। एक घंटे से लंबी चली पूछताछ के दौरान सवालों के जवाब पकाते-पकाते दिमाग से धुँआ निकलने लगा। सिर दर्द थर्ड डिग्री पार कर गया। चाय पाकर दिमाग को तंदुरुस्त करने का खयाल आया। पास में एक चायवाले की छोटी-सी दुकान थी। एक कप कड़क चाय के लिए कहकर दुकान के सामनेवाली बेंच पर बैठ गए। दोपहर का वक्त था। आस-पास के खाने के ठेलों पर खानेवालों की अच्छी-खासी भीड़ थी। हर तरह का खाना यहाँ काफी सस्ते दामों पर मिलता है। दक्षिण भारत के इडली-दोसा से लेकर मुगलाई और चाइनीज खाना मात्र बीस रुपये में पेटभर कर खा सकते हैं। आस-पास के ऑफिस में काम करने वालों की यह पसंदीदा जगह थी। खाने का समय हो गया था, पर भूख का नामोनिशान नहीं था। कोई और दिन होता तो इस वक्त खाकर अपनी कुर्सी पर सुस्ता रहे होते और बीच-बीच में शरीर के दोनों भाग से डकार ले रहे होते, पर आज हालात एकदम अलग थे। चायवाला चाय देकर चला गया। चाय काफी गरम थी ठंडी होने के लिए बेंचपर रख दी। तभी एक गंदा कुत्ता आया और उनका जूता सूँघने लगा। हुश-हुश कर के कई बार उसे भगाया, पर कुत्ता हर बार वापस आ जाता और इनका पैर सूँघने लगता। चाय का प्याला मुँह से लगाया ही था कि चायवाले ने कहा, "साहब आप वही हैं न आतंकवादी को मारने वाले? हम तो आप को देखते ही पहचान लिए। आप तो

छा गए हैं साहब। हमारा बात याद रखिएगा सरकार इस साल का बहादुरी मेडल आप ही को देगी।" कहकर जबरन हँसने लगा। चायवाले की बातों ने उनके जलते हुए दिमाग पर कटोरी भर पिघला घी डाल दिया। गुस्से में चाय की प्याली कुत्ते के ऊपर फेंक पैर पटकते हुए चल दिए। कुत्ता कीं-कीं कर चिल्लाने लगा। चायवाला हैरानी के साथ बक्षी साहब को जाते हुए देखता रहा।

#9#

मुर्गे के मारे जाने की खबर उसके परिवार वालों को टीवी चैनलों के जरिए मिली। जवान बेटे की मौत उस पर बेटे पर आतंकवादी होने का तमगा। जोर का झटका था सो जोर से ही लगा। नतीजतन दोनों बेहोश होकर गिर पड़े। पास-पड़ोस वालों की थोड़ी मेहनत के बाद दोनों होश में आए। होश-हवास सँभालने के बाद ये पूछने की जरूरत नहीं पड़ी कि मैं कहाँ हूँ। खबर जंगल में आग की तरह फैली। टीवी के माध्यम से पास-पड़ोसवालों के कानों से जा टकराई। हर कोई अपना काम छोड़ मुर्गे के घर की ओर दौड़ पड़ा। भीड़ तमाशबीनों की थी। खुसुर-फुसुर पूरे जोर शबाब पर थी। जो बेहोशी की हालत में मुर्गे के माँ बाप के कानों में लाइव टेलीकॉस्ट की फीड दे रही थी। भीड़ में होड़ थी कि कोन पहले इन दोनों के चेहरों को देखे। दोनों के सामने नर मुंडों का जमघट लगा था। जिन्हें हमर्दद समझना दिमाग का फितूर भर हो सकता है। हर बात पर मरने की फुर्सत नहीं का पहाड़ा रटनेवाले मनोरंजन के लिए कामधाम छोड़कर भीड़ बन बैठे। हर किसी की चाहत थी कि उसे भी दोनों के दर्शन हों। जो सामने थे वे हटने को तैयार न थे। पूँजीवाद की तरह अपना एकछत्र अधिकार जमाए रखना चाहते थे। तो नयनसुख से वंचित भीड़ में खड़े पीछे की पंक्तिवाले साम्यवाद की तरह हर हाल में समानता के अधिकार के लिए प्रयत्नशील थे। परिणामस्वरूप हालात कुछ-कुछ अराजकतावाद जैसी थी। भीड़ में धक्का-मुक्की के साथ इक्का-दुक्का सभ्य गाली पकड़ बनाए थी।

पति-पत्नी के साथ एक-दो हमर्दद भी थे जो आगे बढ़कर स्थिति को सँभालने की नाकाम कोशिश में जुटे थे। कुछ भीड़ से हाथ जोड़ एकांत की प्रार्थना कर रहे, तो दो ऐसे भी थे जो दोनों को पूरी तरह से होश में लाने की कोशिश कर रहे थे। वो होश सँभालते, उससे पहले पत्रकारों ने मोर्चा सँभाल

लिया, और उनकी आहत भावनाओं पर सवालों के नमक रगड़ने लगे।

पत्रकारों के पास किलो भर-भरकर नमक था जिसे प्रश्न की आड़ में जख्मों पर रगड़ते रहे। वैसे इसमें इनका भी क्या दोष था, इनके लिए तो यह एक सामान्य घटना थी। जैसे महँगाई का बढ़ना एक खबर है। वैसे ही मुर्गे का एनकाउंटर भी एक खबर है। इनके लिए हर आहट और घबराहट के चीख की औकात मात्र एक खबर भर है। घर की दीवार पर मुर्गे की खूबसूरत तस्वीर टँगी थी। तस्वीर के चेहरे पर हैरानी के भाव थे।

आप के दिमाग को एक बात बार-बार परेशान कर रही होगी कि आखिर मृतक को बार-बार मुर्गा क्यों कहा जा रहा है। मृतक एक आम नागरिक था। आम नागरिक देश का भाग्यविधाता है। उसके पास अधिकार है, कि वह हर पाँच साल में एक बार देश के भविष्य को सँवारने की दिशा में कदम बढ़ाए और अपना प्रतिनिधि चुनकर देश के भविष्य को उनके हाथों में सौंप, गाँधीजी के तीनों बंदरों की तरह एक कोना पकड़ बैठ देशभक्ति के नारे लगाए। और मोमबत्ती की टिमटिमाती रोशनी में खाली पेट, थोड़ा जागते, थोड़ा सोते हुए अपने भविष्य को उज्ज्वल बनाने के सपने देखे। भर पेट रोटी देने में सरकारें असफल रहीं तो क्या हुआ, वादों के खुशबूदार खयाली पुलाव की महक से वे जनता के खाली दिमाग को भरती रहती हैं। इस खयाली पुलाव के खयाल के बदले सरकार हफ्ता वसूलती है यूँ कि इसे हफ्ता नहीं टैक्स कहते हैं। इसी टैक्स से वे सड़कें बनेंगी जो पहली बारिश की फुहारों में दम तोड़ देंगी और फिर आम जनता छई छपा छई करती हुई सड़कों पर चलने की प्रैक्टिस करेगी। पुल बनेंगे जो छह महीने बाद टूट जाएँगे। कभी-कभी तो बनने से पहले ही टूट जाएँगे, और फिर बच्चे तैरकर स्कूल जाएँगे। सरकारी अस्पताल बनेंगे जहाँ मरीजों की मौत जानवरों के काटने से होगी और जो इनके काटने से बच जाएँगे, बदतर इलाज से गंभीर बीमार हो जाएँगे। बड़ी-बड़ी परियोजनाएँ बनेंगी तभी तो घोटाले होंगे और सबसे बड़ी बात, हमारे जनप्रतिनिधियों की सात पुश्तें आराम से पलेंगी। आम आदमी अपने कंधों पर अपना बोझ तो उठा नहीं पाता है पर इन कंधों पर देश की अर्थव्यवस्था को सुचारु रखने का दायित्व होता है जिसका निर्वाह करते-करते शरीर की चमड़ी तक उधार चली जाती है। हर कोई उसकी सेवा करने के लिए तत्पर है। सेवा को चारा खिलाकर सेवा की छुरी से डॉक्टर, इंजीनियर, शिक्षक सभी उसे हलाल करते हैं और वो हलाल होने के लिए बारी-बारी से अपना सिर छुरियों के आगे

डालता रहता है। उम्र घावों के दर्द से तड़पते हुए बीतती है। इसकी जिंदगी तो राजनीति की रखैल है ही, मौत भी राजनीति के पैरों की जूती है, चिता की आँच पर लोग अपनी सियासी रोटियाँ सेंक लेते हैं। हम मुर्गे की तरह ही जिंदा-मुर्दा हर हाल में इनके काम आते हैं। आखिरी साँस तक हमें मुर्गा बनाने का ईमानदार प्रयास रहता है तो ऐसे इंसान और मुर्गा दोनों की हालत देश में एक समान है।

उसका नाम रीहान था, रीहान शर्मा। पिता इंजीनियर और माँ इंग्लिश मीडियम स्कूल में साइंस की अध्यापिका थीं और मुर्गा शांतिपुर इंजीनियरिंग कॉलेज में फाइनल ईयर का छात्र था। आस-पड़ोस में इस परिवार के लिए काफी आदर सम्मान था। इसकी दो वजह थीं। पहली ये कि मुर्गे की माँ साइंस पढ़ाती थी। हमारे यहाँ अगर बेवकूफ के हाथ में कोई सांइस की मोटी किताब देख ले तो देखनेवाले का सिर श्रद्धा से झुक जाता है, उस पर माँ औरत थी और साइंस पढ़ाती थी। दूसरी वजह ये कि पिता इंजीनियर थे वो भी सरकारी विभाग में।

किसी ने सपने में भी नहीं सोचा होगा कि इस परिवार का बेटा आतंकवादी हो सकता है। इसकी भी दो वजह थीं। पहली ये कि वो ब्राह्मण था, कोई अल्पसंख्यक और पिछड़े वर्ग से तो था नहीं कि लोग उसे दबाए, कुचले या सताए और उसके अंदर समाज से प्रतिशोध भावना दहाड़े। और वो जो आतंकवादी बन जाए। आतंकवादी होने के लिए इन गुणों का होना अति आवश्यक है। दूसरी ये कि रीहान एक जिंदादिल लड़का था। अपनी खूबसूरती के कारण मोहल्ले औंर कॉलेज में काफी पॉपुलर था खासकर लड़कियों के बीच। आज के दौर का नौजवान था और उसकी हर हरकत नौजवानों जैसी ही थी या तो ये लड़कियों के आस-पास रहता या फिर लड़कियाँ इसके इर्द-गिर्द नजर आतीं। और अगर कहीं किसी कारणवश वो लड़कियों की छत्रछाया से दूर होता तो वो मोबाइल फोन में डूबा रहता। लड़कियों पर रोब कायम रखने की खातिर कॉलेज के हर कार्यक्रम में बढ़-चढ़ कर भाग लेता। लोगों की वाहवाही लूटने और उनकी नजरों में बने रहने के लिए वह कुछ भी कर सकता था। मदद करने में कभी पीछे नहीं रहता वैसे उसकी मदद का दायरा मात्र लड़कियों तक ही सीमित था और इन्हीं लड़कियों के कारण हाथ हमेशा तंग रहता।

पॉकेटमनी कमाने के लिए रीहान अपने इलाके के एक वीडियोग्राफर के लिए एडिटिंग का काम करता। भविष्य में किसी बड़ी सॉफ्टवेयर कंपनी के लिए, 'कंप्यूटर हैकर' बनकर ढेर सारा पैसा कमाने के बाद पूरी दुनिया घूमना चाहता

था। स्कूल के जमाने से ही हर पिकनिक पे जाता और अपनी एलबम में उस जगह की तस्वीरें और उन से जुड़ी तमाम जानकारियाँ लिखकर रख लेता। रीहान की बड़ी बहन थी। बहुत जल्द उसकी शादी होनेवाली थी। रीहान के परिवार को उम्मीद थी कि भविष्य में उनके मुर्गे की बाँग से उनके जीवन में नया सवेरा होगा। आज रीहान का खामोश जिस्म फोरेंसिक डिपार्टमेंट के फर्श पर पड़ा था आँखे अभी भी हैरानी से फैली हुई थीं।

मोहल्ले में चर्चाओं का दौर चल रहा था और मुर्गे के घर से रोने-पीटने की आवाजें दूर तक सुनाई दे रही थीं- 'बेचारों से बुढ़ापे की लाठी छीन ली।' कुछ ऐसे भी लोग थे जिन्होंने मौके की नजाकत को देखते हुए मुर्गे के खिलाफ कुछ कहा तो नहीं पर मन-ही-मन में उसे आतंकवादी मान लिया था। पत्रकार इलाके में सूँघ-सूँघ कर जानकारी इकट्ठा करने लगे। जितने मुहँ उतनी बातें। खोज-बीन के दौरान ऐसे भी लोग सामने आए जिन्होंने रात के अँधेरे में कुछ अज्ञात लोगों को इनके घर आते-जाते देखा था। समाचार माध्यम से खबर मिलने के बाद जाँच दल वहाँ पहुँचा। जाँच दल वालों की भावभंगिमा पैदाइशी तौर पर कुछ ऐसी होती है कि उन्हें देखते ही लोगबाग को साँप सूँघ जाता है। उस पर कड़ी आवाज में दल के सदस्य ने लोगों को घर खाली करने को कहा तो तत्परता से आज्ञा का पालन करने लगे। मुर्गे के माँ बाप के अलावा सभी घर से बाहर थे। जाँच दल घर की हर एक चीज को उलट-पुलट कर सबूत खोजने लगा। अलमारी ने उन्हें निराश किया तो दल ने पलंग पर निशाना केंद्रित किया। चाकू से गद्दे पर कई वार किए। वहाँ भारी मात्रा में रुई थी पर सबूत नहीं था। रुई के अलावे कुछ हाथ न लगा तो अगला नंबर आटे और चीनी के डब्बों का आया। सब उलट-पुलट डाला। हर सामान की ऐसी की तैसी करने पर भी जब कुछ हाथ न आया तो थक-हार कर जाँच दल मुर्गे के माँ-बाप से पूछताछ करने लगे। पूछताछ खत्म होने पर एक कागज पर दोनों के हस्ताक्षर करवाकर जाने लगे तो माँ ने पूछा, "साहब मेरा बेटा कहाँ है वह मर गया... या अभी जान बाकी है... एक बार देखने दो। वह अक्सर मुझे परेशान करने के लिए अपनी साँसें रोक मरने का नाटक करता है। एक बार मिलने दो साहब, हो सकता है उसमें जान बाकी हो।" दोनों हाथ जोड़कर रोने लगी। रोते-रोते बेहोश हो गई। सवाल पर प्रतिक्रिया के तौर पर सभी बगलें झाँकने लगे। आखिरकार बिना कोई जवाब दिए जाँचकर्ता लौट गए। उनके जाने के बाद पड़ोसी अंदर आए और बाहर इंतजार कर रहे

तमाशबीन बाढ़ के पानी की तरह घर के भीतर घुस आए। पड़ोसियों ने मुर्गे के माँ बाप को सहारा दिया तो तमाशबीन चाय और आटे के डब्बों का बारीकी से निरिक्षण करते नजर आए। सालों से सीआईडी धारावाहिक देखकर जो तजुर्बा दिमाग में कुलबुला रहा था उसे पूरी छूट मिल गई। हर स्वयंभू जाँचकर्ता डब्बों के चाल-चलन पर शक करने लगा।

बात निकली है तो दूर तलक जाएगी...

रीहान शर्मा और आतंकवादी! ये विचार बुद्धिजीवियों के मस्तिष्क को दाद-खाज की तरह सता रहा था। सवाल ये था कि आखिर वो आतंक का रास्ता क्यों अपनाएगा? आतंकवाद तो अल्पसंख्यकों के लिए है।

दोपहर के दो बजे 'दावा' टीवी चैनल ने दावा किया की उसके पास लश्कर-ए-तैयबा नामक आतंकवादी संगठन से ई-मेल आया है जिसमें दावा है की मुर्गा उनके संगठन का सदस्य था और संगठन को उसके बलिदान पर नाज है। अपने इस बहादुर सिपाही की मौत का बदला हर हाल में लेंगे। चैनल ने तथाकथित ईमेल की खबर को सही साबित करने के लिए दमदार तरीके से अपनी बात दर्शकों के सामने पेश की।

सबूत के तौर पर मुर्गे के एलबम के एक पन्नों को स्क्रीन पर दिखाने लगे और समझाने लगे कि कैसे ये मुर्गा महत्त्वपूर्ण जगहों की रेकी कर रहा था। उसके दोस्तों की बातों को काट-छाँटकर अपने हिसाब से दिखाया कि वह हैकर बनना चाहता था, साथ में अपनी तरफ से एक लाइन और जोड़ दी कि हैकर बन के वह तबाही का देवता बनने की तैयारी में था। वक्त पर मुर्गे का काम तमाम हो गया वर्ना इस वक्त मुर्गे की जगह हमारी और आप की लाश बिछी होती। गोल-गोल लच्छेदार बातों से जनता को ये डराते रहे और मुर्गे को विध्वंसकारी बताते रहे, जनता डरती रही। टीआरपी की होड़ में नैतिकता को फिर वहीं फेंक दिया जहाँ अक्सर फेंकी जाती है। यानी गटर में। चैनलों ने मुर्गे के बारे जाने कहाँ-कहाँ से जानकारी जुगाड़ कर ली और मुर्गे के बारे में नई-नई बातें दर्शकों को बताने लगे। जितने दिनों तक मुर्गे ने दुनिया में साँस नहीं ली उससे ज्यादा उसके बारे में बातें सुनाई दीं। हर दो मिनट बाद एंकर एक लाइन जरूर रटता कि ये खबर सबसे पहले हम दिखा रहे हैं और हमारे सूत्रों के हवाले से खबर मिली है। मानो कहीं अगर ये बात नहीं रटता तो शायद देखनेवाले समझते कि चैनल वाले ये खबर कहीं से चोरी करके लाए हैं।

मृत आतंकवादी का नाम और धर्म सामने आने पर आम जनता भौंचक्की रह गई और समाचार जगत थोड़ा निराश हुआ, पर निराशा के घोर अँधेरे से ही आशा का जन्म होता है। सो आशा ने जन्म ले ही लिया। मूल नक्षत्र में जन्मे बच्चे से जिस तरह माँ-बाप डरते हैं उसी तरह इस सच्चाई से सुनने वाले डरने लगे। रीहान अब आतंकवादी से ज्यादा खतरनाक था। उसकी तुलना अब अमेरिका के जॉन वॉल्कर लिंद से होने लगी जो अमेरिकी नागरिक था और इस्लाम कबूल कर तालिबान के साथ मिलकर अमेरिका के खिलाफ लड़ा था। इस खुलासे से सबसे ज्यादा चैन बुद्धिजीवियों को मिला। वहीं समाजशास्त्री बेचैन हो उठे। अब वे अपने सवाल का जवाब ढूँढने की फिराक में दूसरे को भी सोचने पर मजबूर करने लगे कि कि समाज के नवयुवकों के गुमराह होने से देश का क्या होगा। फेसबुक, ट्विटर पे महाभारत कथा प्रारंभ हुई। इतिहास के ठेकेदारों को रीहान के परिवार का दस फीट जमीन के नीचे गड़ा हुआ इतिहास हाथ लग गया। इतिहास गला फाड़ने लगा कि मुर्गे का असली नाम बच्चन शेख था। उसके पूर्वज बाबर के रसोइए थे। 1992 के बाबरी कांड के बाद परिवार शर्मा सरनेम लगाने लगा। लेकिन परिवार आज भी इस्लाम को मानता है। स्वच्छता अभियान के समर्थकों की छी-छी से लेकर थू-थू से वॉल भर गई।

हैकर बनने की चाह मुर्गे पर भारी पड़ी। नई पुख्ता खबर ये थी कि आतंकवादियों की विचारधारा से प्रभावित हो मुर्गे ने इस्लाम कबूल कर आतंक का रास्ता अपनाया था। मीडिया ट्रायल हुआ। मुर्गा देशद्रोही घोषित हुआ, सजा के तौर पर मरे हुए मुर्गे के अस्तित्व और बेगुनाही को सूली पर चढ़ा दिया गया।

मुर्गा इंटरनेट की दुनिया की खासी जानकारी रखता था और भविष्य में हैकर बनने की चाह थी। आज की दुनिया की नब्ज कंप्यूटर के इशारे पर चलती है। 80% कंप्यूटर सिस्टम पर चैबीसों घंटे साइबर अटैक का खतरा मँडराता रहता है। कंप्यूटर के डाटाबेस को अटैक से बचाना जरूरी होता है। ऐथिकल हैकर्स के कंधों पर सिस्टम की रक्षा का भार होता है। हैकर्स सिस्टम में सेंध लगाकर उसकी बारीक से बारीक खामियों को ढूँढकर, संबंधित कंप्यूटर सिस्टम को खामियों के बारे में आगाह करता है। ये खामियों को दुरुस्त करने का काम भी करते हैं ताकि क्रैकर्स इन खामियों से गलत फायदा उठाने में नाकाम रहें। सही मायने में हैकर्स आईटी क्षेत्र की सुरक्षा के उपाय के लिए काम करते हैं वहीं कंप्यूटर की दुनिया में सिस्टम की खामियों से गलत फायदा उठा समाज और सिस्टम को नुकसान

पहुँचाने की कोशिश करने वालों को क्रैकर कहा जाता है। क्रैकर कंप्यूटर वाइरस फैलाकर दुनिया भर के कंप्यूटर्स को एक साथ नाकाम कर सकता है। लोगों के क्रेडिट कार्ड नंबर चुराकर नुकसान पहुँचा सकता है। यहाँ तक कि दुनिया के तमाम देशों के न्यूक्लियर प्रोग्राम में सेंध लगाकर इनके न्यूक्लियर प्रोग्राम को फेल कर सकता है या फिर इन हथियारों से पूरी दुनिया का खात्मा कर सकता है।

'दावा' टीवी के ई-मेल वाली खबर से खुफिया विभाग के अफसरों के सिर के बाल खड़े हो गए।

अपनी जाँच में वह काफी आगे निकल चुके थे। आतंकवादियों से लेकर चोर-उचक्कों तक की जन्मकुंडली खंगाल चुके थे, पर कहीं से कोई ऐसा सुराग नहीं मिला जो उसे आतंकवादी या असामाजिक तत्त्व साबित कर सके। खुफिया विभाग और आतंकवादी दोनों के पास एक-दूसरे के लोगों की जन्मकुंडली होती है और दोनों के काम का तरीका भी लगभग एक समान होता है। बड़े-से-बड़े काम को अंजाम देने के लिए दोनों मामूली लोगों को इस्तेमाल करते हैं और इन लोगों को उतना ही बताया जाता है जितने की जरूरत होती है ताकि पकड़े जाने पर दूसरे को उनकी योजना की विशेष जानकारी न मिल सके। इस खबर ने खुफिया विभाग को पूरी तरह उलझन में डाल दिया। वे सोचने लगे कि आखिर वह कौन-सी कड़ी है जो उनकी नजरों से बच गई। सवाल का जवाब ढूँढने के लिए फिर से कड़ियों को आपस में जोड़ पहेली सुलझाने में जुट गए।

#10#

शांतिपुर थाने में सभी के चेहरे लटके हुए थे। खामोशी गूँज रही थी। कल जो कुछ हुआ वह किसी ने सोचा न था। पहले मुर्गे की खून से सनी लाश, फिर पत्रकारों का थाने पर धावा और अब सिर पर झूलता जाँच का डंडा। मुख्यालय से लौटकर बक्षी साहब चुपचाप अपनी कुर्सी पे बैठ गए। उन्हें देखते ही सभी ने एक साथ सवाल किया, "सर वहाँ सब ठीक-ठाक से हो गया तो?" जवाब में पहले 'हाँ' में फिर 'ना' में गर्दन हिलाई। सभी कन्फ्यूज हो उनके चेहरे को देखने लगे। सभी के चेहरे पर लिखे सवाल का जवाब देना जरूरी था, पर जवाब देने की जगह उलटे सवाल पूछ बैठे, "आप लोगों ने अपना अपना होमवर्क तो ठीक से किया है न?" सभी ने एक साथ 'हाँ' में सिर हिलाया फिर गोपी जासूस ने अपना मुँह खोला, "घबराने का कोई बात नहीं है। बस हमें अपनी बात पर अड़े रहना है कि फायरिंग की शुरुआत मुर्गे की तरफ से हुई थी और हमने उसके जवाब में फायरिंग की थी।"

सबने थकी निगाहों से गोपी की तरफ देखा। गोपी ने चहकते हुए दास बाबू से सबको चाय पिलाने के लिए कहा और बक्षी साहब के लिए खाना लाने का ऑर्डर दिया।

जाँच दल के समक्ष पेश होने की अगली बारी सह थाना प्रभारी बी एस भट्टाचार्जी अर्थात भीम सेन भट्टाचार्जी की थी। इनकी काया को देख लोगों को पुलिस के चरित्र पर शक हो सकता है कि कहीं पुलिस ने बेईमानी छोड़ ईमानदारी का रास्ता तो नहीं अपना लिया और ऊपर की कमाई से तौबा कर ली हो। अपराधी को डराना तो दूर उलटे इन्हें देख मच्छर को तरस आ जाए और इनका खून चूसने के बजाय मच्छर उलटे अपना बचा-खुचा खून इन्हें दान में दे दें। सबसे हैरानी की बात तो ये है कि इनकी लव मैरिज हुई थी वह भी एक

खूबसूरत लड़की के साथ। भई जब अल्लाह किसी पर मेहरबान हो जाए तो गधे की तकदीर आप ही पहलवान हो जाती है। जूही और भट्टाचार्जी की शादी को दस साल बीत चुके हैं पर ऐसा लगता है मानो कल की ही बात हो। दस साल तीन महीने और तेरह दिन पहले जूही के पिता के घर में चोरी हुई, उस दिन दोनों पहली बार मिले थे। घर के कीमती साजो-सामान के साथ जूही का चश्मा भी चोरी हो गया। बेचारी की दूर की नजर बहुत कमजोर थी। भट्टाचार्जी को देखते ही जूही को पहली नजर वाला पहला प्यार हो गया। चोरी हुए इकलौते चश्मे के विषय में जानकारी लेने के बहाने रोज थाने में जाकर जूही इंस्पेक्टर भीमसेन से मिलती। सिलसिला आगे बढ़ा तो चश्मे के बहाने कॉफी हाउस में दोनों एक साथ चाय कॉफी पीने लगे। चोरी हुआ चश्मा तो वापस नहीं मिला पर नया चश्मा हफ्ते दस दिन में बनकर आ गया। चश्मे से पहली बार जूही ने भीमसेन को गौर से देखा। आप यही सोच रहे होंगे कि शायद जूही प्यार को टाटा बाय-बाय कर देगी। खैर इसमें आप की कोई गलती नहीं है। आमतौर पर तो ऐसा ही होता है, पर जूही के प्यार में कोई अंतर नहीं आया। चश्मे के बिना और चश्मा पहनने के बाद भी प्यार एकदम सच्चा था लैला-मजनू वाला। जब जूही के पिता ने अपनी इकलौती औलाद की पहली पसंद को देखा तो उन्हें अपनी आँखों पर यकीन न हुआ। कई बार अपने चश्मे को साफ करके देखा पर हर बार एक ही ढाँचा नजरों के सामने आया तो उनके होश उड़ गए। ऐसा ढाँचा किसान अपने खेतों में चिड़ियों को उड़ाने के लिए रखते हैं और यहाँ ये ढाँचा उनकी पूरी खेती उड़ाने में लगा था। हुर्र-हुर्र करके उड़ाने की कोशिश की, पर बेटी ने अपने चिड़े को उड़ने नहीं दिया। जूही के पिता का बस चलता तो वे भट्टाचार्जी की हड्डियों का सूरमा बना देते अर्थात उनकी तरफ से रिश्ते के लिए हर एंगल से न थी। उन्होंने साफ शब्दों में एलान कर दिया कि वे जूही को सारी उमर घर में कुँवारी बिठा के रखेंगे पर इसके साथ नहीं ब्याहेंगे। लाख समझाने पर भी जब जूही नहीं मानी तो उसे घर में नजरबंद कर उस पर कड़ा पहरा बिठा दिया। उधर लड़के के परिवार वालों की खुशी का ठिकाना नहीं था। उनकी हालत उस निर्दलीय उम्मीदवार जैसी थी जिसे बिना हाथ-पैर मारे मुख्यमंत्री की कुर्सी मिल गई हो। पूरे साढ़े तेरह बार विवाह इच्छुक कन्याओं द्वारा ठुकराए जाने के बाद, कन्या वरमाला हाथ में लिए उनके सुकुमार की ओर दौड़ी चली आ रही थी। साढ़े तेरह इसलिए की तेरह लड़कियों ने और एक विधवा ने इनका रिश्ता ठुकराया था। एक रात मौका

मिलते ही जूही घर से निकल गई और लड़के को भगा कर उससे शादी कर ली। माँ-बाप ने नाक-मुँह बिचकाते हुए छाती पे ढाई मन का पत्थर रख दोनों को सुखी रहने का आर्शीवाद दिया और दहेज में तानों की फिक्स डिपोजिट कर दी। आज भी किस्तों में ताने देते रहते हैं। जूही की ख्वाहिश थी कि लोग उसके पति की तारीफ करें, उसकी सहेलियाँ अपने जीजा को हॉट एंड सेक्सी समझें, इतना ही नहीं उसकी हमेशा ये कोशिश रहती कि भट्टाचार्जी की इमेज एक केसेनोवा की बन जाए। कई बार मेकओवर करवाया। नतीजा ये कि लेडी किलर की जगह जनाब चिल्लर नजर आने लगे और चमड़ी की झाड़-पोछ में शरीर से आधा पौना ग्राम वजन कम हो जाता सो अलग।

'दावा' टीवी की ई-मेल वाली खबर ने मामले को पूरी तरह उलझा दिया। मुर्गे के परिवार की मुसीबतें बढ़ाईं, साथ में खुफिया विभाग की नींद उड़ा दी। शांतिपुर थाना में आए सभी कॉल्स के जाँच की कोशिश नाकाम रही क्योंकि कॉल्स की जाँच करने वाली आधुनिक व्यवस्था यहाँ उपलब्ध नहीं थी। शांतिपुर थाने ने घटना की जो रिपोर्ट पेश की वही रिपोर्ट पुलिस विभाग ने जाँच पूरी किए बिना ही बारह घंटे के भीतर गृहमंत्री को सौंप दी जिसके अनुसार मुर्गा लश्कर-ए-तैयबा आतंकवादी संगठन के इशारे पर काम कर रहा था। योजना के तहत वह और उसके साथी थाने पर हमला कर पुलिसवालों को बंधक बनाते और पुलिसवालों के बदले में, संगठन के कमांडर की रिहाई के लिए सरकार पर दबाब बनाना था। योजनागत तरीके से आतंकी और उसके साथियों ने थाने पर हमला किया। जवाबी कार्रवाई करते हुए पुलिस ने एक आतंकी को मार गिराया, पर उसके साथी भागने में कामयाब रहे। मृत आतंकी इसी शहर का रहने वाला था, पर उसके साथी सीमा पार से आए थे। इस साजिश में पड़ोसी देश का हाथ होने के पक्के सबूत मिले हैं।

#11#

गृहमंत्री कुशल सिंह बाघमारे ने प्रेस कॉन्फ्रेस कर मुर्गे के आतंकवादी होने की खबर पर सरकारी मुहर लगा दी। साथ ही अपनी तरफ से ये बात जोड़ दी कि आतंकी देश में अस्थिरता लाने के लिए इनकी यानी गृहमंत्री बाघमारे की हत्या की साजिश कर रहे हैं। कॉन्फ्रेंस के अंत में गृहमंत्री ने गृह मंत्रालय की तरफ से पड़ोसी देश के लिए एक आधिकारिक धमकी जारी करने की औपचारिकता भी पूरी कर दी। जिसके तहत पड़ोसी देश को समझाया गया था कि वो अपनी पड़ोसी विरोधी हरकतों से बाज आ जाए वर्ना उसके खिलाफ कड़ी कार्रवाई होगी।

कुशल बाघमारे काफी लंबे समय से सक्रिय राजनीति में था, और खबरों में रहना उसे खूब आता था। हर घटना में अपनी पब्लिसिटी का जुगाड़ ठीक बिठा लेता। सरकार के प्रमुख सहयोगी दल का नेता था। सरकार को 'बिना शर्त समर्थन' देने के बदले में गृहमंत्री की कुर्सी मिली। जोड़-तोड़ की राजनीति का माहिर खिलाड़ी। एक बार जो कुर्सी पर जमा फिर हिलने का नाम नहीं लिया। इनका उपनाम 'सिंह' था। पर इतिहास में इनके किसी पूर्वज ने बाघ को मारा था उसकी बहादुरी से खुश होकर अंग्रेजी सरकार ने बाघमारे की उपाधि दी थी जिसे बड़ी शान के साथ अपने नाम के साथ लगाए हुए थे। वैसे इनकी बहादुरी के विषय में विशेष कुछ पता नहीं है, पर इतना पता है कि ये हर समय सरकार की कनपट्टी पर समर्थन वापस लेने की धमकी वाली बंदूक ताने रखते हैं। और इसके मारने की आदत के बारे में तो इतना भर पता है कि अनगिनत सरकारी योजनाओं का पैसा मारकर खा चुके हैं।

बाघमारे की प्रेस कॉन्फ्रेस के बाद गोपीचंद की पकाई खिचड़ी पर सच्चाई का तड़का (बघार) लग गया। मुर्गा आतंकी घोषित हो चुका था, एनकाउंटर जायज ठहराया जा चुका था। इसका सीधा फायदा बक्षी एंड कंपनी को मिला।

जाँच का झमेला खत्म और जनता की नजर में हीरो बने सो अलग। सभी ने चैन की लंबी साँस ली। चाय और समोसे खाकर गर्दन छूटने की खुशी का जश्न मनाया। जश्न काफी लो प्रोफाइल रखा गया था क्योंकि समाचार जगत अभी भी बाल की खाल ढूँढ़ने में व्यस्त था। जब तक पत्रकारों के कैमरे मुर्गे को छोड़ किसी नई खबर को नहीं धर दबोच लेते, तब तक चैन की साँस लेने पर थाने में पाबंदी थी। गोपी के जासूसी दिमाग की खुले दिल और मोटे-मोटे शब्दों के साथ प्रशंसा हुई। डाउन टु अर्थ स्टेट्स बनाए रखते हुए गोपी ने बारी-बारी से सभी का आभार व्यक्त किया। बक्षी साहब ने उसे अपना 'राइट हैंड' घोषित किया तो गोपी का सीना दो इंच चौड़ा हो गया, अब शांतिपुर थाने का नया हीरो था गोपी।

चौबीस घंटे बाद रीहान उर्फ मुर्गे के परिवार को थोड़ी शांति मिली। घटना के कुछ घंटे बाद मीडिया ने घर पर धावा बोल दिया। उनके पीछे-पीछे पहले विशेष जाँच पार्टी, फिर पुलिस और अंत में खुफिया विभाग चला आया। सवाल एक, सवाल पूछने वाले लोग चार और एक ही सवाल कम-से-कम चालीस बार दोहराया गया। मुर्गे की लाश को परिवार के हवाले करने पर अभी तक कोई फैसला नहीं हुआ था। उसे जानने वाले सकते में थे। संकट की इस घड़ी में दोस्त और पास-पड़ोस के लोग परिवार के साथ खड़े थे। गृहमंत्री की प्रेस कॉन्फ्रेंस के बाद लोगों का परिवार पर से विश्वास डोलने लगा। धीरे-धीरे भीड़ छँटने लगी। अब कुछ गिने-चुने लोग ही साथ थे। परिवार पर लानतों की झमाझम बारिश होने लगी। रीहान का इस्लाम कबूलना और देश के खिलाफ काम करना लानतों का हकदार था। समाज के पास थूकने की शक्ति होती है। पहले लोग सोच-समझकर थूकते थे। आजकल थूकना स्टाइल है और स्टाइल में रहने के लिए थूकना जरूरी है। थू-थू होने लगी। रीहान के परिवार को कोसकर हर अदना-पौना अपनी करतूतों के बोझ से खुद को आजाद करने की कोशिश में जोर-जोर से थूकने लगा। लोगों में कंपटीशन लगा था कि कौन कितनी दूर तक थूकता है। थूकना और गाली देना वर्तमान में हमारे संस्कारों की लिस्ट में सबसे अव्वल है। गैर लाइसेंसी दारू के ठेकेवाले से लेकर नकली दूध बेचनेवालों ने थूककर खुद को देशभक्तों की श्रेणी में ला खड़ा कर दिया।

अचानक शर्मा परिवार की खिड़की तड़ाक की जोरदार आवाज के साथ टूटकर चकनाचूर हो गई। काँच के टुकड़े आवार की तरह जमीन पर यहाँ-वहाँ बिखर गए। घर में मौजूद सभी इंसानों की साँस थम गई। वे बुरी तरह से सहम

गए, ये सब देख मुर्गे की माँ आशा जोर-से चीखी और काँपने लगी। मातम के माहौल में इस हरकत ने चहारदीवारी से बाहर निकल देखने पर मजबूर किया। संगी-साथी बाहर निकले तो देखा कि एक नया अध्याय आरंभ हो चुका था। कुछ गुस्साए लोग घर पर पत्थर फेंक रहे थे। पत्थरबाजों में से एक ने ललकारते हुए कहा, "निकाल बाहर करो गद्दारों को देश से, इस देश का खाते हो और वफादारी पाकिस्तान से करते हैं। सालों खाली करो हमारा देश।" इतने में पीछे से किसी ने एक बड़ा पत्थर मुर्गे के घर पर फेंका, पत्थर और गालियाँ बरसाने के बाद पार्टी का नेता मनोहर चौधरी घर के भीतर गया और मुर्गे के पिता शमशीर शर्मा का हाथ पकड़ घर से बाहर खींचकर लाया। घर में मौजूद मर्द शमशीर शर्मा के बचाव में जुट गए। मनोहर के इशारे पर तीन-चार लोग आए और उनके हाथों को कस कर पकड़ लिया। वे खुद को छुड़ाने की नाकाम कोशिश करते रहे। मनोहर चौधरी शमशीर शर्मा को खींच कर भीड़ के सामने ले गया। उसके सिर के बाल पकड़ बोला, "बहोत मजा आता है न तुम लोगों को हमारा खून बहाने में, अब देखो क्या हाल करते हैं तुम्हारा।" और उसके गालों पर चाँटे बरसाने लगा। आशा दौड़ कर बाहर आई और पति को छुड़ाने की कोशिश करने लगी। आशा मनोहर से हाथ जोड़कर अपने पति को छोड़ने की मिन्नतें करने लगी। इस पर मनोहर ने आगे बढ़कर दूसरे हाथ से आशा की चोटी पकड़ ली। वो दर्द से चीखने लगी, उसकी चीख सुन मनोहर ठहाका मार हँसने लगा। उसकी याचना का उपहास उड़ाता हुआ बोला, "अभी तो तमाशा शुरू हुआ है, अभी कैसे छोड़ दें। ऐसा सबक सिखाएँगे कि तुम्हारे फरिश्ते भी याद रखेंगे।" मनोहर चौधरी एक छुटभैया नेता था जिसने पूरे देश को देशभक्ति का पाठ पढ़ाने की नैतिक जिम्मेदारी अपने सिर ओढ़ रखी थी। इलाके की हर छोटी-बड़ी घटना में उसका नाम जुड़ना आम बात थी। वेलेंटाइन डे पर लड़कियों को पटाने की नाकाम कोशिश के बाद मनोहर ने वेलेंटाइन डे को संस्कृति के लिए घातक घोषित कर मोरल पुलिसिंग शुरू कर दी। मोहल्ले के दो-चार अनसक्सेसफुल वन साइडेड आशिक उसके साथ हो लिए और पार्टी बन गई। अब वो स्थानीय नेता है इसलिए देशभक्ति उसके एजेंडे में सबसे ऊपर थी। मनोहर को आतंकवाद से गहरी चिढ़ थी। आजकल वो आतंकवादियों और देशद्रोहियों को सजा देने में तत्पर है।

मनोहर चौधरी के ड्रामे पर इलाके के सांसद पांडेजी की उपस्थिति से पूर्ण विराम लग गया। पिछले चुनाव में मनोहर ने विरोधी दल की सहायता की थी

जिससे पांडेजी उससे खासे नाराज थे। पांडेजी अगड़ी जाति के नेता थे। यहाँ वे शर्मा परिवार की मदद करने के मकसद से कम मनोहर चौधरी को फुटेज लूटने से रोकने को ले पधारे थे।

#12#

जाँच कर्ता की जाँच इस नतीजे पा पहुँची कि मुर्गा आतंकवादी नहीं था। फोरेंसिक जाँच में भी साबित हो गया कि मुर्गे की पिस्तौल से फायरिंग नहीं हुई थी। उसके हाथों पर गन पाउडर के अंश नहीं मिले यानी उसकी तरफ से कोई फायरिंग नहीं की गई थी। खुफिया विभाग ने बारी-बारी से थाने के पुलिसवालों को बुलाकर दोबारा पूछताछ की, पर सभी तोते की तरह एक ही कहानी रटते रहे। वरिष्ठता के हिसाब से सबसे पहले बक्षी साहब को बुलावा आया। कद पाँच फुट छह या सात इंच होगा। गोलमटोल गाल, नाक के नीचे घनी मूँछें शरीर पर खाने-पीने की सारी निशानी मौजूद थी। शरीर के पीछे वाला भाग जितना बाहर निकला था आगे का भाग, जिसे तोंद कहते हैं, उससे तीन गुना ज्यादा आगे निकला हुआ था। शरीर को गठीला दिखाने के लिए हमेशा तंग यूनिफॉर्म का सहारा लेते, शर्ट के ऊपर वाले भाग के बटन तो ठीक ठाक करते पर रही बात तोंद के ऊपर के दो बटनों की तो वह बड़ी मुश्किल से एडजस्ट कर पाते थे और तोंद के ठीक ऊपर वाला बटन तो कभी एडजस्ट ही नहीं हुआ। सैडो गंजी शरीर के उस भाग की आबरू को ढँकती। बक्षी साहब से पहले इनकी तोंद ने खुफिया विभाग के विशेष कमरे में प्रवेश किया। और कमरे की इकलौती टेबल के साथ काली पड़ी कुर्सी पर विराज गए। उस गोल टेबल के एक तरफ बक्षी साहब और उनके सामने तीन अधिकारी। तीनों अधिकारियों ने ऊपर से नीचे तक गौर से देखा। मन में सोचने लगे कि यही है वह जिसके नाम का बाहर डंका बज रहा है? इसने निशाना लगाया भी तो ठीक माथे पर? तीनों ने एक-दूसरे की तरफ प्रश्न भरी नजरों से देखा। इशारों-इशारों में कुछ बातों हुईं, फिर पहले अधिकारी ने सवाल किया, "निहत्थे पर गोली क्यों चलाई?"

पहले ही सवाल पर बक्षी साहब का पेट गुड़गुड़ाने लगा, पर सवाल का

डटकर जवाब दिया, "क्योंकि उसकी तरफ से फायरिंग हुई थी। हम सभी लोग सेल्फ डिफेंस में गोली चलाए हैं।"

"लगता है तुम ने सवाल ठीक से नहीं सुना, निहत्थे पर गोली क्यों चलाई?"

"सर वह निहत्था नहीं था। उसका पास में गन था... वह गन अभी डिपार्टमेंट के पास है।"

दूसरा अधिकारी अपनी कुर्सी से उठा, उसके हाथ में एक फाइल थी। बक्षी साहब के पीछे जाकर उस फाइल को जोर से उनके सामने टेबल पे फेंका और कंधे के ऊपर से बोला, "पर ये रिपोर्ट तो कहती है कि उस रिवॉल्वर से एक भी गोली नहीं चली।"

मुँह की लार को घोंट इधर-उधर देखने लगे। फिर कमर को थोड़ी टेढ़ी कर पैंट की जेब से रूमाल निकाला और अच्छी तरह चेहरे को पोंछ रूमाल जेब में रख दिया। और सामने वालों के चेहरों की तरफ देखने लगे। फिर सामने रखे पानी के ग्लास को उठाकर एक ही साँस में पूरा पानी गटा-गट पी गए, "जी... वह हो सकता है गलती से वह लोग (जाँच दल) कोई दूसरा ही गन लेके चला आया हो।" इस जवाब ने तीनों को हैरान कर दिया।

इस बार पहले अधिकारी ने सवाल किया, "इतनी बड़ी गलती? क्या लगता है कैसे हुआ होगा ये?"

"सर एनकाउंटर के बाद उहाँ इतना सारा लोग इकठ्ठा हो गया, फिर मीडिया का लोग आ गया, लगता है हड़बड़ी में गन बदली हो गया होगा।"

तीसरे अधिकारी ने सवाल किया, "हूँ... आप के हिसाब से कितनी दूरी पर रहा होगा मुर्गा जब आपने उस पर फायर किया था?"

"जी... वह वहाँ उतना दूरी पे रहा होगा (आँखे गोल-गोल घुमाते हुए कहा) यही कुछ पंद्रह से बीस फुट दूर।"

तीसरे अधिकारी ने फिर सवाल किया, "आखिरी बार कब और किस के ऊपर निशाना लगाया था?"

"जी... कल उस आतंकवादी के ऊपर।"

"तो आपके अनुसार वह आतंकवादी था और उसने आप पर गोली चलाई?"

"जी सर, मीडिया भी यही कह रहा है कि वह आतंकी था।"

पहले अधिकारी ने कड़कती आवाज में कहा, "तुम अपनी बात करो, तुम्हें कैसे पता चला कि वह आतंकी ही है?"

“जी सर, क्योंकि वह आते ही हम लोगों पर गोली चलाने लगा।”

“ठीक-ठीक याद करके बताओ कि तुम उस वक्त कहाँ थे जब तुमने उस पर गोली चलाई?”

काफी सोच-विचारने के बाद जवाब दिया, “जी... उस वक्त हम थाने के भीतर में थे।”

दूसरा अधिकारी बोला, “तो तुम कह रहे हो कि उस वक्त तुम थाने के भीतर थे जब तुम ने उस पर गोली चलाई थी।”

“जी सर।”

“और वह उस वक्त तुम्हारी तरफ गोली चला रहा था?”

“जी... एकदम सही।”

“तुम थाने के भीतर से फायरिंग कर रहे थे, वह तुम्हारी तरफ गोली फायर रहा था, तुम्हारी गोली सीधे उसके सिर में लगी। क्या वह भागने की कोशिश कर रहा था?”

“नहीं सर, वह तो मेरे ऊपर फायर कर रहा था।”

पहला अधिकारी मुर्गे की लाश की तस्वीर दिखाते हुए बोला, “पर इस तस्वीर में तो इसका चेहरा थाने की उल्टी दिशा में है। साथ ही रिपोर्ट में भी यही लिखा है कि उसका मुँह थाने की ओर नहीं था। सवाल ये है कि फिर वह पुलिस के ऊपर गोली कैसे चला रहा था?”

बक्षी साहब भी कुछ कम नहीं थे। घाघों के सरदार निकले। कुछ पल खामोश रहने के बाद आत्मविश्वास के साथ जवाब दिया, “सर हो सकता है गोली लगने के बाद वह छटपटाने लगा हो और दर्द से छटपटाते हुए दूसरी तरफ गिर पड़ा हो।”

तीनों ने हर किस्म के कमीने देखे थे, पर इतना बड़ा कमीना नहीं देखा। हँसी को दबाने की लाख कोशिशों के बावजूद तीनों के होंठों पर हल्की-सी हँसी आ गई। तीसरा अधिकारी बक्षी साहब की तरफ एक फाइल बढ़ाते हुए बोला, “आप कहते हैं कि वह आप लोगों पर फायर कर रहा था। फिर आप कहते हैं आपने सामने से गोली चलाई, पर ये रिपोर्ट कहती है कि मुर्गे ने कोई फायर नहीं किया। उसके पास कोई रिवॉल्वर थी ही नहीं तो वो फिर फायर कैसे करता?”

पिस्तौल बक्षी की तरफ बढ़ाते हुए पहले जाँच अधिकारी ने कहा, “एक काम करो। मेरे पैर पर निशाना लगाओ। देखते हैं तुम्हारा निशाना कितना सटीक

है, घबराओ नहीं... मेरा बायाँ पैर नकली है उस पर निशानेबाजी की प्रैक्टिस कर सकते हो।"

बक्षी साहब को दिन में चाँद-तारों के साथ राहु-केतु नजर आने लगे। वहीं बैठे-बैठे तीनों लोकों के देवी-देवताओं को मिस्ड कॉल मार मदद के लिए पुकारा। पर दोपहर का समय था, भगवान मंदिर का फाटक बंद कर इंसान की फरियाद अनसुना करने की रिहर्सल कर रहे थे। डर के मारे पेट की अंतड़ियों में भूकंप लांग जंप लगाने लगा। फलस्वरूप दिमाग की नसों में मैराथन मोड एक्टिव हुआ और पकड़ते-पकड़ते आखिर में एक हाई प्रोफाइल 'सरकारी बहानेबाज' आइडिया पकड़ में आ गया। कुछ देर तक इधर-उधर देखने के बाद सीना पकड़कर बेहोश हो गए। कानून द्वारा पकड़े जाने की कोशिश करने पर सीने के दर्द के कारण बेहोश होना हमारा नैतिक सरकारी चरित्र है। ऐसा कर आप जेल में सरकारी मेहमान न बन हॉस्पिटल में सरकारी दामाद बन जाते हैं। और पुलिस वाले हजामत की प्रबल इच्छा की चिता सजा, ससुर, इंसानियत की लंगोटी पकड़ अपने सरकारी दामाद की खातिरदारी में लिप्त हो जाते हैं। पर याद रहे सीने का यह दर्द केवल नेता और सरकारी मुलाजिमों के बुलावे पर ही समय पर हाजिरी ठोंकता है। आम आदमी के लिए यह सुविधा उपलब्ध नहीं है।

#13#

उधर देश की राजधानी में पाकिस्तान के साथ सचिव स्तरीय शांति वार्ता चल रही थी। दोनों देशों के बीच रिश्तों को मधुर बनाने के लिए शांति वार्ता तब से चली आ रही है जब से दोनों देश पड़ोसी बने हैं। आपसी रिश्तों को मधुर बनाने के लिए शांति की तलाश जारी है, पर पता नहीं कलमुँही शांति कहाँ जा छिपी बैठी है। लाख बुलाने पर भी ऐंठी रहती है। बुलावे पर आना तो दूर की बात है, कई बार कोशिश हुई कि शांति को हाईजैक कर सीमा पर बिठा दिया जाए, पर उसे पकड़ना तो डॉन से भी ज्यादा मुश्किल काम साबित हुआ। क्योंकि डॉन की तलाश तो मात्र ग्यारह मुल्कों की पुलिस कर रही है, शांति की तलाश तो दुनिया के एक सौ छयानबे (196) देश कर रहे हैं। शांति भी क्या करे, अकेली जान किस-किस के दिल को खुश करे? हर किसी को खुश करने लगी तो यही लोग कुलक्षणा कहकर मुँह फेर लेंगे।

माना कि आधिकारिक मीटिंग है, पर पड़ोसियों से खाली हाथ मुलाकात कहाँ तक उचित है और वैसे भी खाली हाथ गले मिल कौन संस्कृति से ताने सुने? तो दोनों देशों के सचिव एक-दूसरे का अभिवादन मिठाइयों के साथ कर रहे थे। बातचीत के मुददे तो वही थे जो शुरू से रहे हैं। सीमा विवाद, आतंकवाद, व्यापार, सांस्कृतिक आदान-प्रदान आदि इत्यादि अनादि। एक पाँच सितारा होटल में दोनों देशों के प्रतिनिधि मंडल ठहरे थे। पिछले तीन सालों में ये इनकी चौथी मुलाकात थी। दोनों देशों के बीच का तो पता नहीं, पर इनके आपस में अच्छे संबंध बन चुके हैं। हर बार यहाँ से भी वही दल जाता है, उनके वहाँ से भी हर बार उतने ही लोग आते हैं।

"चतुर्वेदी साहब इस बार तो पान की फसल मार खा गई। खेतों को वक्त पर पानी नहीं मिला। आधी फसल तो सूख गई। बची-खुची आप के यहाँ आ

जाएगी।" पाकिस्तानी मुख्य सचिव ने कहा।

"खान साहब पान का फसाना छोड़िए, जरा इन रसगुल्लों की तरफ तो देखिए कब से आप की तरफ ललचाई नजरों से देख रहे हैं, खास आप के लिए कलकत्ते से मँगवाए हैं। इन पर जरा-सा रहम फरमाइए, अब और मत तरसाइए।" भारतीय मुख्य सचिव ने कहा।

तीन रसगुल्ले खाने के बाद आहिस्ता-आहिस्ता गले और सीने को सहलाते पाक सचिव ने हुए कहा, "जनाब इन्हें खाकर तो रूह को चैन आ गया। यूँ तो हमारे यहाँ भी एक से एक मिठाइयाँ हैं, पर जो बात इसमें है किसी और में कहाँ? पिछली दफे जो आप ने रसगुल्ले भिजवाए थे, हमारी बेगम तो बस फिदा हो गईं, रसगुल्लों पर सलाम भेजा है आपको।"

"खान साहब इस बार भी भाभीजान को शिकायत का मौका नहीं देंगे। उनकी पसंद की सारी चीजें तैयार हैं। अमृतसर तक हम पहुँचा देंगे, आगे आप हमारा सलाम उन तक हिफाजत से पहुँचा देना।" कहकर दोनों ठहाके लगाकर हँस पड़े। वार्ता में हर स्तर पर दोस्ती थी। हर स्तर पर तोहफे दिए और लिए गए। दोनों देशों के संबंध मधुर हों, इसके लिए जरूरी है कि दोनों देशों के बाबुओं के संबंध घनिष्ठ हों, इनके सबंध घनिष्ठ होंगे तब दोनों मुल्कों के लड़के-लड़कियाँ आपस में प्यार करेंगे। वीजा मिलने पर शादी करेंगे। वर्ना बॉर्डर पे खड़े हो बेचारे एक-दूसरे को विविध भारती के जरिए दुख भरे गाने सुनाते रहेंगे।

"जनाब चतुर्वेदी साहब, अगली मीटिंग की तैयारी मुकम्मल हो चुकी है। खास लाहौर के नामचीन खानसामों को दावत की जिम्मेदारी दी है। मेहमान-नवाजी में हम भी कम नहीं हैं।"

"खान साहब हम तो कायल हैं आप की मेहमान-नवाजी के, पिछली दावत का स्वाद तो अभी तक जुबाँ पर है।"

"जनाब आज रात की दावत में क्या खास परोस रहे हैं अपने मेहमानों को?"

"ठंड रखिए खान साहब और आहिस्ता कहिए हमारे यहाँ मीडिया के कान बड़े लंबे हैं महफिल का पूरा इंतजाम है वह भी बॉलीवुड से।"

"जनाब इन कैमरों वालों ने तो हमारा जीना भी हराम कर रखा है। जिस तरह से ये बात का बतंगड़ बनाते हैं कि अब तो बोलने से भी डर लगता है। जितनी बेरहमी से ये बातों को काटते-छाँटते हैं उतनी बरहमी से तो कसाई बकरा नहीं

काटता है। ऐसा ही चलता रहा तो लोग बोलने से कतराने लगेंगे, कभी-कभी तो लगता है ये लोग पूरी नस्ल को गूँगा बनाकर छोड़ेंगे।"

सभी अपने जले को सहलाते रहे, और इंसानियत के नाते दूसरे के जले को पुचकारते रहे। काफी देर तक माथापच्ची होती रही कि आखिर इस जले की दवा क्या है। दवा न खोज पाने पर अफसोस जाहिर कर दोनों दार्शनिक एंगल से सोचने लगे कि ऊपर वाले के घर देर है पर अँधेर नहीं। पर इन्हें क्या पता कि ऊपरवाला भी इस मर्ज की दवा ढूँढने में व्यस्त है, आखिर उन्हें कौन-सी रियायत दे रखी है इन लोगों ने, आए दिन विधाता द्वारा अघटित कर्मों का इतिहास भूगोल जगजाहिर करते रहते हैं। जिसे देख विधाता ये सोचने पर मजबूर हो जाता है कि कहीं ऐसा तो नहीं कोई बहरूपिया मेरा रूप धर ये सारे कांड कर गया हो और मुझे पता न चला हो!

खाने-पीने के बाद काम की बातें शुरू हुईं। सबसे पहला मुद्दा कश्मीर था। दोनों पक्ष की सर्वसम्मति से इस मुद्दे पर कोई सहमति नहीं बन पाई, व्यापार पर कई समझौते हुए, पर सीमा पार आतंकवाद मुद्दे पर शर्ट की आस्तीनें ऊपर चढ़ने और टाई की नॉट ढीली होने के बाद, इतिहास के कब्रिस्तान में गड़े मुर्दे उखाड़े गए, गले के जोड़ की आजमाइश हुई, थोड़ी बहुत तू-तू मैं-मैं के बाद मामला गालियों की नौबत पे टिक गया। दोनों ही पक्ष द्वारा गालियों के साथ नाइंसाफी बरती गई। गालियों जैसी शक्लें बनाकर सोफेस्टिकेटेड ताने प्रसारित हुए। वातावरण की स्फुर्ति को देख सभी की आशा बँध गई कि ताने का मेकओवर होगा और माँ-बहनों की याद में कसीदे पढ़े जाएँगे। अपनी माँ-बहन के लिए पढ़े गए कसीदों का बदला सामने वाले की माँ-बहन पे कसीदे पढ़ कर लिया जाएगा। पर इन्हें ऐन वक्त पे याद आया कि वे राजनेता नहीं, राजनायिक हैं और गालियाँ उनके लिए नहीं, उनके आकाओं के मुँह से शोभा देती हैं। माँ-बहन के बातचीत से दूर रहने के बावजूद बातचीत असफल रही। अब इन दोनों महत्त्वपूर्ण विषयों पर इस्लामाबाद में गुफ्तगू होगी।

तीन दिवसीय वार्ता का आज पहला दिन था, दो दिन अभी बाकी थे। गृहमंत्री बाघमारे द्वारा पाकिस्तान को धमकाए जाने की वजह से इस वार्ता पर संकट आ गया। दोनों सचिवों को अपनी-अपनी सरकारों की तरफ से बातचीत पर अनिश्चित काल के लिए पूर्ण विराम लगाने का आदेश मिला। एक बार फिर शांति वार्ता पूरी तरह से असफल रही।

"इस बार तो हद हो गई। पहले ही दिन बातचीत खत्म और रात को ही रवाना होने का हुक्म हुआ है, यानी रात की बात तो अधूरी ही रह गई!"

खान साहब की बात पर चतुर्वेदी जी ने अफसोस जताते हुए कहा, "इस जल्दबाजी की वजह समझ में नहीं आ रही है। हर बार तो आखिरी दिन पर फसाद होता था। इस बार पहले ही दिन, ये क्या कर दिया खान साहब?" फिर अपनी हथेली को अपने मुक्के से लगे पीटने।

मीटिंग कैंसिल होने के कारण सारे स्पेशल कार्यक्रमों पर भी कैंसिल की मार पड़ी। जिसका दोनों दलों के सदस्यों पर विशेष प्रभाव पड़ा और खून पानी की तरह उबलकर भाप बनने की फिराक में था। दिल हाउ-हाउ कर रहा था। सबको मलाल हुआ, पर क्या कर सकते हैं। सरकार का हुक्म तो हर हाल में बजा लाना है। सबका मूड चौपट हो गया। भुनभुनाकर अपने मूड का मातम मनाने लगे। खान साहब गुस्से में अपनी सीट से उठकर एक कोने में चले गए। सहयोगियों ने उन्हें चारों तरफ से घेर लिया और सभी अपना फ्रस्ट्रेशन उतारने लगे, "हद हो गई शराफत की। अपनी मीटिंग तो ये लोग बड़े इत्मिनान से शाही अंदाज में करते हैं और हर बार हमारी मीटिंग के वक्त पनौती लगा देते हैं। सारा प्लान चौपट करके रख दिया।" ये गुस्सा अपनी सरकार पर उतार रहे थे।

"और नहीं तो क्या, इस तरह भी कोई प्लान चौपट करता है? फाइलों से सिर रगड़ते हुए जिंदगी हलाल हुई जाती है, जरा-सा मौका मिला था खुश होने का कम्बख्तों से वह भी बर्दाश्त नहीं होता। कमीने को मुल्क के माल और बाप के माल में फर्क करना नहीं आता है, जो सामने आया वह इनका, हमारे हिस्से सूखी हड्डियाँ क्या आईं जुलाब हो गया जनाब को।"

एक सदस्य बोला, "जनाब इस बार तो पहले ही दिन मीटिंग खत्म कर दी और हमें बताना भी जरूरी नहीं समझा। अभी तो शॉपिंग शुरू भी नहीं की थी। ये देखिए इतनी लंबी लिस्ट है (जेब से लिस्ट निकालकर दिखाते हुए बोला) खाली हाथ घर गए तो हम पर क्या गुजरेगी, इस बात की जरा-सी भी परवाह नहीं है हुकूमत को।"

भड़ास निकालने की प्रतियोगिता होती तो सभी सामूहिक रूप से फर्स्ट क्लास फर्स्ट श्रेणी में पास होते। आखिर हों भी क्यों न, आप खाए थाली में बेचारों को दें प्याली में। अब तो प्याली भी इनके हाथ से छीन ली गई थी। खानेवालों समुदायों में भी ऊँच-नीच की छूत लगी पड़ी है। लोग खाओ और खाने दो वाली

लोकतांत्रिक फिलॉसफी को भूल स्वार्थी हो अकेले खाने लगे हैं। भाईचारा कायम रखने के लिए भाइयों के सामने चारा डालते रहना चाहिए वर्ना असंतोष दिमाग के झरोखों से बाहर झाँकने लगता है और सरकार के लिए मैले विचार दिमाग में छपने लगते हैं। ऑफिस में फाइलों पे सिर रखकर सोने की जगह खुसुर-फुसुर होने लगती है। एक मंत्री के सरकारी सचिव का दर्द दुनिया क्या जाने? इनकी आँखों के सामने महज पाँच साल में मंत्री अपनी सात पुश्तों के खाने का जुगाड़ कर लेते हैं, और इन बेचारों की जवानी ऑफिस के टेबल पर फाइलों के साथ नैन-मटक्का करते बीतती है तब कहीं जाकर दो पुश्तों के बैठ के खाने का जुगाड़ बिठा पाते हैं।

"वक्त से पहले सब करने की क्या जरूरत थी?" खान साहब ने पाकिस्तान में अपने मंत्रालय को फोन लगाया। दस मिनट बाद चतुर्वेदी जी के पास आकर बोले, "जनाब इस बार हमारी तरफ से कोई गड़बड़ी नहीं हुई है। ये तो आपके लोगों ने गड़बड़ी फैलाई है। ये वारदात दो दिन बाद नहीं हो सकती थी?"

"क्या कह रहे हैं आप? हमारी तरफ से तो इलेक्शन से पहले दंगे-फसाद होते हैं। अभी कौन-सा इलेक्शन है जो दंगे-फसाद होंगे। वैसे भी ये आतंकवादी घटना है। हमारे यहाँ आतंकवादी नहीं होते।" चतुर्वेदी जी की बात पर खान साहब जरूरत से ज्यादा नाराज हो गए। नाराजगी के साथ बोले, "खबर पक्की है।"

"अब जाने भी दीजिए। इस बार आप लोग जल्दबाजी में कैलेंडर देखना भूल गए होंगे।"

"हमारी दोस्ती पर इतना भी एतबार नहीं आप को, हम गलत नहीं फरमा रहे हैं। अपने मुल्कों की तरह अपना भाईचारा थोड़ी न खराब करेगें झूठ बोलकर, मामला संगीन है चतुर्वेदी साहब।"

"यानी लाहौर ट्रिप कैंसिल?" भारतीय सचिव के सहायक ने मुँह लटकाते हुए कहा।

"हाँ ऐसा ही समझो। इतनी जल्दी हमारी सरकारें बातचीत शुरू नहीं करेंगी।"

#14#

पूछताछ के दौरान बक्षी साहब के सीने में दर्द और बेहोश होने के बाद इलाज के लिए उन्हें सरकारी अस्पताल में भर्ती कराया गया। बारह घंटों तक डॉक्टरों की निगरानी में रहने के बाद अस्पताल से छुट्टी मिल गई। खुफिया विभाग के सामने पेश होने की बारी अब भट्टाचार्जी बाबू की थी। वही कमरा, वही लोग, पर इस बार पसीना जाँच अधिकारियों को आ रहा था। अपने सामने बैठे मानव रूपी काया को तीनों बस देखते ही रहे, पहला सवाल कौन पूछेगा, इस विषय पर तीनों ने आँखो-आँखों में विचार-विमर्श किया, विचार-विमर्श के कई दौर चले पर किसी नतीजे पर नहीं पहुँच पाए। तीसरा अधिकारी उम्र में दोनों अधिकारियों से छोटा था। दोनों अधिकारियों ने अपनी बड़ी उम्र का नाजायज फायदा उठाते हुए, तीसरे अधिकारी को सवाल की शृंखला का उद्घाटन करने का आदेश दिया। जिसे टालना उस अधिकारी के अधिकार क्षेत्र से बाहर था। अत: अपने कलेजे पर पत्थर रख आज्ञा का पालन करते हुए उसने भट्टाचार्जी से प्रश्न किया, "कितने सालों से हो पुलिस में?"

"जी पंद्रह सालों से।"

जवाब सुन सभी के कानों में जवाब की अनुगूँज बस गई और आँखें आश्चर्य से चैंधिया गईं। जाँच अधिकारी का हट्टा-कट्टा, खाया-पीया बदन, गहरा काला रंग, उस पर गहरी लाल आँखें और जब इन आँखों से किसी को जी भर के देख लेता तो अच्छे-अच्छों को पसीना छूट जाता था। पर आज इन्हें पसीना आ रहा था।

"पंद्रह सालों से है, फिर भी ऐसी हालत जनता से कुछ लेते नहीं हो क्या?"

सवाल के जवाब में भट्टाचार्जी ने ही-ही कर अपनी बत्तीसी दिखा दी।

"ये हाल पुलिस की नौकरी के कारण हुआ या पहले से ही ऐसे हो?"

“जी जब से खुद को आईने में देखा है तब से ऐसा ही हूँ।”

“रिवॉल्वर ठीक से उठा लेते हो?” पहले अधिकारी ने प्रियतम भाव के साथ प्रश्न किया। इनकी यूएसपी अर्थात इनके बारे में प्रसिद्ध है कि जब ये अपनी भारी-भरकम आवाज में, अपने अंदाज में सवाल पूछते हैं तो सामने वाले की पैंट गीली हो जाती है। बीस साल की नौकरी में अनगिनत तिकड़मबाज से लेकर तीसमार खाँ और आरोपी बिरादरी को दिन में चाँद के साथ चाँदनियाँ दिखाने वाले का आज पानी पी-पीकर बेहाल था। सही कहा है किसी ने जीवन-मार्ग से गुजरते हुए सबको परीक्षा के धधकते अग्निकुंड में छलांग लगानी पड़ती है। अब सवाल पूछने की बारी थी दूसरे अधिकारी की। वे अपने निजी दिमाग से सवालों की भीख माँगने लगे, पर वह स्वार्थी निकला। निकट भविष्य में उसके सुझाए कठोर प्रश्नों के दुष्परिणाम सोचकर मालिक से नमक हरामी में ही उसे परमसुख की अनुभूति हुई। सो वह चुपचाप खर्राटे मारने की एक्टिंग करने लगा जब कहीं से कोई मदद नहीं मिली तो अपने फर्ज को पूरा करने के लिए एक नर्सरी क्लास में पूछे जानेवाला प्रश्न किया, “एनकाउंटर में आप भी शामिल थे?”

“जी, हम उस समय टायलेट गए थे।” ये सुनते ही तीनों ने एक साथ दिल पे हाथ रखा और मुँह से साँस बाहर छोड़ी और रिलैक्स हो गए, “फिर क्या हुआ?” तीनों एक साथ बोल पड़े।

“फिर टायलेट से निकलकर देखा तो फायरिंग का आवाज आ रहा था। बक्षी सर और सभी गोली दाग रहे थे। हम भी अपना रिवॉल्वर निकालकर उस की तरफ गोली दागना शुरू कर दिया।”

तीनों की आँखे बड़ी हो गईं। एक ने पूछा, “कितनी दूर तक फेंक रहे थे? मेरा मतलब तुम्हारी रिवॉल्वर से गोली उस आतंकी तक पहुँच रही थी?”

भट्टाचार्जी तीनों का मुँह ताकने लगा।

फिर दूसरे ने पूछा आतंकी के बाकी साथी किस दिशा में भागे थे, कुछ बता सकते हैं इस बारे में?”

“जी हम तो बक्षी साहब के पीछे में खड़े थे। ठीक से कुछ देख नहीं सके।”

चिढ़ते हुए तीसरे ने पूछा, “घरवाले तो बहुत खुश होंगे इस पराक्रम से, घर में कौन-कौन है?”

“जी मैं, मेरी पत्नी और दो बच्चे।”

“दो बच्चे?” तीनों ने एक साथ जवाब के आखिरी शब्दों को दोहराया।

पहले ने गंभीर रहते हुए सवाल किया, "दोनों बच्चे खुद ही मैनेज किया या दहेज में आए थे?" सवाल नाराज करने वाला था, पर नाराज होते कैसे, मन-ही-मन सोचने लगे हो न हो इन तीनों का उसके ससुराल वालों से जरूर कोई रिश्ता है। फिर एक बात याद आई कि क्यों आम आदमी पुलिसवाले को मामू और हवालात को ससुराल कहते हैं। तीनों ससुरों को एक ही बार में क्लीन बोल्ड करने की सोची, "सर मेरा दो प्यारा-प्यारा बाच्चा है, जूही और मेरा लव मैरिज हुआ था। हम दोनों ने घर से भाग कर शादी की थी।"

भट्टाचार्जी के ब्रह्मास्त्र ने तीनों को पानी माँगने पर मजबूर कर दिया। उनकी घोषणा सुनकर तीनों को अपने कानों पर यकीन न हुआ, हैरानी में एक-दूसरे का मुँह ताकने लगे। काफी देर तक तीनों अपनी अपनी ठुड्डियों को उँगलियों से रगड़ते रहे और पस्त हौंसले के साथ सोचते रहे कि अब क्या पूछें। जाँच-जाँच खेलने में तीनों की दिमाग पर बन आई, सो दिमाग बचाने के लिए खामोश रहे।

#15#

खुफिया विभाग के प्रमुख ने अपनी जाँच रिपोर्ट गृहमंत्री बाघमारे को सौंप दी। रिपोर्ट में मुर्गे को क्लीन चिट दी गई थी। रिपोर्ट में लिखा था कि मुर्गे की मौत संदेहास्पद अवस्था में सिर पर गोली लगने से हुई थी। साथ ही उसकी तरफ से फायरिंग के कोई सबूत नहीं मिले हैं। लाश के पास से बरामद हथियार गैर लाइसेंसी था, उस पर उसकी उँगलियों के निशान नहीं मिले। साथ ही उस हथियार से फायर नहीं किया गया था। मुर्गे का किसी भी तरह की समाजिक या राष्ट्र विरोधी गतिविधि में शामिल होने का कोई सबूत नहीं मिला है। मुर्गे से जुड़ी तमाम खबरें आधारहीन हैं। इस पूरे प्रकरण में शांतिपुर थाना की भूमिका संदेहजनक है। मुर्गा उनकी लापरवाही का शिकार हुआ है।

रिपोर्ट पढ़ने के बाद गृहमंत्री जी टेंशन में आ गए। मेंढक की तरह उछलकर कुर्सी पर बैठ गए। कुर्सी पर दोनों पैर थे और इसी अवस्था में हिलने लगे तो साथ कुर्सी भी हिलने लगी। कुर्सी को हिलता देख बेचैनी में शरीर ज्यादा जोरों से हिलने लगा। अचानक हिलने पर ब्रेक लगा दिया। फिर दाएँ हाथ की पहली उँगली से अपनी नाक में कुछ खोजने लगे। थोड़ी देर तक खोजबीन करने के बाद अपनी दोनों टाँगों को नीचे जमीन पर रखकर हिलाने लगे। काफी देर कर फाइल को उलट-पुलट के देखा, फाइल से पंखा झला। अंत में फाइल के ऊपर अपनी ह्ष्ट-पुष्ट तशरीफ रखकर बैठ गए। काफी देर तक खुफिया विभाग के प्रमुख को भवें तिरछी करके देखते रहे। टेबल पर उँगलियाँ थिरकाते हुए बोले, “गोपनीय रिपोर्ट को गोपनीय रहना होगा। जाओ एक काम करो। पहले जाँच करना सीखो, फिर रिपोर्ट लिखना सीखो। सारी दुनिया सच्चाई जानती है। फिर ये क्या ऊलजुलूल लिखकर ले आए हो। जनता जिसे सच मानती है वही सच होता है। जनता को झुठलाने का कोशिश न करो। जनता है तो हम हैं।” अपनी बात

बीच में काट विभाग प्रमुख को ऊपर से नीचे तक तीन बार देखा, फिर अपनी खोपड़ी को उँगलियों से सहलाते हुए बोले, "ट्रेनिंग विभाग में जगह खाली है। क्या खयाल है जाना चाहोगे वहाँ? तुम्हारे जैसे लोगों की बहुत जरूरत है वहाँ।"

प्रमुख बिना होंठों को हिलाए अपने हाथों को एक साथ समेट कर लटकाए हुए खड़ा रहा, पर चेहरा लटककर छाती पे पहुँच गया।

"ऐसे चुप रहने से कुछ नहीं होगा, जाओ और एक बात अच्छी तरह दिमाग में बिठा लो मुर्गा आतंकवादी था और उसकी मौत एनकाउंटर में हुई थी। दुनिया उधर-से-उधर हो जाए, पर इस बात को नहीं भुलाना।"

दोनों हाथ जोड़ बेचारा मंत्रीजी से विदा ले कमरे से बाहर चला गया। मंत्री ने फाइल अपनी अलमारी के लॉकर में सुरक्षित रख दी। इस अलमारी की एक चाभी मंत्री के पास और दूसरी उनके निजी सचिव के पास रहती थी और अपनी चाबी को वे हमेशा जनेऊ के साथ बाँधकर रखते। उधर गृहमंत्री बाघमारे ने पुलिस विभाग प्रमुख से घटना के विषय में कड़ी पूछताछ की तो सच्चाई प्याज के छिलकों की तरह परत-दर-परत खुलने लगी। पता चला कि घटना के पीछे थाने वालों की लापरवाही और साजिश थी। पुलिसवाले निर्दोष की हत्या के दोषी हैं और इन पर फेक एनकाउंटर का मामला बनता है। बक्षी और कंपनी पर किसी भी तरह की जाँच या अनुशासनात्मक कार्रवाई गृहमंत्री बाघमारे के गले की हड्डी बन सकती थी। सच सामने आते ही विपक्ष को मौका मिल जाएगा हूतूतू खेलने का, विपक्ष इस्तीफे की रट लगाकर नाक में दम कर देगा। इसी बहाने सरकार को भी मौका मिल जाएगा उसे कुर्सी से हटाने का। जनता में उसकी साख गिरेगी सो अलग और कुर्सी जाते ही उसके किए घोटालों का घड़ा फोड़ने में जाँच एजेंसीज कोई कोर-कसर बाकी न रखेंगी। फिर जाँच के पेंच में फँसने से भगवान भी बचा नहीं सकते थे, और इस संभावना से भी इनकार नहीं किया जा सकता है कि बदले की भावना से प्रेरित होकर उसके ही सहयोगी जाँच करवाने का बीड़ा सर पर उठा लें। फेक एनकांउटर वाली बात अगर सामने आई है तो इसका सीधा असर वोट बैंक पर पड़ेगा। कुल मिलाकर राजनीतिक भविष्य दाँव पर लगा था। उधर पुलिस विभाग की साख पर भी काले बादल मँडरा रहे थे। जाँच-पड़ताल पूरी किए बिना ही मुर्गे को आतंकी घोषित करने के संगीन अपराध में सस्पेंड होने का अपमान सहना पड़ेगा। विभागीय जाँच, मानवाधिकार आयोग और अल्पसंख्यक आयोग जीना हराम कर देंगे। कोर्ट की फटकार पड़ेगी सो

अलग। इस बात की पूरी संभावना है कि इनके खिलाफ कोर्ट में मुकदमा चले और सजा मिले। मामले में पुलिस और गृहमंत्री दोनों ने खूब पब्लिसिटी बटोरी थी। दोनों ने अपनी-अपनी पीठ दे-दनादन थपथपाई थी। अब परिणाम भुगतने की बारी थी। गृहमंत्री ने घटना की गलत जानकारी देने के लिए आला अफसरों की जमकर क्लास ली। एक-एक के खिलाफ कड़ी कार्रवाई की धमकी दी। लंबे ड्रामे के बाद बाघमारे ने मामले को रफा-दफा करने का आदेश दिया। और सभी ने शपथ ली कि जो जनता और मीडिया को पता है एनकाउंटर के बारे में वही अटल सत्य है। शांतिपुर थाना के कर्ता-धर्ताओं को तगड़ी डाँट फटकार पड़ी। साथ ही मामले पर मुँह बंद रखने की सलाह और धमकी दोनों एक साथ दी गई और रही बात सजा की तो सजा तो बनती है। कड़ी कार्रवाई से बचने के एवज में पुलिस अफसरों ने पहले गृहमंत्री को मोटी रकम भेंट स्वरूप दी और फिर थाने के पुलिसवालों से मोटी रकम भेंट में ली और इस लेन-देन के साथ मामला खत्म हो गया। सभी चैन से बाँसुरी बजाने की फिराक में थे।

#16#

मोहल्लेवालों के बीच-बचाव से मुर्गे के घर मनोहर चौधरी का ड्रामा खत्म हुआ। मातम की घड़ी में हैरानी परेशान कर रही थी। शर्मा परिवार और उनके शुभचितंक इस ड्रामे का 'क' तक समझ नहीं पाए कि आखिर ये सब क्या था। उधर सोशल नेटवर्किंग साइट्स पे हाहाकार मचा था। कोई आतंकवाद को कोसता तो कोई ब्राह्मण के बेटे के धर्म परिवर्तन से चिंतित था। तो कोई उसके आतंकवादी बनने के कारण से चिंतित था। तो कुछ ऐसे भी थे जिन्हें मात्र इस बात की चिंता सता रही थी कि कहीं मुर्गे ने गौमांस तो नहीं खाया था। थोड़ी उधेड़बुन में फँसने के बाद वे सभी इस नतीजे पर पहुँच गए कि हाँ उसने खाया था। जिसने भी इन पोस्टों को पढ़ा छी-छी थू-थू कर वॉल गंदी करने लगा। शर्मा और उनके शुभचिंतकों को टीवी से तो इतना भर पता चला था कि बेटा आतंकवादी था। तो क्या हुआ आतंकवादी तो नक्सलवादी भी हैं। फिर वे देश छोड़ क्यों जाएँ। सवाल और जवाब के भँवर में फँसते उससे पहले ही जानकारों ने उन्हें चेताया कि सावधानी से रहें क्योंकि उनका बेटा अपने साथ उनका धर्म भी लेता गया।

धर्म चला गया अब क्या होगा। आशा शर्मा के दिमाग में सवाल बिजली की तरह कौंधा। बेटा और धर्म दोनों एक ही दिन खत्म हो गए। दिल पर भारी-भरकम पत्थर का बोझ महसूस हुआ और वो बेहोश हो गई। यहाँ होश में कौन था? पर सबकी आँखें खुली थीं और वे बैठे थे। पर आशा की आँखें बंद थीं और वो लेटी थी। किसी को उसके बेहोश होने का एहसास हुआ तो उसके चेहरे पर पानी छिड़क उसे पानी पिलाया। बेटा और धर्म दोनों के बिछड़ने के दुख ने उसकी सिसकियाँ तक रोक दीं।

अगले दिन मुर्गे की लाश परिवार को सौंप दी गई, पर उसका सामान गायब था। परिजनों ने सामान की माँग की पर खाली हाथ लौटना पड़ा। लाश पॉलिथिन

में लिपटी हुई थी। माथे पर गोली से बने जख्म का निशान था। चेहरा काफी विक्षत हो चुका था। लाश को जी भर के देखने के लिए एक बार फिर घर के भीतर और बाहर लोगों की भीड़ जमा थी। चर्चाओं के बाजार में एक और नई चर्चा ने कदम रखे। इस बार चर्चा का विषय गंभीर था। बात दो धर्मों के आपसी टकराहट की थी। मुर्गे की लाश का क्या होगा सुपुर्दे खाक या अंतिम संस्कार? अगर रीहान मुसलमान था तो उसे अग्नि के हवाले करना कयामत को न्यौता देगा और हिंदू को दफनाना धर्म का पतन है। मोबाइल फोन नए जमाने का नारद है। जागरूक धर्मावलंबी ने मोबाइल के जरिए लंबा मैसेज भेजकर लोगों से अपने-अपने धर्म को बचाने की गुहार लगाई। फेसबुक पर महाभारत का एक और अध्याय आरंभ हुआ। इस बार देश की जगह धर्म खतरे में था। सो जो अब तक सेक्युलर की चादर ओढ़े थे, उन्होंने उन रंगों को ओढ़ लिया जिससे सेक्युलरिज्म का छत्तीस का आँकड़ा रहा है। रंगे इंसान लाश को अपने रंग से ठिकाने लगाने की माँग करने लगे। लाश का मुआयना कर शर्मा परिवार ने एलान कर दिया कि रीहान अंतिम साँस तक हिंदू था। अत: उसे अग्नि के हवाले किया जाएगा। परिवार की कही बात पर किसी को यकीन न हुआ। क्योंकि वे मात्र मीडिया की कही बात को ब्रह्म वाक्य मानते हैं। और मीडिया के अनुसार रीहान एक मुसलमान जिहादी था। फिर उसका संस्कार भला कैसे होगा? शमशान घाट में मुर्गे की मृत देह रखते ही लोगों की भावनाएँ आहत हो गईं। लोग सोचने लगे कि ये तो अधर्म है। न धर्म न ही देशभक्ति इस बात की इजाजत देती है। लोग सोचते रहे और दूसरों को सोचने पर मजबूर करते रहे। समस्या पर जब जागरूक जनता ने सामूहिक रूप से सोचना शुरू किया तो धीरे-धीरे सोच का स्तर नीचे गिरने लगा। सोच के गिरते स्तर को देखते हुए दिल पे पत्थर रखकर विद्या बालन ने कहा होगा 'जहाँ सोच वहाँ शौचालय' इन दोनों ही प्रक्रिया में लोग अपनी गंदगी से वातावरण को गंदा करते हैं। शौचालय की गंदगी से निपटने के लिए टीवी पर युद्धस्तर पर प्रयास जारी हैं। और सोच से बैलेट बॉक्स भरते जा रहे हैं। मुर्गा हिंदू साबित हुआ तो नई मुसीबत दरवाजा रोके पहले ही खड़ी थी। एक स्वर में छुटभैयों की भीड़ ने कहा आतंकवादी को इस श्मशान में जगह नहीं मिलेगी। छुटभैयों ने मीडिया को न्यौता दे दिया। देशभक्ति और समाज के हित की बात बिना कैमरों के संभव कहाँ। चंद मिनटों में फुटेजखोर सेलिब्रिटी बन बैठे। आतंकी बेटा पैदा करने के जुर्म में शमशेर शर्मा के चेहरे पर कालिख मली गई। फिर निंदा

से भरे शब्दों का सामूहिक रूप से उच्चारण हुआ। वायुमंडल शब्दों की झंकार से भर गया। हर कोई अपनी प्रतिभा के प्रदर्शन में बढ़-चढ़ के भाग ले रहा था। हालाँकि एक भी सुर सही नहीं था। कानों को त्रास देनेवाले थे, पर जिसे ये शब्द कहे गए थे उन पर अपना काम कर रहे थे। जिस प्रकार लोगों में गाली देने की भावना उचकती जा रही है। वक्त आ गया है कि लोगों को सुर के साथ इन शब्दों के प्रयोग का क्रैश कोर्स कराया जाए। ये शब्द जो माँ, बहन और बेटी के सम्मान में कहे जानेवाले चिरपरिचित शब्द थे, जो हर गली-कूचे में गूँजते रहते हैं और इसकी विशेषता ये है कि अगर कोई इन शब्दों को प्रयोग करने में असमर्थ है तो उससे सच्चा मर्द की पदवी छिनने का भय रहता है। ये शब्द हमारे संस्कारों की रक्षा के लिए कितने जरूरी हैं ये जानते हुए भी, फिल्मों में ये सब सुनकर सेंसर बोर्ड को अपेंडिक्स का दर्द शुरू हो जाता है। मुर्गे की लाश के एक तरफ उसका बाप था जो मुर्गे से ज्यादा मरा नजर आ रहा था। दूसरी तरफ सवा सौ करोड़ की आबादीवाले देश में स्वयं को देश कहनेवाले कुल जमा बीस लोग थे। प्रशासन की दखल के बाद मोटे डंडे के जोर पर मुर्गे का उसी श्मशान में क्रियाकर्म संपन्न हुआ। प्रशासन की हरकतों से भानवाएँ फिर आहत हुईं। गालियों की दिशा परिवर्तन हुई, अब प्रशासन की माँ-बहन की बारी थी। सो डिजिटल इंडिया के लालों ने अँगूठे से खूब धोया। आनेवाले समय में अँगूठे का दान महादान के काउच पर इतरा के तशरीफ टिकाएगा।

घटना के एक हफ्ते बाद मुर्गे की बड़ी बहन मुस्कान को सरेआम कुछ लोगों ने छेड़ा और विरोध करने पर उसके मुँह पर कालिख मल जूतों का हार पहनाकर इलाके में घुमाया गया।

#17#

शांतिपुर थाना के सभी पुलिसवाले जाँच की फाँस से बच गए और आतंकी को मार कर पब्लिक की नजर में हीरो बन गए। मौका दुगुनी खुशी का था तो जश्न तो बनता है। बक्षी साहब की पत्नी स्नेहलता बक्षी ने शाम को अपनी सारी सहेलियों को दावत दी। दावत के चीफ गेस्ट थे स्वंय बक्षी साहब। स्नेहलता ने उनके हाथों में प्रोटोकाल की लंबी-चौड़ी लिस्ट थमा दी। लिस्ट में स्नेहलता की सहेलियों के साथ कैसे पेश आना है, इस बात का विस्तारपूर्वक विवरण था। दावत में शामिल महिलाओं के साथ बक्षी साहब को घुलने-मिलने की सख्त मनाही थी, श्रीमती की इजाजत के बिना तस्वीरे नहीं खिंचवाएँगे, हँसकर महिलाओं के साथ बातें नहीं करेंगे। आदि इत्यादि। शाम को घर पर रौनक देखकर बक्षी साहब की आँखें चौंधिया गईं। जिधर नजर गई उधर हुस्न के रंग बिखरे पड़े थे। उन्हें देखते ही मिसेज की सहेलियों ने घेर लिया और उनके साथ तस्वीर खिंचवाने की होड़ लगा दी। हर महिला मिस्टर बक्षी से बातें करने के लिए आतुर थी, उनकी बातों में खास दिलचस्पी ले रही थी। इस समय घर में बक्षी साहब अकेले मर्द थे और उनके चारों तरफ महिलाएँ ऐसे मँडरा रही थीं मानो सुपर स्टार हों। पहली बार उन्हें खुद पर गर्व हो रहा था। पहली बार जाना कि आँखों का तारा होना किसे कहते हैं। महिलाएँ फोटो खींचती गईं, संग-संग फेसबुक पे अपलोड करती रहीं। मिनटों में इन फोटो पर लाइक्स और कमेंट्स के ढेर लग गए। प्रोटोकाल को ताक पर रखकर बक्षी साहब नॉटी हो गए, स्नेहलता की नजरें जरा-सी इधर-उधर हुईं कि लगे महिलाओं को कविताएँ सुनाने। लगे हाथ किसी की आँखों की तारीफ कर दी तो किसी की जुल्फों को काली घटा कह बरसने की गुजारिश की तो किसी के हुस्न को खिलता कँवल कहकर उसके साथ फ्लर्ट किया। अपनी इस छुपी हुई प्रतिभा का उन्हें आज ही ज्ञान हुआ, और

ये सोच कि क्या पता 'कल हो न हो' प्रतिभा का भरपूर प्रयोग किया। बक्षी साहब के जवानी के दिन फ्लर्ट करने को तरसते थे, न सूरत थी न हौंसला। जब अरमान मुरझाने लगे तो अचानक एक उपाय सूझा, शाम को अँधेरे में खड़े हो जाते और हर आती-जाती लड़की को आँख मारते, फायदा ये हुआ दिल को ठंड पड़ जाती और लड़कियाँ भी छिड़ने से बच जातीं, उन्हें पता ही नहीं चलता कि उन्हें कोई आँख मार गया। जवानी में जुत्तियाँ नहीं खाईं सो कैरेक्टर सर्टिफिकेट पर शराफत की डिग्री छप गई, और ऐसी छपी की कभी उतारने का नाम नहीं लिया। पर आज इतिहास रचने की ओर कदम बढ़ा दावत में चार चाँद लगा दिए। महिलाएँ उनके मुँह से अपनी तारीफ सुनने के लिए बेकरार थीं और इन्होंने भी तारीफ करने में जरा-सी भी देर नहीं की। वैसे भी अपनी अक्ल और दूसरे की बीबी हर किसी भली लगती है। रह-रहकर दिल में खयाल आता कि कहीं ये सब सपना तो नहीं है, आँख खुलेगी और सब छूमंतर हो जाएगा। दिल कहता अगर यह सपना है तो कभी नींद न टूटे। सपने का यूँ ही टेलीकॉस्ट होता रहे। अपने कन्फ्यूजन को दूर करने के लिए कई बार अपने हाथों पर चिकोटी काटी। आज इस कहावत पर यकीन हो गया कि हर क़ुत्ते के दिन आते हैं और आज उनका दिन है।

इधर जूही अपने प्राण से प्रिय एवं पराक्रमी पति की कामयाबी का जश्न मनाने के लिए अपने माता-पिता को खाने पर बुला बैठी। ये जानते हुए भी कि तेल और पानी का मिलन पृथ्वी पर संभव नहीं। पिछले दस सालों में पहली बार जूही को मौका मिला था कि वह अपने माँ-बाप के सामने खुलकर पति की तारीफें कर सके। वैसे भी एनकाउंटर वाली खबर सुनते ही बेचारे माँ-बाप की बोलती बंद हो चुकी थी। उस दिन से बेचारे जूही के पिताजी को हाजमे की शिकायत सताने लगी, कुछ भी खाते हजम नहीं होता। खाने की टेबल पे एक तरफ जूही और भट्टाचार्जी, दूसरी तरफ शॉक-ग्रसित सास-ससुर विराजमान थे। ससुर ने अपने इकलौते दामाद को एंगल बदल-बदल के देखा। लाख कोशिश की खबर को पचाने की, पर पेट में बमबारी होती रही। जिसकी गूँज बिना रोक-टोक बाहर तक सुनाई दे रही थी। ये नमूना एनकाउंटर कर सकता है, ये सोचते ही दिल सुलगता और दिमाग से काला धुँआ बाहर झाँकने लगता। उस पर रिश्तेदारों और जान-पहचान वालों के बधाई संदेश का ताँता आग में घी डाल रहा था। दामाद की तारीफें सुन-सुनकर ससुर खूँखार हो चुका था। बस इसी ताक में था कि कब मौका मिले और शिकार पर टूट पड़े। जब भी दोनों की नजरें मिलीं, ससुर ने

इशारों में धमकाते हुए पूछा कि सच क्या है। भट्टाचार्जी ने इशारों में कह दिया कि यही सच है। ससुर ने फिर धमकाया सच-सच बोलो वर्ना। ऐंठकर उसने नजरें दूसरी तरफ फेर लीं। ससुर ने प्रेम चोपड़ा स्टाइल में अपना गला सहलाते हुए दामाद को इशारा किया कि बच्चू आखिर कब तक बचोगे? एक-न-एक दिन तो मेरी पकड़ में आओगे। बेचारा ससुर का सताया दामाद नजरें झुकाकर चुपचाप खाने लगा। ससुर दामाद की इशारेबाजी देख लोगों को लिंग से जुड़ी विवादास्पद धारा का स्मरण हो आता, और फिर जाने इनका रिश्ता क्या कहलाता पर उसकी संभावना अभी जन्मों दूर है। जूही के लिए ये मौका लॉटरी समान था। शादी वाले दिन से लेकर आज तक, माँ-बाप के तानों की चोट से रोई थी। अब भट्टाचार्जी ने आतंकवादी का एनकाउंटर कर वीरता की गंगा बहाई थी, और ये गंगा अपने साथ तारीफों के पुल बहाए लिए जा रही थी, ससुर को यकीन था कि हो न हो ये गंगा मैली है। पर जूही को इसकी पवित्रता पर पूरा विश्वास था। उसने इस बहती गंगा में सभी को डुबाने की ठानी, इतराते हुए पति से फरमाइश कर बैठी, "बेबी प्लीज, डैडी को एनकाउंटर वाली कहानी सुनाओ न।"

भट्टाचार्जी मुँह खोलें इससे पहले संसद सत्र को न चलने देने के लिए तत्पर विपक्ष की तरह ससुर ने दामाद रूपी सरकार पर हावी की ठानी और टेबल के नीचे से दनादन लातों से भट्टाचार्जी की कोमल काया पर प्रहार करने लगा। इधर स्नेहलता की सहेलियों ने स्नेहलता के सामने बक्षी साहब की तारीफों के पुल बाँध दिए। जिस पर बक्षी साहब मतवाले हो टहलने लगे। पत्नी के बताए सभी प्रोटोकॉल को आचार की बर्नी में बंद कर पार्टी में छा गए। स्नेहलता की स्कूल की सहेली ने बक्षी साहब से गाने की फरमाइश की, बक्षी साहब का दिल बड़ा कमजोर था, वे उसे मना न कर सके और झट सहेली की पसंद के गाने के सुर लगा दिए, "तारीफ करूँ क्या उसकी जिसने तुम्हें बनाया..."

दावत खत्म हुई सहेलियों की विदाई के बाद घर का दरवाजा बंद करके स्नेहलता ने बक्षी साहब से कपड़े उतारने को कहा। बच्चे कमरे में उनके साथ थे, आदेश सुनकर सकपका गए। स्नेहलता गरजते हुए बोली, "कान में रूई ठूँस रखी है जो मेरी बात सुनाई नहीं दे रही है? चलो उतारो शर्ट और पैंट।" पत्नी के आदेश का उल्लंघन करने की हिम्मत नहीं थी सो बच्चों के सामने अपनी शर्ट और पैंट उतार दी। गोल-गोल आँखें घुमाती हुई स्नेहलता गब्बर के स्टाइल में बोली, "बहुत याराना लगता है मेरी सहेलियों के साथ। बड़ी हँस-हँसकर बातें

हो रही थीं। तारीफों का होलसेल मार्केट खोलकर बैठे थे।" और फिर स्नेहलता ने वो किया जो किसी ने सपने में भी नहीं सोचा था। अपने महँगे स्मार्ट फोन से बक्षी साहब की बनियान और दादा कोंडके वाले कच्छे में सफेद नाड़े के साथ तस्वीर खींच के फेसबुक पे डाल दी। ऐसा जुल्म तो किसी महिला ने इतिहास में अपने सौतेले पति के साथ भी न किया हो।

#18#

एनकाउंटर का मामला पूरी तरह ठंडा हो चुका था। टीवी चैनलों पर इस खबर की जगह दूसरी खबरों ने ले ली थी। मुर्गे के परिवार की मान-मर्यादा को जिस हद तक नुकसान पहुँचा सकते थे, पहुँचा चुके थे। अब इस खबर में कुछ बचा नहीं था। खबर को जितना खींचा जा सकता था उससे ज्यादा ही खींच चुके थे। दर्शकों को नई खबरें दिखाने के लिए टीवी चैनल कमर कस चुके थे। 'सबकी खबर' चैनल की पत्रकार सुमेधा सिंह की मामले पर खोजबीन जारी थी। शुरू से ही उसे पूरे मामले में पेंच नजर आ रहा था। वह इस बात को मानने के लिए कतई तैयार नहीं थी कि शांतिपुर थाने के निकम्मे पुलिसवाले एनकाउंटर कर सकते हैं, साथ ही ये सवाल भी उसकी समझ से बाहर था कि क्यों कोई आतंकवादी संगठन उस थाने पर हमला करेगा जिसका होना न होना एक समान था। उसने अपने खबरी चारों तरफ काम पर लगा रखे थे। घटना को घटे दो सप्ताह बीत चुके थे, पर खोजबीन जहाँ से शुरू हुई थी वहाँ से एक इंच भी आगे नहीं बढ़ी थी। फिर एक दिन उसे गृह मंत्रालय के अपने सूत्रों से खबर मिलती है कि दाल में कुछ काला नहीं बल्कि पूरी दाल ही काली है। इस खबर के बाद उसने अपनी छानबीन तेज कर दी और बहुत जल्द इस नतीजे पर पहुँच गई कि मुर्गा निर्दोष था। पर सवाल ये उठता है कि आखिर वह थाने करने क्या गया था? इस सवाल का जवाब ढूँढने के लिए उसके परिवार से मिलना जरूरी था।

मुर्गे के घर का दरवाजा खुला हुआ था। सुमेधा ने दरवाजे पर दस्तक दी। परदा हटा कर एक चेहरा बाहर झाँकता है, सुमेधा ने उसे अपना परिचय दिया। मुस्कान उसे भीतर आने का इशारा करती है। भीतर हॉल में सोफे पर शर्मा दंपती एक साथ पास-पास बैठे थे। मुस्कान उनसे मेहमान का परिचय कराती है। मुस्कान बैठने का आग्रहकरती है। उसका शुक्रिया अदा कर सुमेधा उनके सामने

रखी कुर्सी पर बैठ जाती है। एक मध्यम वर्गीय परिवार, साज-सजावट साधारण, कमरे में 10/10 का एक बुक सेल्फ जिसमें सिर्फ किताबें थीं। रामायण-महाभारत से लेकर द ओल्ड टेस्टामेंट और गुरु ग्रंथ साहिब थे। साथ ही विश्व के बड़े लेखकों की किताबों का संग्रह था। समाजवाद से लेकर आतंकवाद हर विषय पर कम-से-कम एक किताब जरूर मौजूद थी।

"हमारे घर में सभी किताबों के बेहद शौकीन हैं।"

मुस्कान के शब्दों ने सुमेधा का ध्यान मिनी लाइब्रेरी से हटा कमरे में बैठे लोगों की ओर खींचा। मुस्कान की बात के समर्थन में उसने हाँ में सिर हिलाया।

"चाय लेंगी आप?" मुस्कान ने पूछा।

"जी नहीं, मैं अभी पी कर निकली हूँ ऑफिस से।"

"ले लीजिए बात शुरू करने का बहाना मिल जाएगा। हम अभी भी ब्राह्मण हैं, हमने धर्म नहीं बदला है।"

सुमेधा के कान गर्म हो गए, इस बार इनकार न सर सकी और गहरी मुस्कुराहट के साथ हामी में उसने अपना सिर हिला दिया। थोड़ी देर बाद मुस्कान चाय लेकर कमरे में दाखिल हुई। चाय की चुस्की लेते हुए सुमेधा ने अपनी राय से परिवार को अवगत कराया कि वह उनके बेटे को पूरी तरह से निर्दोष मानती है और वह एनकाउंटर की सच्चाई को सबके सामने लाना चाहती है। उसकी बातों का पति-पत्नी पर कोई असर नहीं हुआ। एक ही बात जरूरत से ज्यादा सुनने पर, ओवरडोज से बात पर से विश्वास उठना लाजमी था। बस बीच-बीच में उनकी आँखें आँसुओं से भीग जातीं। सुमेधा ने उन्हीं सवालों को दोहराया जो दूसरे भी कई बार दोहरा चुके थे। बातचीत में कोई नई बात सामने नहीं आई। पर उसके आखिरी सवाल ने सभी को गहरे सोच में डाल दिया। सवाल था, "आखिर रीहान थाने क्यों और क्या करने गया था?"

सवाल सुनकर तीनों सुमेधा का मुँह ताकने लगे। इस बात की ओर परिवार का ध्यान ही नहीं गया था। उनके पास इस सवाल का कोई जवाब नहीं था, पर सवाल उनके मुर्दे पड़े शरीर में करंट बन कर दौड़ने लगा। जाते समय सुमेधा ने अपना विजिटिंग कार्ड टेबल के ऊपर रख दिया और बोली, "इस बाबत अगर कुछ भी पता चले तो मुझे इस नंबर पे फोन करें।"

आशा ने झट कार्ड टेबल से उठा लिया और अपनी मुठ्ठी कसकर बंद कर ली। दरवाजे पर पहुँच सुमेधा ने मुस्कान से पूछा, "अब कैसी हो तुम?" सुमेधा

को अपने सवाल के अलावा कुछ और सुनाई नहीं पड़ा। मुस्कान का हाथ पकड़ बोली, "इस आग को जलाए रखो।" इतना कह वो चली गई। सुमेधा के जाने के बाद मुस्कान ने अपने माँ-बाप के सामने वही सवाल दोहराया, "माँ, रीहान थाने क्यों गया था?" दोनों ने एक साथ न में सिर हिलाया। मुस्कान सवालों के चक्रव्यूह में उलझती गई। हर सवाल एक नया सवाल खड़ा कर देता। सबसे ज्यादा उसे ये सवाल सताने लगा कि आखिर पुलिस ने रीहान का सामान परिवार को क्यों नहीं सौंपा? उसकी घड़ी, मोबाइल, आई कार्ड सब कुछ तो उसके पास रहता था। कहाँ गया उसका सारा सामान? अगर पुलिस के पास है तो क्यों है? अगर पुलिस को उस पर शक था तो उसका मोबाइल फोन अपने कब्जे में लेकर बाकी सामान तो लौटाना चाहिए था।

सुमेधा सिंह एक खोजी पत्रकार थी। पिता इकबाल सिंह भारतीय फौज में मेजर थे। कारगिल युद्ध के दौरान लड़ाई के मैदान से लापता हो गए तो सेना ने उन्हें भगोड़ा घोषित कर दिया। कुछ दिनों बाद उनके पाकिस्तानी फौज की हिरासत में होने की खबर आई। उनके द्वारा लिखी चिट्ठियाँ मिलीं जिसमें पाकिस्तानी सेना द्वारा युद्ध बंदी बनाए जाने की बात कही थी। चिट्ठी पर पाकिस्तान डाक विभाग की मुहर लगी थी, पर सरकार ने चिट्ठी को सबूत मानने से साफ इनकार कर दिया। परिवार ने सरकार से इकबाल सिंह को छुड़ाने की गुहार लगाई। सरकार काफी देर बाद हरकत में आई तबतक मेजर जिंदगी की जंग हार चुके थे। सात साल लंबी कानूनी लड़ाई के बाद उनके नाम के आगे से 'भगोड़ा' शब्द हटाकर उन्हें शहीद घोषित किया गया। पिता का खोया सम्मान वापस पाने की लड़ाई में घर की हर एक चीज बिक गई। शहीद की बेटी होने के नाते सरकार की तरफ से सुमेधा को सरकारी नौकरी का प्रस्ताव मिला जिसे उसने ठोकर मार दी और खोजी पत्रकारिता से जुड़ गई। पिता इकबाल सिंह परिवार के इकलौते कमाऊ सदस्य थे। उनके बाद परिवार की सारी जिम्मेदारी उसकी माँ के कंधों पर आ गई। इकबाल सिंह के भगोड़ा घोषित होते ही रिश्तेदारों ने सुमेधा के परिवार को उनके पुश्तैनी घर से बाहर निकाल सारे रिश्ते-नाते खत्म कर दिए। बुरे बक्त में सुमेधा के ननिहाल वाले मदद के लिए सामने आए। उनकी मदद से सुमेधा की माँ को एक स्कूल में नौकरी मिल गई। घर खर्च चलाने के लिए माँ स्कूल के बाद लोगों के घर जाकर बच्चों को ट्यूशन पढ़ाती। सुमेधा और उसका छोटा भाई छोटे बच्चों को ट्यूशन पढ़ा घर खर्च में माँ का हाथ बँटाने लगे। फिर

भी बड़ी मुश्किल से गुजर-बसर हो पाता। दोनों भाई-बहन की पढ़ाई का खर्च, वकीलों का खर्चा, घर का भाड़ा फिर तीन लोगों का पेट। सरकार किसी भी पार्टी की हो सुमेधा की चिढ़ में कभी कोई कमी नहीं आई। रीहान जैसे केस में उसे खास दिलचस्पी रहती थी। सरकारी तंत्र के सताए लोगों को इंसाफ दिलाने के लिए किसी भी हद तक जाने में कोई परहेज नहीं करती थी। सात साल के करियर में तीन घोटालों का पर्दाफाश किया और कई सरकारी नौकरशाहों को सस्पेंड करवा चुकी थी। सरकारी शब्द का उस पर वही असर होता जो लाल कपड़ा देखकर सांड पर होता है। वो फिर एक बार इंसाफ की लड़ाई लड़ने की तैयारी करने लगी।

मुर्गे का केस स्टडी करने के बाद वह इस फैसले पर पहुँच चुकी थी कि मामले में सरकार लीपापोती कर अपनी साख बचाने की कोशिश कर रही है। मामले की तह तक पहुँचने के लिए उसने अपने पत्ते बिछाने शुरू कर दिए।

#19#

सुमेधा का पहला मोहरा था शांतिपुर थाने के तोतापुरी आम जैसी शक्लवाले हवलदार बउआ सिंह। इसे फाँसना छींकने से ज्यादा आसान काम था। नकली फेसबुक प्रोफाइल से बउआ सिंह उर्फ शाहरुख को फ्रेंड रिक्वेस्ट भेज दोस्ती बढ़ाई, खुद को उसकी बहुत बड़ी फैन बतलाया। तारीफों का डिपार्टमेंटल स्टोर खोल लिया। उसकी काया, उसकी बहादुरी, यहाँ तक कि उसकी सड़क-छाप हरकतों वाली तस्वीरों की भी दिल खोलकर तारीफें कीं। एक लड़की की तरफ से आए फ्रेंड रिक्वेस्ट को देखकर बउआ सिंह शहर भर में नाचने लगा। इंसान बंदर की छठी संतान है यह बतलाने के लिए चचा डार्विन में अपनी उम्र बंदरों का पीछा करने में झोंक दी।

साढ़े तीन से लेकर पोने चार आशिकों के दर्शन मात्र से ही ये सच्चाई साबित हो जाती है। उसके लिए जंगलों की खाक छानना कहाँ की चतुराई? बउआ पर सोलह आने आशिकी सवार थी। उसका इकलौता दिल पंछी बन कभी आसमान में उड़ जाता तो कभी बंदर बन पेड़ पर चढ़ता-उतरता। दो दिन की चैटिंग में लड़की के साथ पूरी सैटिंग कर ली। लड़की ने अपने प्यार का इजहार कर खुद को शाहरुख दीवानी घोषित कर दिया। डीडीएलजे के अंधे को हर लड़की सिमरन नजर आती है और इत्तेफाक देखिए इस लड़की का नाम भी सिमरन था। मोहब्बत की ट्रेन कहीं प्लेटफॉर्म से छूट न जाए इसलिए राज-सिमरन से जल्द-से-जल्द मिलने की जिद करने लगा। थोड़ी ना-नुकुर के बाद सिमरन ने हाँ कर दी। शनिवार की रात नौ बजे डिलाइट सिनेमा हॉल के पीछे मिलना तय हुआ। शुक्रवार की रात बउआ पर काफी भारी बीती, बउआ के साथ जागते हुए उल्लुओं को जम्हाईयाँ आने लगीं, पर वह रात भर करवटें बदलता रहा। लाख बहलाने-फुसलाने के बाद भी जब नींद झाँसे में नहीं आई तो सिमरन से मिलने की

तैयारी करने लगा। दीवाने-गालिब से लेकर जुम्मन मियाँ की सड़क छाप शायरी का पूरी श्रद्धा से रट्टा लगाने लगा। इस चक्कर में खुद भी परेशान रहा और गालिब की शायरी को भी छेड़ता रहा। शनिवार की शाम जल्दी घर लौट मिलने और मिलन की तैयारी में जुट गया। पूरे मोहल्ले के पानी से अकेले ही नहा लिया। बालों को शैंपू कर करीने से सँवारा। फिर लड़की पटाने वाले परफ्यूम की पूरी बोतल अपनी काया के ऊपर उड़ेल गुलफाम बन गया। घर से निकलने से पहले, रोमांटिक हीरो राजेश खन्ना की मुस्कुराती तस्वीर के सामने विनम्रता से झुक कर श्रद्धा के साथ हाथजोड़, अपनी पहली और इकलौती मोहब्बत की कामयाबी के लिए आर्शीवाद माँगा। तय समय से घंटा भर पहले सिनेमा हॉल के पीछे पहुँच गया। वक्त काटने के लिए लगा चहलकदमी करने। इधर सिनेमा हॉल के पीछे लैला-मजनुओं की चिरपरिचित पटकथा वाली लव स्टोरी कम रास-लीला रिलीज हो चुकी थी। इस तरह की पटकथा सिनेमा हॉल के भीतर, कोने की सीट की शरण लेने के बाद, वो भी फिल्म शुरू होने के बाद शुरू होती है। पर आजकल की जेनरेशन में वो संस्कार कहाँ कि सिनेमा हॉल की सीट को अपने प्रेम का साक्षी बना उसे सम्मानित होने का मौका दें। चारों तरफ प्रेम की मिठास थी, और बउआ का प्रेमी मन डायबिटीज के मरीज की तरह मिठास पाने को तरसने लगा। मन मक्खी की तरह भिनभिनाने लगा, पर बउआ सिंह एक सिद्ध जोगी की तरह इच्छा के विपरीत दिशा में मुँह फेर कर खड़ा रहा। फिर कन्फर्म जोगी की तरह इच्छा को संसारिक मायामोह मान, उसके पिछवाड़े में दुलत्ती जमाकर, एकाग्रता के साथ सिमरन का स्मरण करने लगा। हर दस मिनट में पाँच बार बाल सँवारता, सात बार घड़ी की सुईयों को निहाराता। उसकी बेचैनी के साथ घड़ी तालमेल न बिठा पाई। घड़ी को कामचोर कहकर कोसता रहा मोगैम्बो की तरह धमकाता रहा, "आज तेरा वक्त पूरा हो गया, कम्बख्त घड़ी पैर में तेरे पोलियो हो गया जो हिलती न है।" हर आने-जाने वाले से ये सोच समय पूछता रहा ये कि हो न हो उसकी घड़ी खराब है। एक राहगीर ने समय बताया, फिर उसने अपनी घड़ी में देखा टाइम तो ठीक बता रही है, पर उसके बताए टाइम पे भरोसा नहीं हुआ। फिर दूसरे आदमी से टाइम पूछा, इस तरह कुल जमा दस लोगों से टाइम पूछा पर किसी भी घड़ी के ऊपर उसका भरोसा टिक नहीं पा रहा था। घड़ियों के हिसाब से राज और सिमरन के मिलन में चालीस मिनट की दूरी थी। थक-हार कर उदास बेंच पे बैठ गया। उसे अकेला पाकर डरावने विचार, भावनाओं के

साथ खिलवाड़ करने लगे। डर कानों में फुसफुसाकर उसे छेड़ने लगा, "अगर वह नहीं आई तो तेरा क्या होगा?"

बउआ सिंह को अपने 48 घंटे पुराने इश्क की वफादारी पर पूरा भरोसा था, पर इस बेरहम दुनिया के इरादों पर तनिक मात्र भी भरोसा न था। प्यार करने वाले अपनी महबूबा का नाम जानें या जानें, पर उसके बाप के खूँखार इरादों से भली-भाँति परिचित होते हैं। सिमरन के मुस्टंडे भाइयों का खयाल उसे 'आइला' की तरह हिला गया। पर इन मुस्टंडे सालों को छोड़ शक की सुई 'वुड बी' ससुरे की तरफ घूम गई। वह सोचने लगा कहीं ऐसा तो नहीं कि सिमरन के बाऊ जी ने उसे घर में बंद कर के रखा हो और जबरन उसकी शादी किसी और से कराने की तैयारी कर रहे हों। अगर ये बात सच हुई तो? इस खयाल से आँखों में पानी भर आया कि कहीं उसकी पहली मोहब्बत नाकाम न हो जाए। अनहोनी का मुँह नोंच, दूर भगाने के लिए भगवान की शरण ही एकमात्र सहारा था। जितने भी भगवानों के नाम याद थे सभी को रिश्वत में एक नारियल और दस लड्डुओं का आश्वासन दिया। निराशा के साथ आखिरी बार घड़ी की ओर झाँक कर देखा। नौ बजने में अभी आधा घंटा बाकी था। सारे जतन कर लिया, पर वक्त बैसाखी के सहारे आगे बढ़ रहा था। सिनेमची ने आखिरकार सिनेमा की शरण ली और 'सिलसिला' फिल्म के डायलॉग की टाँगे खींचने लगा, "मैं और मेरी तन्हाई अक्सर ये बातें करते हैं..." वाकई मोहब्बत की ओखली में सिर कुटवाने के शौकीनों के लिए सिनेमा से बड़ा कोई हमदर्द नहीं है। लोग जाने क्यों हर गलत आदत के लिए सिनेमा का मुँह नोचने को तैयार रहते हैं। ठीक नौ बजे हॉल के पीछे वाले गेट पर एक गाड़ी आकर रुकी। आशा पारेख के ट्रंक में धूल फाँक रही फिल्म 'आया सावन झूम के' की सिमरन सलवार-कमीज पहन गाड़ी से बाहर निकली। उसने दो चोटी बना रखी थी। आँखों पर काला मोटे फ्रेमवाला पॉवर का चश्मा था। आँखों को देखने पर वे आँखे कम और टमाटर ज्यादा लग रही थीं। सिमरन का रूप बेहोश करनेवाला था। पर बउआ सिंह के लिए उसका लड़की होना ही काफी था। टामी की तरह जीभ लटक गई और हें हें हें करने लगा। सिमरन को अपनी तरफ आता देख उसका दिल बंदर की तरह गुलाटी मारने लगा। सिमरन ने नजर भर के उसे देखा, फिर शरमा के नजरें झुका लीं और अपने दुपट्टे के कोने को दाँतों तले कुतरने लगी। सिमरन के सन 1941 वाले संस्कारों देख बउआ सिंह के प्रसन्नता की सीमा पेट्रोल के दाम की तरह उछलने

लगी, छत्तीसवें सेकेंड बीतने के साथ ही मन-ही-मन उसे अपना जीवन-साथी मान लिया। सिमरन ने शरमाते हुए पूछा, "अगर मैं तुम्हें राज बुलाऊँ तो तुम मुझसे नाराज तो नहीं होगे?"

"नाराज, नहीं-नहीं बिल्कुल भी नहीं तुम जिस नाम से चाहो बुला सकती हो।"

"तो फिर ठीक है, आज से मैं तुम्हें राज कहूँगी।"

"राज और सिमरन को कोई जुदा नहीं कर सकता है।"

राज! सुनते ही उसके बरसों की हसरत पूरी हो गई। कुछ देर पहले जितने भी भगवानों को भला-बुरा कहा था सबसे लाइन से माफी माँगी और इतनी ख़ुशी देने के लिए सबको धन्यवाद कहा और बाकी का सेटेलमेंट मंगलवार को पूरा करने का अपना वादा भी दोहराया। बातें होती रहीं, वह बोलती रही, वह सुनता रहा, वह उसकी तारीफों के पुल बाँधती रही, वह उस पुल पे लहराता-बलखाता टहलता रहा। सिमरन ने उसे अपने घर चलने को कहा। बिना वक्त गँवाए वह सिमरन के साथ गाड़ी में बैठ गया। गाड़ी की पिछली सीट पर दोनों काफी पास-पास बैठे थे। बीच-बीच में दोनों के हाथ टकरा जाते तो सिमरन शरमा कर चेहरा अपने हाथों से ढँक लेती तो राज उसके चेहरे पर पड़ा हाथों का परदा होले से हटा देता। गाड़ी के सीडी प्लेयर पे गाना बज रहा था- 'बहारों फूल बरसाओ मेरा महबूब आया है...' सिमरन पर रौब जमाने के लिए बउआ डींगों के घोड़ों को बेलगाम हाँकने लगा। गाड़ी हाईवे पर हवा से बातें कर रही थी। इधर घोड़े भी जोर से हाँके जा रहे थे। सिमरन ने ड्राइवर को एक अच्छा-सा ढाबा देख रुकने का आदेश दिया और बउआ सिंह की तरफ देख गुनगुनाने लगी, 'मेरे मेहबूब तुझे मेरी मोहब्बत की कसम...' थोड़ी देर बाद गाड़ी एक ढाबे के सामने रुक गई। सिमरन ने ड्राइवर से दोनों के लिए लस्सी लाने को कहा। ड्राइवर लस्सी लाने चला गया। इधर गाड़ी में दोनों अकेले थे। मौका देख सिमरन ने राज से कहा, मैं तुम से शादी करना चाहती हूँ। राज बकलोल की तरह उसे देखता रहा। जबान पे ताला पड़ गया था, पर दिमाग में झुमरी तलैया के अमावस लॉज में हनीमून की प्लानिंग चल रही थी। कुछ देर बाद प्लानिंग में टुन्नु-मुन्नु भी आकर शामिल हो गए। पाँच मिनट बाद ड्राइवर लस्सी के दो ग्लास लेकर हाजिर हो गया। नशीली लस्सी पीने के कुछ देर बाद बउआ हवा में उड़ने लगा। सिमरन ने लस्सी का दूसरा ग्लास उसकी तरफ बढ़ाया। राज का सिर चकरा रहा था। उसने

लस्सी पीने से मना कर दिया। सिमरन रूठ गई। झख मार के राज दूसरा लस्सी का ग्लास डकार गया। नशा उस पर पूरी तरह से हावी हो चुका था। सिमरन उसके गाल पे हाथ फेरते हुए बोली, "आई लव यू राज, मैं हमेशा से चाहती थी कि मेरी शादी एक बहादुर पुलिस वाले से हो... (नाराज होकर बोली) तुम मुझे प्यार नहीं करते हो?"

नागिन की तरह डोलते हुए राज ने अपने प्यार का भरोसा दिलाने के लिए, अपनी माँ से लेकर, धोबी, बनिया पड़ोसी और गली के इकलौते खुजली वाले कुत्ते की कसमें खा लीं।

"इतना प्यार करते हो मुझसे? अच्छा तो फिर ये बताओ उस आतंकवादी को कैसे मारा तुमने?"

"आतंकी? कौन आतंकी?"

कोहनी मारते हुए बोली, "वहीं जिसका एनकाउंटर किया था तुम लोगों ने।"

"एनकाउंटर?"

"हाँ पूरा शहर तुम्हारी बहादुरी के कसीदे पढ़ रहा है और तुम भोले भंडारी बन रहे हो जैसे कुछ भी नहीं जानते हो।" काफी देर तक दिमाग में मोमबत्ती जलाकर सिमरन की कही बात का मतलब ढूँढने लगा। जब थोड़ी रोशनी हुई तो जुल्फें सँवारते हुए बोला, "अच्छा वो! वो कोई आतंकी-वातंकी नहीं था। वह बेचारा तो बेमौत मारा गया।" और फिर उस दिन की घटना का कच्चा चिट्ठा खोल के रख दिया। आधी रात को गाड़ी सिनेमा हॉल के पीछे आकर रुकी। बउआ सिंह होश खो चुका था। ड्राइवर ने सहारा देकर उसे गाड़ी से बाहर निकाला और वहीं एक बेंच पे सुला दिया। गाड़ी अँधेरे में गायब हो गई।

#20#

सुमेधा के सामने सच्चाई का पिटारा खुल चुका था, पर सबूत अभी भी उसकी पहुँच से दूर थे। सुमेधा अपने फ्लैट में आगे की प्लानिंग करने में व्यस्त थी, पर मामले से जुड़ी एक अहम कड़ी उसकी समझ से परे थी और वह ये कि आखिर रीहान थाने क्यों गया था? जब तक इस बात का जवाब नहीं मिल जाता तब तक केस कमजोर है। कौन-सी कड़ी है जो उसकी नजरों के साथ लुकाछिपी खेल रही है? रीहान के दोस्तों ने बतलाया था कि वह हैकर बनना चाहता था। फेसबुक पे उसका प्रोफाइल खंगाल के देखा पर अलग-सा कुछ भी नजर नहीं आया है सिवाय इसके कि वह एक खूबसूरत और जिंदादिल नौजवान था, अच्छी-खासी फीमेल फैन फॉलोइंग थी, एक आम नौजवानों वाली हरकतें थीं। संदेह करने लायक कुछ नहीं था। सुराग की तलाश में वह बच्चन सिंह के फोटो स्टूडियो जा पहुँची। बच्चन सिंह साइबर कैफे और फोटो स्टूडियो का मालिक था और रीहान यहाँ पार्ट टाइम काम करता था। बच्चन का साइबर कैफै तो ठीक-ठाक चल रहा था, पर फोटो स्टूडियो का धंधा लगभग ढप्प पड़ा था। स्मार्ट फोन के जमाने में गिने-चुने लोग तस्वीर खिंचवाने के लिए फोटो स्टूडियो का रुख करते और शादी-ब्याह जैसे खास मौकों पर ही लोग वीडियोग्राफी करवाते हैं। बाकी समय फोन से आसानी से तस्वीरें और वीडियो रिकॉर्ड कर लेते हैं। काम काफी कम था, सो स्थायी वीडियो एडीटर को काम पर न रखकर रीहान और उसके दो दोस्तों से एडिटिंग का काम करवाता। इससे लड़कों का पॉकेट खर्च निकल जाता और उसका भी काम चलता रहता। एक अधेड़ उम्र का दुबला-लंबा व्यक्ति सुमेधा को स्टूडियो के भीतर वाले कमरे में ले गया। उसने अपना परिचय दिया बच्चन सिंह। रीहान के बारे में पूछने पर फूट-फूटकर रोने लगा। बार-बार एक ही बात दोहराता रहा, "जालिमों ने बेगुनाह की जान ले ली। बच्चा मासूम था

जी, वह कोई आतंकी नहीं था।" कुछ देर तक चुप रहने के बाद बोला, "उसकी मौत उसको वहाँ ले गई थी।"

घटना से तीन दिन पहले शांतिपुर इलाके की 'प्रोगेसिव महिला संगठन' ने समाज की असहाय एवं दबी-कुचली महिलाओं की पर्सनालिटी निखारने के लिए एक वर्कशॉप का आयोजन किया था। वर्कशॉप में इन असहाय महिलाओं को मेकअप करने के तरीकों के बारे में विस्तार से समझाया गया। मेकअप सभ्य समाज के लिए जरूरी है, यह विचार घोल कर पिलाने की कोशिश की गई। मेकअप वो बला है जो हर दाग छुपा देती है और समाज में सभ्य बनकर रहना है तो इसे अपनी ढाल की तरह इस्तेमाल करना जरूरी है। मेकअप की आड़ में छुपकर इंसान शरीर के दागों के साथ अपने कर्मों के दाग से भी छुटकारा पा सकता है। फायदा ये कि लोग उसे बाइज्जत समझते हैं। संस्था की सोच थी कि सारी समस्याओं का हल मेकअप के पास है। और रही बात महिलाओं की तो उनकी दशा सुधारने का एक मात्र अचूक उपाय मेकअप ही है। महिलाएँ सही मेकअप की मदद से खुद को सबला दिखा सकती हैं। साथ ही सही मेकअप से देश की महिलाओं की स्थिति में बड़ा बदलाव लाया जा सकता है। मेकअप सही होगा तभी देश की महिलाओं को सही पहचान मिलेगी। वर्कशॉप में इस विषय पर जोर रहा कि कौन से रंग की लिपस्टिक लगाने के बाद वे बोल्ड लगेंगी। रूप निखारने के तरीकों पर महिलाओं का ध्यान आकर्षित किया गया। इस संगठन की अध्यक्षा शहर के एक जाने-माने पूँजीपति की श्रीमती जी थीं और सचिव थी जूही भट्टाचार्जी अर्थात अपनी मिसेज भट्टाचार्जी। वर्कशाप में शहर की जानी-मानी महिलाओं ने अपने कीमती समय का खुले दिल से दान दिया था। शहर के एक मशहूर फैशन डिजाइनर और एक मेकअप आर्टिस्ट ने अपनी कला का प्रदर्शन कर महिलाओं को व्यक्तित्व निखारने के गुर सिखाए। वर्कशॉप समारोह पूरे दो दिनों तक चला था। उपस्थित महिलाओं में गरीब और असहाय महिलाओं से ज्यादा पैसेवाली गृह लक्ष्मियाँ थीं। इनके जमावड़े को देखकर कई बार संदेह मन में गहराइयों तक उतर खुजला-खुजला कर सवाल करने लगता, कहीं ऐसा तो नहीं कि बढ़ती जीडीपी के बहकावे में आकर गरीबी देश से रफू-चक्कर हो गई। वर्कशॉप समारोह में एक दुखियारी महिला के पीछे पाँच फली-फूली सुखियारी महिला दाँत पसारे खड़ी थी, तो ये गलतफहमी जायज थी। चमचमाते डिज़ाइनर लिबास, अमीर महिलाओं के कुपोषण के मरीज के तरह सूखे तन की रौनक

बढ़ा रहे थे। इनकी काया को देख गरीबी की वतनपरस्ती को सलाम करने का जी चाहता था। समारोह में चुगली प्रसंग मुख्यतया मोटापे पर केंद्रित था, किसी के तन पर छटाँक भर माँस बढ़ा हो, तो दूसरी की पैनी नजर झट नोटिस कर लेती, और फिर खुसुर-फुसुर के बाजार में चुगली वाले विचार कानों के पास फड़फड़ाने लगते। कानों से होकर बँधी-बँधाई लाइनें गुजरने लगतीं और बेचारे पतियों के कैरेक्टर सर्टिफिकेट को रंगीन रंगों में डुबो संगीन कर, सुनने वाली को होली का आनंद देतीं, "हो न हो उस मोटी भैंस का अपने पति के साथ कुछ झमेला चल रहा है। सुना है उसके पति का किसी के साथ टाँका भिड़ा है। बेचारी डिप्रेशन के कारण फैलती जा रही है।" ये घड़ी उस चालीस किलो वजनवाली मोटी भैंस के लिए अघोषित राष्ट्रीय आपातकाल जैसी थी। इसके विपरीत जिसके अड़तीस किलो वजन वालियों के तन पर, जितने अधिक महँगे जेवर कपड़े थे। दूसरों के हिसाब से उसका पति उसे उतना ज्यादा प्यार करता है। और वह दूसरों पर उतना ज्यादा रौब झाड़ रही थी।

जिनकी भलाई के लिए ये वर्कशॉप आयोजित किया गया था, वो एक कोने में ध्यान मुद्रा में बैठ, माजरा समझने की कोशिश में सिर खुजा रही थीं। खाली पेट लोग अक्सर खतरनाक बाते सोचते हैं इसलिए इन महिलाओं को छककर पंच-पकवान खिलाए गए। निवाला देखकर भूखे जीभों के साथ कैमरे की लार भी टपक पड़ी। मुँह के भीतर निवाला जाए उससे पहले कैमरे की रोशनी धड़ाधड़ इन पर टूट पड़ी। पहले कैमरा पूजा फिर पेट पूजा। कई कर्ताधर्ताओं ने इन्हें अपने हाथों से निवाला खिलाया और इन निवाले को खाने के लिए महिलाएँ धैर्य की उँगली पकड़े बैठी रहीं। इंतजार 'ब्रह्मा जी की लग्घी' जितना व्यापक हो गया। मैडमों के गोरे हाथों में पड़े-पड़े निवाला अपनी किस्मत पर तरस खाने लगा, जैसे ही मैडम खिलाने के लिए हाथ महिलाओं के मुँह की तरफ ले जातीं ठीक तभी कोई-न-कोई फोटोजेनिक अड़चन आ धमकती। कभी मेमसाहब का आँचल बीच में आ जाता तो, कभी कभी लांग एंगल के कारण उनका नेकलेस ठीक से तस्वीर में समा नहीं पाता। वैसे भी किसी ने ठीक ही कहा है कि भलाई करने के लिए बहुत धैर्य की आवश्यकता होती है और ये बेचारी मेमसाहब पूरे धैर्य के साथ निवाले की भलाई के लिए कैमरा तोड़ मेहनत कर रही थीं। जैसे ही दाँतों ने निवाले को लपका, कैमरे ने भी इस हरकत को लपक के पकड़ लिया। तालियों की गड़गड़ाहट के साथ निवाला कांड पर पूर्ण विराम लगा। फिर परंपरा अनुसार

जय जयकार गूँजने लगी, एक-एक कर्ताधर्ता के नाम की जयकार गूँजी। कहीं किसी के नाम की जयकार छुट न जाए इस बात का पूरा खयाल रखा गया। नामों की लिस्ट देख, पूरी तरह तसल्ली होने के बाद ही जय जयकार रुकी। खाने-खिलाने के बाद हर वक्ता को बे-लगाम हो अपने विचारों को लंबी-लंबी हाँकने का मौका मिला। वक्ता श्रोताओं को बेवकूफ मानकर अपनी बात कहती रही और श्रोता वक्ताओं को बेवकूफ मान कर सुनने का अभिनय करती रहीं। जिनके लिए ये सब झमेला आयोजित किया गया था, वे पंच-पकवान खाकर सुस्ताने की जगह तलाशने की जुगाड़ में थीं। पर वक्ताओं की हर बात ताली बजाने की नैतिक जिम्मेदारी ने मंसूबों पर पानी फेर दिया। अब जिसका पंच-पकवान खाया है उसके लिए हाथों को ठोक-पीटकर ताली तो बजानी ही पड़ती है।

वर्कशाप में एकमत होकर सभी वक्ताओं ने महिलाओं की दशा बदलने के लिए मेकअप की जरूरत पर विशेष बल दिया। सभी ने मेकअप संबंधी समस्याओं पर विस्तार पूर्वक अपने अनुभव बाँटे। लच्छेदार शब्दों से वह श्रोताओं को कन्फ्यूज करती रहीं, पर कोई भी कन्फ्यूज्ड नहीं हुईं सिवाए जरूरतमंदों के। कई जरूरतमंद महिलाओं का मेकओवर किया गया। अगर महिलाओं को आगे बढ़ना है तो उन्हें पुराने लुक से पीछा छुड़ाना होगा। लंबे बाल गुलामी और सामाजिक पिछड़ेपन का प्रतीक हैं और इससे पीछा छुड़ाना आवश्यक है। इसका बड़ा फायदा ये होगा कि न लंबे बाल होंगे न पति बाल पकड़ के पीट पाएगा। शांता बाई को सैंडी दिखाने की कोशिश में उनकी लंबी जुल्फों को कुतरा गया। अब वे एकदम परकटी मुर्गी दिखने लगी। सभी ने उनके लुक की काफी सराहना की। इस कार्यक्रम के हर एक पल की यादगार तस्वीर उतारने के लिए बच्चन सिंह को फोटोग्राफी का भार सौंपा गया था।

तस्वीरें बनकर वक्त पे तैयार हो गईं। इसी दौरान उसकी पत्नी की तबीयत काफी ज्यादा खराब हो गई। इस वजह से बच्चन तस्वीरों की डिलीवरी समय पे संगठन के ऑफिस में देने में असमर्थ रहा। वह पिछले कई सालों से प्रोग्रेसिव महिला संगठन का ऑफिशियल फोटोग्राफर था और ये संस्था उसकी सबसे बड़ी क्लाइंट थी और यही वजह थी कि बच्चन तस्वीरों की डिलीवरी उनके कार्यालय में स्वंय जाकर दिया करता था। जब बच्चन ने देरी की वजह जूही को बतलाई तो उसने इन तस्वीरें को किसी और के हाथों थाने में भट्टाचार्जी तक पहुँचाने का सुझाव दिया। बच्चन ने तस्वीरों की डिलीवरी की जिम्मेदारी रीहान को सौंप दी।

जिस समय रीहान थाने पहुँचा उस समय थाने में बक्षी साहब एंड कंपनी अपनी सर्विस रिवॉल्वर से शूटिंग-शूटिंग खेल रहे थे। बक्षी साहब ने थाने के बाहर बिना देखे तीन गोलियाँ दागी थीं, जिसमें से एक गोली रीहान के भेजे को होकर गुजर गई। अनाड़ियों के खेले में उसका गेम बज गया। बच्चन की बात खत्म होने पर सुमेधा ने उससे सवाल किया, "ये बात आपने पुलिस को क्यों नहीं बतलाई?"

"उसकी मौत की खबर से मैं पूरी तरह हिल गया था और फिर कुछ कहने-सुनने का वक्त ही कहाँ मिला? उसकी मौत की खबर के संग ही उसके आतंकी होने की खबर चारों तरफ फैल चुकी थी। उसकी मौत के अगले दिन सादे कपड़ों में कुछ पुलिस वाले आए थे सारी बात उन्हें साफ-साफ बतलाई थी, पर पुलिस और सरकार ने उसे आतंकी बनाने की ठान रखी थी, फिर सच्चाई से क्या फर्क पड़ता?"

"उसका परिवार सच्चाई जानता है?"

"नहीं, हिम्मत नहीं हुई उनसे कहने की। किस मुँह से कहता कि जो कुछ हुआ उसका जिम्मेदार मैं हूँ (शब्द टूटने लगे आँखों में आँसू छलक गए। उन्हें पोंछते हुए बोला) न मैं उससे वहाँ जाने के लिए कहता न ये सब होता।"

"उन तस्वीरें की कॉपी होगी आपके पास?"

#21#

दोपहर का वक्त, कपाडिया स्ट्रीट शहर का पुराना इलाका। व्यापारिक दृष्टीकोण से काफी महत्त्वपूर्ण। सँकरी गली हो या सड़क हर तरफ सिर्फ दुकानें नजर आती हैं। दिनभर में यहाँ हजारों छोटे-बड़े कारोबारी कारोबार के सिलसिले में आते हैं। जिधर नजरें जाती हैं हर तरफ इंसानों का हुजूम नजर आता है। सब व्यस्त हैं बेचने-खरीदने में। जहाँ पैर रखना तक मुश्किल हो वहाँ किसी को इस बात की क्या परवाह कि कौन क्या कर रहा है। अन्य दिनों की तुलना में कॉफी हाउस में कम भीड़ थी। दिनभर में अनगिनत लोग यहाँ आते हैं कॉफी पीने, दोस्तों के साथ समय बिताने और कारोबार से थोड़ा समय निकाल पेट पूजा करने। यहाँ की कॉफी काफी मशहूर है। ये कॉफी शॉप लगभग सौ साल पुरानी है। यहाँ की दीवारें, फर्नीचर, सजावट हर चीज अपनी उम्र बयान करती है। कल रात से बादल रह-रहकर बरस रहे थे। बारिश के मौसम में शहर के पुराने इलाकों में जीवन अस्त-व्यस्त हो जाता है। सड़कें पूरी तरह पानी में डूब जाती हैं। शहर के निचले इलाकों में जलभराव के कारण इन इलाकों में यातायात व्यवस्था ठप्प हो जाती है। हर साल मानसून से पहले सरकार और स्थानीय प्रशासन जलजमाव की समस्या से निपटने की अपनी तैयारियों का गुणगान करती है, पर मानसून की पहली बारिश उन सभी दावों की पोल खोलकर रख देती। कॉफी हाउस में कोने वाली टेबल पर सुमेधा किसी का इंतजार कर रही थी। पिछले आधे घंटे में एक कप कॉफी और दो समोसे खा चुकी है। पर जैसे ही कॉफी खत्म हुई, बैरा आ धमका पूछने कि कुछ और चाहिए। अन्य दिनों की तुलना में कॉफी हाउस में आज भीड़ काफी कम थी इसकी वजह बारिश थी। सुमेधा ने फिर से एक कप कॉफी का ऑर्डर दिया, तभी सामने से हाथ में गीला छाता लिए एक आदमी उसकी टेबल के पास आकर खड़ा हो गया। उसे देखते ही सुमेधा मुस्कुरा दी।

मुस्कुराहट का जवाब मुस्कुराहट से देने के बाद वह उसी टेबल पे सुमेधा के सामने बैठ गया। सुमेधा ने उसके लिए एक कप गरम कॉफी और खाने के लिए कुकीज ऑर्डर किया।

"कितनी देर से इंतजार कर रही हो, टाइम से पहुँच गई थी या मेरी तरह लेट?"

"लेट आना सरकारी मुलाजिमों की आदत होती है। हम ठहरे पत्रकार, हर जगह टाइम पर पहुँचना हमारी आदत भी है और मजबूरी भी।"

"लड़कियाँ मेरा इंतजार करें इससे बड़ी खुशनसीबी क्या हो सकती है? अरे हुजूर आप लोगों की सेवा कर सकें इसीलिए तो सरकार की नौकरी की है वर्ना क्या रखा है इस दो टकिया नौकरी में?"

"अच्छा... तो तुम लड़कियों की सेवा के बदले सरकार से तनख्वाह लेते हो?"

"और नहीं तो क्या... देख लो तुम ने बुलाया और बंदा जान हथेली पर लेकर हाजिर हो गया। इस वक्त अगर तुम्हारी जगह सरकार ने बुलाया होता तो सरकार की तो..."

दोनों एक साथ हँस पड़े। कुछ देर तक इधर-उधर की बाते करने के बाद सुमेधा ने पूछा, "खबर पक्की है, तुम्हारे विभाग ने मुर्गे को क्लीन चिट दी थी।"

"खबर पे शक की कोई खास वजह?"

"नहीं, बस पूछने के लिए पूछ लिया।"

"गृहमंत्री के पास रिपोर्ट भेज दी गई थी, पर जाँच पूरी होने से पहले गृहमंत्री ने प्रेस के सामने उसे आतंकवादी करार दे दिया था। फिर रिपोर्ट को कूड़ेदान में फेंक दिया। वर्मा सर की काफी बेइज्जती की थी मंत्रीजी ने।"

"दोषी पुलिसवालों के खिलाफ कोई कार्रवाई हुई?"

"दोषी, कौन दोषी? आतंकवादी को मारना दोष कब से हो गया?" सुमेधा भवें तिरछी करके उसे देखने लगी।

"देखो ये तो तुम भी जानती हो, उस दिन क्या हुआ था और सरकार ने क्या कहा था। अगर एक भी दोषी के खिलाफ कार्रवाई होती है तो सरकार सवालों के घेरे में आ जाएगी। रही बात सजा की तो वह ऊपर से लेकर नीचे तक सभी को मिली। सभी को अपने ऊपर वाले की जेब को नकद नारायण की भेंट देकर खुश करना पड़ा।"

सुमेधा बाहर बरसते पानी को देखने लगी।

उँगलियों को टेबल पर थिरकाते हुए बोला, "देखा जाए तो पूरे मामले में पुलिस से ज्यादा मीडिया वाले दोषी हैं। मुर्गे को आतंकी साबित करने में कुछ ज्यादा ही जल्दबाजी दिखाई थी मीडिया ने।"

'हाँ' कहकर उसने अपना सिर हिला दिया।

"हर कोई जल्दबाजी में है। हर कोई आगे निकलना चाहता है। इस चूहे-बिल्ली की दौड़ में सच्चाई को पैरों से ठोकर मारकर फायदा उठाने में ही सब अपनी जीत समझते हैं जितना फायदा उठा सकते हो उठा लो।"

"जैसे कि तुम मेरा फायदा उठा रही हो?"

"फायदा और तुम्हारा (उसकी आँखों में देखकर बोली) तुम्हारा कोई फायदा उठा सकता है?"

"और नहीं तो क्या, सोचकर आया था इस बारिश के बहाने तुम से कुछ रोमांटिक बातें होंगी। कुछ तुम अपनी कहोगी कुछ हम अपनी कहेंगे और कहाँ तुम मुर्गे की टाँग को पकड़ के बैठ गईं। कभी हम से हमारा हाल पूछा होता तो हमारा नाम भी दिल के मरीजों की लिस्ट में टॉप पर होता।" शरारत भरी नजरों से देखते हुए बोला, "इस महँगाई के जमाने में इतना महँगा परफ्यूम ये सोचकर लगाया कि शायद लड़की पट जाए, पर तुम्हें जिंदे से ज्यादा मुर्दों में दिलचस्पी है।"

"एक बात बताओ, इस परफ्यूम से आज तक कितनी लड़कियाँ पटी हैं?"

"सच कहूँ तो एक भी नहीं, जो भी पटी मेरी मेहनत से पटी। एक काम क्यों नहीं करतीं इन परफ्यूम कंपनियों पर एक केस क्यों नहीं ठोक देतीं?"

"धोखा तुम्हारे साथ हुआ है, केस तुम्हें ठोकना चाहिए।"

"वैसे तुम्हारा परफ्यूम बढ़िया काम कर रहा है, मुझ पर असर हो रहा है तुम्हारी बातों का।"

"तुम थकते नहीं हो फ्लर्ट करते?"

"जो थक गया समझो वह मर गया। वैसे भी तुम जैसे थके लोगों की समझ में नहीं आएगी ये बातें।"

"तो समझाते क्यों नहीं? शायद कुछ समझ में आ जाए।"

"दुनिया में हर तरफ नफरत ही नफरत है। वह तो हम हैं जो हर किसी को प्यार बाँटते रहते हैं। हर किसी से प्यार करते हैं। न जात, न पाँत, न रंग, न रूप,

सिर्फ दिल देखते हैं सामने वाले का।" और सुमेधा को आँख मार कर हँसने लगा। उसकी इस हरकत से सुमेधा के मुँह से जोरदार हँस छूट पड़ी।

"क्या करने का इरादा है?"

"वही जो करना चाहिए। सच को सच्चाई की रोशनी में लाना होगा।"

"बड़ी हमदर्दी है मुर्गे से।"

"हाँ, एक बेगुनाह को बेमौत मारकर उसके परिवार के मुँह पर कालिख पोत दी कि उसका बेटा आतंकवादी था। इस कालिख का रंग उनकी जिंदगी को बदरंग कर देगा, अँधेरा हमेशा के लिए उनकी जिंदगी में ठहर जाएगा। बेगुनाह के कंधों पर कलंक का बोझ बहुत भारी होता है साहिल (और बरसते पानी को एकटक देखने लगी। कॉफी का मग दोनों हाथों में पकड़ साहिल की आँखों में देखकर बोली।) बहुत मुश्किल होता है कलंक के साथ जीना। पूरी दुनिया साधु और तुम शैतान बन जाते हो। हर किसी को हक मिल जाता है तुम्हें बेइज्जत करने का... मामला जब देश से जुड़ा हो तो बड़े-से-बड़े पापी का गुनाह छोटा हो जाता है। इस गुनाह के सामने तुम सबसे बड़े पापी कहलाते हो और वे हाजी बन जाते हैं सैकड़ों बिल्लियाँ डकारने के बाद।" सुमेधा दूसरी तरफ देखने लगी। साहिल ने उसका हाथ अपने हाथ में ले लिया। दोनों एक-दूसरे की आँखों में झाँकने लगे। सुमेधा के होंठों पर फीकी-सी हँसी लाचारी के साथ चली आई।

"अभी तक पुराने जख्म के जोड़-घटाव में लगी हो? कब तक अपने जख्मों को नमक के पानी से धोती रहोगी? पुरानी बातों को भूलने में ही समझदारी है। वो लड़ाई तुम जीत चुकी हो। गहरे जख्मों का इलाज समय रहते हो जाना चाहिए वर्ना शरीर में जहर फैलने का खतरा रहता है।"

"भविष्य का हर सिरा अतीत को समेटकर आगे बढ़ता है साहिल।" सुमेधा नजरें झुकाए खाली कप को एकटक देखती रही। काफी देर बाद चुप्पी तोड़ते हुए बोली, "ये घाव लाइलाज है। वक्त रह-रहकर दर्द को हवा देता रहता है। उस रिपोर्ट की कॉपी कहाँ मिलेगी?"

"जहाँ उसे होना चाहिए गृहमंत्री बाघमारे के पास, उसके ऑफिस की अलमारी में।"

"और तुम्हारे डिपार्टमेंट की कॉपी?"

सुमेधा की आँखों में देखते हुए बोला, "मंत्री की कॉपी हासिल करना आसान है। खुफिया विभाग में सिक्योरिटी काफी टाइट है, पकड़े जाने पर खेल

खत्म समझो। गृहमंत्री से वैसे भी सरकार परेशान है। उसके हर कदम पे नजर रख रही है। गरमा-गरम भुट्टा कैसा रहेगा?"

"भुट्टा?"

"हाँ भुट्टा... चौंक तो ऐसे रही हो जैसे पहली बार सुना है ये। चलो लॉ कॉलेज चलते हैं वह भुट्टा वाला अब भी वहीं ठेला लगाता है।"

"हाँ बहुत दिन हुए भुट्टा खाए। बारिश में भीगते हुए भुट्टा खाने का मजा ही कुछ और है।" कॉफी का बिल चुका दोनों सिटी लॉ कॉलेज जाने के लिए टैक्सी में बैठ निकल गए।

साहिल साहनी और सुमेधा दोनों कॉलेज के दिनों से एक-दूसरे को जानते हैं। दोनों ने एक ही साल सिटी लॉ कॉलेज से लॉ की डिग्री ली थी। दोनों क्लासमेट थे और अच्छे दोस्त भी। साहिल खुफिया विभाग में बतौर जासूस कार्यरत था। नए जमाने का 007 यानी जेम्स बांड, बांड की तरह ही मनमौजी स्वभाव का मालिक। आज तक इसे दो बार सच्चा प्यार हुआ, पर टिका नहीं और रही बात सिर्फ प्यार की तो उसका कभी हिसाब नहीं रखा। सुमेधा के साथ कॉलेज की दोस्ती आज भी बरकरार थी। साहिल के दिल में एक उम्मीद दस्तक देती रहती कि शायद सुमेधा उसे पसंद करती है। मजाक में कई बार सुमेधा से अपने प्यार का इजहार किया, पर सुमेधा की हँसी में दबकर बात आई-गई हो गई।

#22#

गृहमंत्री बाघमारे सरकार की प्रमुख सहयोगी पार्टी का नेता था। कॉलेज राजनीति से अपने राजनीतिक सफर की शुरुआत की कुर्सी तक पहुँचने के सभी हथकंडे वह अपनी माँ के पेट से सीखकर आया था। इमरजेंसी के दौरान जेल गया। जेल यात्रा उसके लिए वरदान साबित हुई। राजनीतिक दूरंदेशी के कारण पार्टी में उसका कद बढ़ता चला गया। बढ़ते कद के साथ-साथ तानाशाही भी बढ़ती गई। पार्टी के सभी अहम पदों पर अपने समर्थकों को बिठाकर पार्टी पर कंट्रोल करने की कोशिशों में जुट गया। अपने विरोधियों को अपमानित कर पार्टी से दरकिनार करने लगा। उसके विरोध में तीव्र आवाजें उठने लगीं। पार्टी टूट के कगार पर पहुँच गई। पार्टी आला कमान के समझाने का उस पर कोई असर नहीं हुआ। पार्टी द्वारा अनुशासनात्मक कार्रवाई किए जाने के विरोध में पार्टी से अलग होकर अपने समर्थकों के साथ नई पार्टी का गठन किया। उसका और उसकी पार्टी का एक ही उद्देश्य था किसी भी तरह सत्ता में रहना। मिली-जुली सरकारों के दौर में बाघमारे और उसकी पार्टी ने चाँदी की फसल काटी। सरकार किसी भी गठबंधन की बनी हो, ये हमेशा कुर्सी पे विराजमान रहें। हर गठबंधन को सरकार बनाने के लिए, मंत्री की कुर्सी पर बैठ 'बिना शर्त समर्थन' दिया। लोकतंत्र में इंसान से अधिक संख्या महत्त्वपूर्ण है। इसलिए पचासों गुनाहों के बावजूद ये सत्ता का भोग कर रहा है। बाघमारे सरकार के लिए सिरदर्द बन चुका था, पर उसे गद्दी से हटाना असंभव था। उसके खिलाफ किसी भी प्रकार की कार्रवाई अराजकता फैला सकती थी। हालाँकि उसके समर्थन से सरकार बनी थी, पर समीकरण बदल रहे थे। गठबंधन सरकारों के दौर में दूसरी प्रादेशिक पार्टियाँ भी थीं जो सत्ता का स्वाद चखने को लालायित हो रही थीं और इसके बदले सरकार को बहुत कम शर्तों पर समर्थन देने को राजी थीं। उसके विरोधी उस चिंगारी का

इंतजार कर रहे थे जो बाघमारे के साम्राज्य को जलाकर राख कर दे।

सुमेधा 'सबकी खबर' चैनल के एडिटर इन चीफ सोमेश मलिक को तथाकथित एनकाउंटर से जुड़ी अपनी खोजबीन का पूरा ब्यौरा देती है। सुमेधा उन चंद पत्रकारों में शामिल थी जिसकी बात पर संदेह करने का अर्थ था सच्चाई से मुँह मोड़ना। इधर कई महीनों से चैनल कोई सनसनी खबर दिखाने में नाकाम था। ये खबर चैनल को फिर से टीआरपी की दौड़ में खड़ा कर देने के लिए काफी थी, पर दिक्कत ये थी कि चैनल भी मुर्गे को आतंकी साबित करने की होड़ में आगे था। अब उसकी सच्चाई सामने लाकर उसकी साख पर बट्टा लग जाएगा।

"इस खबर को अपने चैनल पर दिखाना अपने पैरों पर कुल्हाड़ी मारने जैसा होगा।"

"सर पर सच्चाई सामने लाकर हम दर्शकों का भरोसा जीत लेंगे और उन की नजर में ऊपर उठ जाएँगे। दोषी तो पुलिस और सरकार है जिन्होंने उसे आतंकी कहा था। हमने तो वही कहा जो पुलिस ने और सरकार ने हमसे कहा था, बल्कि पूरी मीडिया ने यही कहा था। सारा दोष सरकार का है, हम सच्चाई सामने लाकर जनता की नजर में हीरो बन जाएँगे। हमें देर नहीं करनी चाहिए। हो सकता है कोई दूसरा हम से पहले बाजी मार ले जाए।"

काफी सोच-विचार करने के बाद सोमेश ने स्टिंग ऑपरेशन को हरी झंडी दिखा दी। स्टिंग में मदद के लिए सुमेधा को एक्सपर्ट्स की टीम की कमान सौंपी। टीम का काम था सबूत जुटाने में सुमेधा की मदद करना। टीम के सभी सदस्य खोजी पत्रकार थे। अगर ये लोग खोजने पर आ जाएँ तो भगवान को खोज निकालें। शिवप्रसाद दुबे स्टिंग ऑपरेशन एक्सपर्ट, शीतल प्रसाद क्राइम रिपोर्टर और विनय पाठक बाघमारे एक्सपर्ट यानी बाघमारे क्या खाता है, दिन में कितनी बार साँसें लेता है, किस करवट कितने घंटे सोता है, सब जानकारी इसके पास होती है।

सत्तारूढ़ गठबंधन यानी सीपीए कॉमन प्रोगेसिव अलाएंस की हालत बाहर से देखने पर हम साथ-साथ हैं, मगर असलियत में हालात गर्म कड़ाहे में रखे तेल और पानी जैसी थी। हर कोई एक-दूसरे की टाँग खींचने में लगा था। कुर्सी वाले राजनेता और बिना कुर्सी वाले राजनेताओं के बीच एक अघोषित युद्ध जारी था। कुर्सी एक, पर दावेदार अनेक। बाघमारे की पार्टी में बाघमारे के विरोधी

मौके की तलाश में थे और इससे अच्छा मौका और क्या हो सकता था? मुर्गे के एनकाउंटर के पीछे छुपी सच्चाई की भनक पार्टी के महासचिव अखिलेश सिंह की नाक तक जा पहुँची थी। अखिलेश सिंह पार्टी के पुराने वफादरों में से था। पार्टी का कद बढ़ाने में इसने काफी पसीना बहाया था। बाघमारे और सिंह दोनों इमरजेंसी के जमाने में साथ जेल गए थे, दोनों के राजनीतिक गुरु भी एक ही थे, पर कुर्सी की दौड़ में बाघमारे बाजी मार ले गया। ऊपर से देखने पर पार्टी एकजुट थी, पर भीतर-भीतर सभी एक-दूसरे की जड़ें काटने के लिए पसीना बहाने में व्यस्त थे। अखिलेश सिंह पार्टी के भीतर बाघमारे के विरोध में सुलग रहे असंतोष की चिंगारी से अपने राजनीतिक भविष्य को रोशन करने की तैयारियों में लगा। उसके इस मंसूबे को पार्टी के सांसदों की सहमति थी। झूठे एनकाउंटर की खबर को वह सत्ता तक पहुँचने की सीढ़ी के तौर पर देख रहा था। वह जनता के सामने बाघमारे का भांडा फोड़ उसकी गद्दी पे बैठने को बेकरार था। पार्टी के लिए सालों की मेहनत के बदले उसे सूचना एंव प्रसारण मंत्रालय में राज्यमंत्री का पद मिला था और विभाग का मंत्री गठबंधन की दूसरे पार्टी से था यानी अखिलेश के हाथ में सत्ता नाम की ही थी। मेहनत में बराबर के साझेदार थे, पर अखिलेश लालीपॉप चूस रहा था और बाघमारे पुलाव डकार रहा था। भूख ज्यादा की थी, लॉलीपॉप चूसते-चूसते गाल दुख गए थे, पेट फिर भी खाली था। हांडी आग पे चढ़ाने का यही सही समय था। 'सबकी खबर' चैनल के मालिक सोमेश के मोबाइल पे एक कॉल आता है। कॉल करने वाला उसे जल्द-से-जल्द मिलने के लिए बुलाता है। रात के आठ बजे शहर से दूर अखिलेश के फॉर्म हाउस पर गुप्त मीटिंग चल रही थी। इस मीटिंग के बारे में वे लोग ही जानते थे जो इस समय मीटिंग में उपस्थित थे। अखिलेश सिंह, सोमेश और अखिलेश सिंह का निजी सचिव विचार-विमर्श में लगे थे।

"सोमेश, हमें गृहमंत्री की कुर्सी बहुत पास आती दिख रही है, अगर हम दोनों हाथ मिला लें तो हमारे दोनों हाथों में घी के लड्डू होंगे और सिर कड़ाही में। बस जल्द-से-जल्द से अपनी टीम से कहो की स्टिंग ऑपरेशन में जुट जाए। जितनी जल्दी हम दुश्मन पे कंट्रोल कर लें, हमारे लिए अच्छा रहेगा। इस झूठे एनकाउंटर मामले को ठंडा नहीं होने देना है। मुर्गे के परिवार को कोर्ट में जाकर सीबीआई जाँच की माँग करने के लिए समझाओ। सारी मदद हम देंगे, पर इन सब में कहीं भी हमारा नाम नहीं आना चाहिए।"

"वह तो ठीक हो अखिलेश जी, पर इससे हमें क्या फायदा होगा?"

"हम गृहमंत्री की कुर्सी तक पहुँच गए तो तुम्हारा फायदा-ही-फायदा है। टीआरपी की दौड़ में तुम फिसल चुके हो। मीडिया अकादमी बनाने के लिए जो जमीन तुम्हें चाहिए, समझो वह तुम्हारी हाथ में, हमारी तरफ से एक चैनल का लाइसेंस वह भी कौड़ियों के दाम और हाँ तुम्हारी पत्नी के एनजीओ में जो अंधाधुंध हवाला का पैसा आता है उसे साफ-सुथरा करवा देंगे। बदले में हमारा छोटा-सा काम करना है।"

"मान लीजिए अगर गृहमंत्री को हटा दिया जाता है तो आपको पूरा विश्वास है कि उसके बाद कुर्सी आप ही को मिलेगी?"

"सही कह रहे हो, उस कुर्सी के सबसे बड़े दावेदार हम हैं। बाघमारे के पतन के बाद पार्टी पर हमारा कंट्रोल होगा। एक-दो सांसदों को छोड़कर बाकी के सभी सांसद नाराज हैं बाघमारे से और सभी को हम में अपना नया नेता नजर आता है। उसे रास्ते से हटाने के लिए बस सही मौके की तलाश में थे और मौका खुद चलकर सामने आ गया है तो उसे गले से लगाने में ही समझदारी है और रही बात गठबंधन की तो वह भी बाघमारे से छुटकारा चाहता है। उनसे मेरी डील हो चुकी है। उसके भविष्य को खत्म करने की जिम्मेदारी उन लोगों ने हम पर छोड़ दी है।"

"पर इस समय जनता उसके साथ है। आतंकवाद को खत्म करने के लिए एक कड़े कानून की बात कर उसने जनता को अपने पक्ष में कर लिया है। अगले सत्र में विधेयक लाने की तैयारी चल रही है।"

"सोमेश, जनता वही देखती है जो तुम लोग उसे दिखाते हो। वही सुनती है जो तुम लोग सुनाते हो। हीरो को जीरो बनाने के लिए जितना खर्चा होगा, वह हम पर छोड़ दो।"

सोमेश को गहरी सोच में देख सचिव ने कहा, "देखिए आप भी जानते हैं बाघमारे से पार्टी असंतुष्ट है, पर उसके विरोध का अर्थ है जो थोड़ा-बहुत सत्ता सुख मिल रहा है उससे वंचित होना पड़ेगा। बाघमारे ने अपनी सात पुश्तों के बैठ के खाने का बंदोबस्त कर लिया है और पार्टी के सांसदों को लॉलीपॉप चूसने के लिए पकड़ा दिया है। पार्टी को अखिलेश सर में पूरी आस्था है। ये देखिए इधर।" सोमेश के हाथों में फाइल पकड़ाते हुए बोला।

फाइल पढ़ने के बाद सोमेश ने अखिलेश सिंह से हाथ मिलाया। रात के दो

बजे तीनों अपनी-अपनी मंजिल की ओर चल पड़ते हैं।

बाघमारे के निजी ऑफिस के 'खास अलमारी' की चाभी केवल दो लोगों के पास रहती थी। एक तो बाघमारे और दूसरा उसका निजी सचिव सुदीप जैन। सुदीप बाघमारे की कुर्सी का रक्षक या यूँ कहिए कि कुर्सी बाघमारे की, शासन जैन का। वह बाघमारे के साथ उस समय से है जब बाघमारे छुटभैया नेता हुआ करता था। सत्ता की साँप-सीढ़ी की हर चाल रट रखी थी। इसकी बात पे बाघमारे आँख मूँदकर भरोसा करता है। आखिर इस मुकाम तक पहुँचाने में जैन का बहुत बड़ा हाथ जो था। गृहमंत्री निवास पर बाघमारे का निजी ऑफिस था और यहाँ पर लोगों से निजी तौर पे मिलना-जुलना होता था और निज हित की बातें होतीं। सरकारी आवास के मुख्य प्रवेश द्वार पर सुरक्षा चौकी थी जहाँ चैबीसों घंटे हथियारबंद सुरक्षाकर्मी तैनात रहते। यहाँ से प्रवेश कर दाईं ओर जाने वाले रास्ते से होकर ऑफिस का रास्ता था। ऑफिस के अंदर जाने पर सबसे पहले एक बड़ा-सा कमरा था जहाँ लोगों के बैठने की व्यवस्था थी। इसी कमरे के बीचोंबीच बाघमारे के ऑफिस का दरवाजा था और कमरे के दाईं तरफ एकदम आखिर में एक कमरा था जो सुदीप का ऑफिस था। बाघमारे के कमरे में गोदरेज की दो अलमारियाँ थीं। एक अलमारी में आम फाइलें रहती थीं। दूसरी अलमारी में खास फाइलें रखी थीं। ये इतनी खास थीं कि इन दोनों सिवाय किसी तीसरे को उसके पास जाने की इजाजत नहीं थी। इसमें बाघमारे के कर्मों के सारे बही-खाते थे और मुर्गे की बेगुनाही की जन्मकुंडली इसी अलमारी में बंद थी।

सुमेधा और उसकी टीम के निशाने पर बाघमारे था। अलमारी की चाभी इन दो लोगों के पास रहती थी। सुदीप पे हाथ डालने में खतरा ज्यादा था। बाघमारे शरीर था तो सुदीप उस शरीर के भीतर का दिमाग था। उसी के बताए रास्तों से होकर वह कुर्सी तक पहुँचा था। उसे कम आँकना नादानी होती। दूसरा ये कि बाघमारे के आस-पास हर समय लोगों की भीड़ रहती थी जिससे उसके करीब जाकर योजना को अंजाम देना आसान था। अलमारी की चाभी बाघमारे अपने जनेऊ में बाँधकर रखता इससे चाभी के खोने का खतरा कम था। हर समय चाभी नजरों के सामने रहती और चाभी के सुरक्षित होने का आभास देती थी।

#23#

सरेआम चेहरे पर कालिख पोते जाने के बाद मुस्कान ने आत्महत्या की कोशिश की, पर सही समय पर इलाज मिलने के कारण कोशिश असफल रही। अपमान की मार से घायल मुस्कान अपने गुनहगारों को चोट पहुँचा कर सजा देना चाहती थी। पर जब कुछ न कर सकी तो खुद को चोट पहुँचा हालात को सजा देने पर अमादा हो गई। गुस्से में अपनी जान से छुटकारा पाने की कोशिश कर बैठी। पर क्रोध की ज्वाला शांत होन के विपरीत भड़कती गई। इस घटना के बाद मुस्कान ठीक तो हो गई, पर गुमसुम रहने लगी। आशा और शमशीर शर्मा ने उसे हौसला दिया, डूबती किश्ती में सवार तीनों एक-दूसरे को सहारा देकर जीना सीखने लगे। मुस्कान के साथ घटी घटना के कुछ दिनों बाद पाँच सांसदों वाले दल का नेता पांडे जी अपने मिशन के तहत मुस्कान से मिलने उसके घर जाता है। मिशन था, कोर्ट में रीहान के एनकाउंटर की सीबीआई द्वारा जाँच कराने के लिए अर्जी देने के लिए परिवार को राजी करवाना। राजनीति में अगर कुछ महत्त्वपूर्ण है तो वह है कुर्सी। कुर्सी में इतनी ताकत होती है कि वह दुश्मनी के हिमालय को पिघला दोस्ती की गंगा बहा दे। अखिलेश के गुप्त मिशन के तहत पांडे जी के कंधों ने इस जिम्मेदारी का भार उठाया था। मुर्गे के माता-पिता का सरकार की व्यवस्था से भरोसा उठ चुका था, उन पर पांडे जी की हर दलील नाकाम रही। उनके वर्षों का राजनीतिक अनुभव उनके आँसुओं में बह गया, पर उसने हिम्मत नहीं हारी, अपना ध्यान मुस्कान पर केंद्रित किया। परिवार में मुस्कान सबसे ज्यादा तकलीफ में थी। इस एनकाउंटर ने उससे उसका भाई और सम्मान छीना था। वो देखने में सामान्य लग रही थी, पर अपमान की ज्वाला उसके हाड़-माँस के शरीर को भीतर गहरी तहों तक सुलगा रही थी। चिंगारी दबी थी, पर बुझी नहीं थी। जवान खून में गर्मी ज्यादा होती है, बस उसे थोड़ी आँच देने की जरूरत होती

है और जरा-सी आँच पाकर खून खौलने लगता है। इसी सोच के साथ पांडे जी ने मुस्कान की दुखती नब्ज को धीरे-से दबाना शुरू किया। उसे समझाया की आखिर क्यों ये लड़ाई उसके लिए जरूरी है। रीहान को बेकसूर साबित होने से विरोधियों के मुँह पे करारा तमाचा पड़ेगा। बदला लेने का यही एक तरीका है। अपने सम्मान के लिए उसे हर हाल में ये लड़ाई लड़नी चाहिए। उसके चेहरे पर लगी कालिख को जीत से ही धोया जा सकता है। मुस्कान जीतना चाहती थी। पांडे जी ने उसे जीत का भरोसा दिलाया और आश्वासन दिया कि इस लड़ाई में वह उसके साथ और हर संभव मदद देने के लिए तैयार हैं। क्योंकि ये लड़ाई केवल उसकी नहीं है, हर ब्राह्मण की है। ऊँची जाति के खिलाफ ये सोची-समझी साजिश है। उन्हें हर सुविधा से वंचित रखा जाता है। हर उस बेकसूर की है जो व्यवस्था की नाइंसाफी का शिकार हुआ है। उसकी लड़ाई दूसरों के लिए मिसाल बनेगी। दूसरों को नाइंसाफी के खिलाफ लड़ने का हौसला देगी। पांडे जी की बातें मुस्कान पर असर कर गईं। माँ-बाप की मर्जी के खिलाफ कोर्ट में अपील करने के लिए राजी हो गई। पांडे जी स्वयं को धर्म का ठेकेदार मानते थे। बात-बात में वेद-पुराणों का नाम लेना अपना जन्मसिद्ध हक समझते थे। उनकी विद्वता के सामने सभी नतमस्तक थे। हालाँकि अफवाह तो ये भी थी कि पांडेजी मुश्किल से पाँचवी पास हैं। छठी कक्षा में नकल करते पकड़े जाने पर मास्टरजी के सिर पर डंडे से हमला कर स्कूल से भागे, फिर कभी पलटकर स्कूल का मुँह नहीं देखा। पर चुनाव आयोग के पास इनकी उच्च शिक्षा के कागज सँभालकर फाइल में बंद हैं। कुछ इन्हें बिन पेंदी का लोटा कहते। पर ये खुद को परोपकारी मानते थे। जब भी किसी दल का आंकड़ा गड़बड़ाता तो झट हाजिरी बजाने लगते। पांडे जी अगड़ी जातियों के रक्षक हैं और उनके विकास के लिए जी-तोड़ कोशिशें करते हैं। फिर भी इन्हें कभी सरकार को समर्थन देने के बदले कुर्सी का सुयोग प्राप्त नहीं हुआ। विरोधियों द्वारा अपने पीठ पीछे गाली पुराण पढ़ा जाने को कभी बुरा नहीं कहते, बल्कि इसे कामयाबी की निशानी मानते। उनसे दूरी पसंद करने वाले सीधे-सादे साधारण लोग थे। संसद में उनके पास चार सीटें थीं। सत्तारूढ़ गठबंधन में शामिल होने का बेताबी से इंतजार था।

विनय पाठक वरिष्ठ राजनीतिक पत्रकार था। पिछले पंद्रह सालों में उसने इतनी महारत हासिल कर ली थी कि किसी भी राजनीतिक हलचल के बाद, निकट भविष्य में होने वाली घटनाओं की वह सटीक भविष्यवाणी कर देता।

उसके विरोधी भी उसके राजनीतिक ज्ञान के आगे नतमस्तक थे। उसके साथी उसे भविष्य का नेता मानते थे और सबसे खास उसके पास बाघमारे की जन्मकुंडली थी। क्राइम रिपोर्टर शीतल प्रसाद ने अपने कुछ विश्वसनीय सूत्रों की मदद से योजना को अमल में लाने का सुझाव दिया। टीम के सामने मुख्य मुद्दा था अलमारी की चाभी हासिल करना। शिव प्रसाद दुबे स्टिंग ऑपरेशन का माहिर खिलाड़ी था, पर इस बार चुनौती बड़ी थी। चुनौती थी देश के गृहमंत्री के नाक के नीचे से सबूत गायब करने की। काम जोखिम भरा था। विरोधी दल में खिलाड़ी जितना बड़ा होता है, खेल उतना ही दिलचस्प होता है क्योंकि दाँव पे खेलनेवाले की जान की बाजी लगी होती है।

बाघमारे को जेड प्लस सुरक्षा मिली थी, यानी उसकी मर्जी के बिना उसके आस-पास परिंदा भी पर नहीं मार सकता था, पर पत्रकारों के लिए उस तक पहुँचना बहुत आसान था। पत्रकारिता लोकतंत्र का चौथा स्तंभ माना जाता है। सरकार और जनता को जोड़ने वाली कड़ी के तौर पर देखा जाता है। छोटी-से-छोटी बात जनता तक पहुँचाने के लिए पत्रकारों की मदद की जरूरत पड़ती है। पत्रकारों से आमना-सामना रोजमर्रा की बात है। हर दिन कम-से-कम पाँच मीटिंग्स में भाग लेना उसकी मजबूरी थी। गृह मंत्रालय के अंतर्गत राष्ट्रीय महत्त्व के लगभग सारे विभागों का समावेश होता है। बाघमारे का उसूल था, हर मीटिंग में कपड़े बदल के जाया करता। नई मीटिंग, नए कपड़े। दिनभर में लगभग पाँच से छह बार अपने कपड़े बदलता। गृहमंत्री था तो उसके ठाठ भी राजसी थे। सभी मीटिंग सेवेन स्टार होटलों में होती और एक भारी-भरकम काफिला उसके साथ चलता। काफिले में सरकारी सचिवों के साथ निजी सचिव सुदीप जैन, निजी सुरक्षाकर्मी और उसका स्टाइलिस्ट जिसका नाम डार्लिंग था। डार्लिंग के साथ उसका एक स्टाफ भी इस काफिले का अहम हिस्सा था। और इस पूरे काफिले का खर्च देश का करदाता उठाता। राजधानी के आलीशान होटलों में गृहमंत्री के लिए एक सुइट हमेशा बुक रहता था जहाँ वह कपड़े बदलकर अगली मीटिंग के लिए तैयार होता। उसके होटल के कमरे तक पहुँचने के लिए विनय पाठक को किसी खास तैयारी की जरूरत नहीं थी, बाघमारे से उसके प्रोफेशनल रिलेशनशिप काफी गहरे थे। चुनाव के मौकों पर विनय ने अपनी रिपोर्ट्स और इंटरव्यूज के माध्यम से बाघमारे को काफी फायदा पहुँचाया था और अब वह बाघमारे की गुड-बुक में शामिल था सो जाँच के तामझाम में फँसे बिना आसानी से उसके

ऑफिस और मीटिंग्स में पहुँच जाता था। आज उसे साँप भी मारना था और लाठी भी बेदाग रखनी थी।

विनय सुबह से परछाई की तरह बाघमारे के साथ था। उसे बाघमारे के साथ कुछ खास बात करनी थी। बाघमारे ने उसे अपना मीटिंग कवर करने का सुझाव दिया। इससे काम भी चलता रहेगा और मौका मिलते ही खास बात पर खास चर्चा भी हो जाएगी। सुबह ग्यारह बजे एनएसजी की बैठक में दोनों साथ पहुँचे। बैठक बंद कमरे में थी इसलिए विनय बाहर लॉबी में उसका इंतजार करने लगा। दो घंटे बाद मीटिंग खत्म हुई और दोनों अगली मीटिंग के लिए निकल पड़े। रास्ते में इधर-उधर की बातें होती रहीं। होटल पहुँचकर दोनों सीधे सुइट में चले गए। कुछ ही देर बाद फ्रांस के प्रतिनिधि मंडल के साथ बैठक होने वाली थी। डार्लिंग ने अरमानी का सूट पहनने की सलाह दी। सूट हाथ में पकड़ बाघमारे ने विनय से सूट पे उसकी राय जाननी चाही। विनय काफी गंभीर था। बस हाँ कहकर सिर हिला दिया। विनय को गंभीर देख बाघमारे ने उससे 'उस खास बात' के बारे में पूछा। विनय ने आँखो के इशारे से एकांत की माँग की, मामला गंभीर है, सभी के सामने कहने में नुकसान उठाना पड़ सकता है।

सभी को बाहर जाने का इशारा कर बाघमारे विनय के सामने वाले सोफे पे पैरों को आसान मुद्रा में मोड़कर बैठ, कुशन को बाहों में जकड़ बेचैनी से आगे-पीछे हिलने लगा।

विनय ने भूमिका बाँधते हुए कहा, "आपको सरकार से हटाने की साजिश चल रही है। आपको कुर्सी से हटाकर आपके राज्य की दूसरी पार्टी की सहायता लेने पर विचार कर रही है सरकार। खबर है कि दोनों के बीच डील लगभग तय हो चुकी है।"

"कैसी डील?"

"क्षेत्रीय पार्टी गठबंधन में शामिल होने को तैयार हो गई है। पार्टी की माँगें भी काफी कम हैं। समर्थन के बदले सरकार को उसके नेता के खिलाफ चल रही सीबीआई जाँच पे रोक लगानी है और दो मामूली विभाग देने हैं और सबसे खास बात ये कि आप के ऊपर जो आरोप है उन सभी की जाँच नए सिरे से करवाने की विशेष माँग है पार्टी की तरफ से। सरकार के लिए ये फायदे का सौदा है। गृह मंत्रालय उसके पास आ जाएगा, सरकार भी बची रहेगी।"

"मैं पद से इस्तीफा दूँगा तब तो सरकार हटाएगी। हम ने सरकार से समर्थन

वापस कहाँ लिया है जो सरकार को उनके समर्थन की आवश्यकता पड़ेगी?"

"सरकार गृह मंत्रालय अपने पास रखना चाहती है। आप के खिलाफ माहौल तैयार करने में जुटी है।"

मीटिंग का समय हो गया था। फ्रांस के प्रतिनिधि मंडल को ज्यादा देर तक इंतजार करवाना उचित नहीं होगा। इसलिए बिना कपड़े बदले मीटिंग अटेंड करने चला गया। जाते हुए विनय को कमरे में इंतजार करने के लिए कहता गया। विनय मौके की तलाश में तैयार बैठा था। उसके साथ बाघमारे का डिजाइनर डार्लिंग भी था। काफी देर तक विनय गंभीर मुद्रा में बैठा रहा। मंत्रीजी कपड़े बदले बिना मीटिंग के लिए प्रस्थान कर गए। ये बात उनके स्टाइलिश को परेशान कर रही थी। उसे आभास हो रहा था कि कोई गंभीर बात है। गृहमंत्री पे कोई गहरा संकट मँडरा रहा है। सालों से वह बाघमारे के लिए काम कर रहा था, दुनिया इधर-से-उधर हो जाए पर बाघमारे नियम से मीटिंग और पब्लिक अपीयरेंस से पहले कपड़े बदलता। कई बार कपड़े बदलने के चक्कर में मीटिंग्स में घंटों देरी से पहुँचने का रिकॉर्ड था। विदेशी डेलीगेशंस के साथ मीटिंग अक्सर टाइम पे शुरू होती। खासकर इंग्लैड, फ्रांस, जर्मनी, अमेरिका जैसे बड़े देशों के साथ वक्त का पाबंद होना पड़ता है। एक बार तो अपने इस नियम की रक्षा के लिए चलती कार में कपड़े बदले थे। फॉरन डेलीगेशन के साथ मीटिंग वह भी बिना कपड़े बदले असंभव! कई बार खयाल आया कि विनय से वजह पूछ सस्पेंस से पर्दा हटा दिया जाए, पर ऐसा करना इनके मामले में दखलअंदाजी होगी। अगर मंत्रीजी तक बात पहुँची तो खामखाँ उनकी नाराजगी का बोझ झेलना पड़ेगा। पर जिज्ञासा को जितना दबाता वह उतनी प्रबल होती जाती। विनय से कारण पूछने की कोशिश की, पर हर बार मुँह से कुछ और ही सवाल बाहर निकला। विनय की खामोशी उसे चिंता में डाल रही थी। काफी कोशिशों के बाद आखिर उससे जब नहीं रहा गया तो उसने सीधे-सीधे विनय से सवाल पूछा, "कुछ बड़ी गड़बड़ होने वाली है क्या?" जवाब में विनय ने हाँ में सिर हिला दिया।

अपने हाथों को ता-थैया नचाते हुए बोला, "ओ माय गॉड"। प्रतिक्रिया जरा नाजुकता के साथ बलखाते हुए मुँह से निकली थी। काफी देर तक गाल पर हाथ रखकर विचारमग्न मुद्रा में बैठा रहा, फिर मुद्रा भंग कर काम में बिजी होने की कोशिशें करने लगा।

उसका स्टाफ कपड़े सहेजकर रखने में उसकी मदद कर रहा था। काम

खत्म कर वह सुइट से बाहर चला गया। इधर मूड हल्का करने के बहाने विनय ने इधर-उधर की बातें शुरू कर दीं। पहचान पुरानी थी सो थोड़ा-सा घुलने-मिलने में ज्यादा समय नहीं लगा। विनय ने उसके काम की तारीफ में कोर-कसर बाकी न रखी, अपनी तारीफ सुनकर वह झेंप गया। दोपहर के खाने का वक्त हो गया था। दोनों ने सुइट में एक साथ खाना खाया। पेट पूजा कर चुकने के बाद डार्लिंग विनय को बाघमारे द्वारा पहने जाने वाले कपड़े दिखाने लगा। दोनों ने मिलकर मंत्री जी की अगली मीटिंग के लिए सूट सलेक्ट किया। मंत्रीजी को लौटने में अभी काफी वक्त लगने वाला था, कोई काम था नहीं सो विनय सोफे पर पड़ा ऊँघने लगा। डार्लिंग फ्रेश होने बाथरूम गया, मौका पाकर विनय ने सूट की हल्की सिलाई खोल दी और सूट का कवर बंद कर दिया। अगली मीटिंग अंतराष्ट्रीय महिला आयोग की अध्यक्षा के साथ थी। आयोग में कई देशों की महिला प्रतिनिधि शामिल थीं और मीटिंग इसी होटल में होने वाली थी। फ्रांस के प्रतिनिधि मंडल के साथ मीटिंग तय समय से ज्याद देर तक चली। मीटिंग खत्म कर बाघमारे कमरे में आया। मुँह-हाथ धो फ्रेश होने के बाद अपनी पसंद का एक अन्य सूट लेकर दूसरे कमरे में बदलने चला गया। डार्लिंग सूट के साथ पहनने के लिए मैचिंग जूते कवर से निकालने में व्यस्त हो गया। विनय की मेहनत पर पानी फिर गया। इस बार मीटिंग समय पर खत्म कर बाघमारे सुइट में लौट आया। बाकी की मीटिंग विभागों से जुड़ी समस्याओं पर थी। उन सभी मीटिंग में अपनी जगह वरिष्ठ सचिव को भेज दिया। डार्लिंग का आज का काम खत्म हो गया था, सो उसे छुट्टी दे दी। वह पैकअप कर निकल लिया। कमरे में बाघमारे, सुदीप और विनय थे। विनय ने फिर वही बात दोहराई कि उसकी पार्टी को सरकार से बाहर करने की कोशिश हो रही है। इसी बीच सुदीप के मोबाइल की घंटी बजी। फोन किसी प्राइवेट नंबर से आया था। स्क्रीन पर कोई नंबर दिखाई नहीं दे रहा था। मोबाइल लेकर सुदीप दूसरे कमरे में चला गया। कुछ देर बाद कमरे में वापस आया और बाघमारे के कान में कुछ कहा। बाघमारे ने अपनी गर्दन हिला उसे जाने का इशारा किया। विनय को दोबारा मिलने की बात कह सुदीप कमरे से बाहर चला गया। बाघमारे ने फ्रिज से महँगी स्कॉच की बोतल निकाल दोनों के लिए पैग बनाया। एक घूँट अंदर लेने के बाद बाघमारे ने विनय से पूछा, "आखिर सरकार किस आधार पर उसे बाहर निकालने की तैयारी कर रही है ?"

"वही पुराना तरीका, पुरानी फाइलें खोलकर ब्लैकमेल करने वाला।"

"घबराओ नहीं, सरकार के हाथ कोयले की दलाली में पूरी तरह काले हैं। अगर हम पे आँच आएगी तो उधर भी चिंगारी सुलगा देंगे। घोटाले का पूरा कच्चा चिट्ठा है हमारे पास।"

"तो उसे जगजाहिर करने में देरी क्यों? आप सरकार को अपनी मुठ्ठी में कर सकते हैं।"

"हम अपने पत्ते समय आने पे खोलेंगे। फिलहाल खेलने दो सरकार को हूतूतू-हूतूतू।"

अचानक विनय घबराकर बाघमारे की तरफ बढ़ता है। उसके छाती की तरफ इशारा करते हुए पूछता है, "सर, ये क्या है आपके कपड़ों में?"

हड़बड़ाहट में बाघमारे के हाथों से ग्लास उलट गया और पूरी स्कॉच उसके ऊपर गिर पड़ी। मदद के लिए विनय उसके पास गया है और जल्दी-जल्दी सूट उतारने में उसकी मदद करने लगा। सूट के भीतर से दो कॉकरोच निकलकर तेजी से सोफे के नीचे घुस गए। कॉकरोच को देखकर बाघमारे घबरा गया और खाली देह धप्प से सोफे पे बैठ गया। विनय डरकर चुपचाप अपनी जगह बैठ गया। दोनों कुछ देर तक खामोश बैठे रहे, फिर विनय बाथरूम गया और तौलिया लाकर बाघमारे के हाथ में रख उसे हाथ-मुँह धो आराम करने की सलाह दी, और उसकी आज्ञा लेकर कमरे से बाहर चला गया। विनय के जाने के बाद बाघमारे ने पूरा होटल सिर पे उठा लिया। घंटे भर के भीतर गृह मंत्रालय और होटल के कर्ता-धर्ता कमरे में हाथ बाँधे हाजिरी बजाने के लिए खड़े हो गए। मंत्री जी के कंठ से समाज के रिश्तों से लेकर मनुष्य के विशेष अंगों के नाम से गालियाँ सावन की फुहार की तरह बरसने लगीं। और इसमें उन्होंने त्रिभाषा में कार्य करने की सरकार मान्य व्यवस्था का विशेष रूप से खयाल रखा। जिससे ये साबित हो गया कि मंत्रीजी क्षेत्रीय, राष्ट्रीय एवं अंतर्राष्ट्रीय राजनीति के साथ क्षेत्रीय, राष्ट्रीय अंव अंतर्राष्ट्रीय गालियों के विषय में गहरी समझ रखते हैं। स्वभाविक ढंग से शांति स्थापना के प्रयासों के तहत बात पैसों के शरणागत हुई। पैसा कोई शब्द नहीं है, अपितु एक व्यवस्था है जो हर व्यवस्था की जड़ में मौजूद है। और इसी जड़ से कलम काटकर मंत्रीजी के गुस्से को शांत करने के लिए हरा-भरा पेड़ लगाया गया। सौ बात की एक बात पार्टी फंड में मोटी रकम दान देकर होटल का लाइसेंस रद्द होने से बचाया गया। मंत्रीजी ने कॉकरोच मुक्त होटल बनाने के लिए एक नए कानून की आवश्यकता पर सोचना शुरू कर दिया। कॉकरोच

की जड़ में गंदगी है इसलिए गंदगी मुक्त होटल बनाने के लिए स्वच्छता मंत्रालय की आपात बैठक बुलाई और इन सब को बुलाने से पहले डार्लिंग को काम पर वापस बुलाया।

ऑफिस पहुँचकर विनय ने अलमारी की चाभी की तस्वीर शीतल प्रसाद के हवाले कर दी। विनय का 'मिशन चाभी' कामयाब रहा। बाघमारे के कपड़ों से कॉकरोच के बाहर निकलने में विनय का हाथ था। मिशन की कामयाबी के लिए चाभी की तस्वीर हासिल करना बेहद जरूरी था और इसके लिए मंत्रीजी का वस्त्रहीन होना जरूरी था। सबसे पहले उसने मीटिंग के लिए निकालकर रखी गई सूट की सिलाई खोल दी। उसकी योजना थी कि जब बाघमारे अंतर्राष्ट्रीय महिला आयोग की मीटिंग के लिए कमरे से बाहर निकलने वाला होगा ऐन मौके पे विनय उसका ध्यान इस ओर दिलाएगा। गुस्से में आग-बबूला हो बाघमारे सूट खोलकर जमीन पे फेंक देगा। तभी विनय के कपड़ों में छिपा खुफिया कैमरा चाभी की तस्वीर उतार लेगा, पर प्लान ए फेल रहा। अब बारी थी प्लान बी पर काम करने की। विनय अपनी जेब में एक माचिस की डिब्बी के अंदर दो कॉकरोच छुपाकर साथ ले गया था। बाघमारे से उसकी नजदीकी के कारण उसकी किसी भी तरह से जाँच नहीं हुई। फिर उसने बाघमारे के कपड़े पर कुछ देखने का नाटक किया। बाघमारे इस अप्रत्याशित घटना से हड़बड़ा गया और इस बात का फायदा उठाते हुए मदद के बहाने विनय उसके पास गया और सूट उतारने में मदद करते समय कॉकरोच जेब से निकालकर कपड़ों के ऊपर फेंक दिया और फिर भागते हुए कॉकरोच की ओर बाघमारे का ध्यान आकर्षित किया। ये सारी हलचल खुफिया कैमरे में कैद हो चुकी थी। जनेऊ के सहारे पेट पे लटकती हुई चाभी की तस्वीर भी।

#24#

मुर्गे के एनकाउंटर को दो सप्ताह से ज्यादा समय बीत चुका था। उस घटना ने शांतिपुर थाने की रौनक छीन ली थी, पर अब धीरे-धीरे रौनक लौट रही थी। फिर वही हँसी-मजाक, वही एक-दूसरे की टाँग खींचना। पिछले दो हफ्तों में थाने में इतना कुछ घटा कि सभी के हाथ-पाँव ठंडे पड़ गए थे। यहाँ के लोग हँसना भूल गए थे, पर एक चीज थी जो उस समय भी अछूती रही और वह थी रोमेश बाबू और उनका रजिस्टर प्रेम। जहाँ सभी की चौकन्नी निगाहें हर वक्त इधर-उधर झाँकती, रोमेश बाबू बेखबर अपने रजिस्टर में घंटों आँखें गड़ाए बैठे रहते। सभी के दिमाग को ये खयाल सताता कि आखिर रोमेश बाबू के रजिस्टर प्रेम की वजह क्या है? इससे पहले कभी किसी ने इस विषय पे इतना अधिक ध्यान नहीं दिया था। थाने के ऑफिशियल जासूस के पद पर गोपी बाबू निर्विवाद रूप से स्थापित हो चुके थे। उनकी प्रतिभा पर सभी को खुद से ज्यादा भरोसा था। हालात ऐसे थे कि गोपी बाबू के शरीर के पिछले भाग से संचालित होनेवाली वायु प्रवाह की ध्वनि को भी महत्त्वपूर्ण मान सभी पूरी तन्मयता के साथ सुनते। और जो किसी कारणवश ये मौका चूक जाते, वे अफसोस जाहिर करते। पूर्ण बहुमत के साथ गोपी को 'राज' पर से पर्दा हटाने की महत्त्वपूर्ण जिम्मेदारी सौंपी गई। रोमेश बाबू की आज्ञा के बिना, रजिस्टर को हाथ लगाने की हिम्मत से ज्यादा जरूरत आज से पहले किसी को महसूस नहीं हुई थी। रोमेश बाबू की उम्र लगभग पचपन साल थी। स्वभाव से थोड़े गंभीर थे, पर एक सामाजिक प्राणी होने के संपूर्ण गुण थोक भाव में मौजूद थे। अक्सर 'मैं और मेरा रजिस्टर' दोनों ही बातें किया करते थे, पर सामाज की औपचारिकता को बेवा होने से बचाने के लिए, सवालों का जवाब हाँ या न में दे दिया करते थे। हँसी-ठट्ठा के दौरान अपने गालों को जगह से घिसका देते और हँसने की प्रक्रिया की परिभाषा का वैज्ञानिक पद्धति से मान

रख देते। गौरतलब है कि हँसने से उनका वही रिश्ता था जो हिटलर का शांति के साथ था। थाने में शायद ही किसी को उनके दाँतों के पूर्ण दर्शन का लाभ प्राप्त हुआ हो। हरदम अपने रजिस्टर में आँखे गड़ाए रखते। शाम को घर लौटते वक्त उसे अपने टेबल के दराज में सुरक्षित रखकर थाने से कदम बाहर निकालते। सिर झुकाए थाने से घर और घर से थाना तक का सफर करते सालों बीत गए। दुनिया की बातों से कोई लेना-देना नहीं था, न किसी के फटे में टाँग अड़ाना, न किसी को अपना फटा दिखाना। इन्हीं आदतों के कारण थाने में सभी इन्हें साधु कहते थे। घर में भी थाने वाला स्वभाव ही कट-कॉपी-पेस्ट रखते थे। पत्नी ने थाली में जो परोस दिया चुपचाप खा लिया। न कभी खाने की तारीफ की, न कभी भला-बुरा कहा। रोमेश बाबू उन लोगों में से थे जिन्हें हर सुबह नींद से उठने के बाद दिल में पहला खयाल आता है कि दुनिया बहुत फालतू जगह है। चेहरे पर हमेशा थकेला भाव टाँगे रखते, जिसे देख मरता हुआ इंसान चुल्लू भर पानी माँग टाइम की बर्बादी करने से बेहतर यमराज को 'लेट्स गो' कह निकलने में भलाई समझे।

राज–ए-रजिस्टर से पर्दा उठते हुए देखने के लिए सभी बेताब थे। गोपी बहानों की बैसाखी के सहारे रोमेश बाबू के टेबल के आस-पास मँडराता रहा, पर दाल गलना तो दूर वो तो ठीक से भीग भी न पाई। जैसे ही गोपी टेबल के नजदीक जाता, रोमेश बाबू झट रजिस्टर बंद कर देते, गोपी खाली हाथ चुपचाप वापस चला जाता। असफलता से गोपी के मन में खयाल उपजने लगा कि कहीं सभी उसकी पिछली सफलता को महज संयोग मान ऑफिशियल बुद्धिमान जासूस के पोस्ट से सस्पेंड न कर दें। बेचैनी फुँफकार कर खूँखार होने लगी थी, पर रोमेश बाबू अपने खजाने पर कुंडली मारकर बैठे रहे। दोपहर का लंच खत्म कर बक्षी साहब ने पूछ ही लिया, "रोमेश बाबू एकठो बात बताइए, सारा दिन आप इस रजिस्टर में आँखें गड़ाए रहते हैं। गर्दन नहीं दुखता है आपका? कोई खजाना छुपा रखा है क्या?" हँसने की औपचारिकता निभा रोमेश बाबू रजिस्टर बंद कर उस पर कोहनी टिका बैठ गए। रोमेश बाबू का ध्यान खुद पर से हटाने के लिए अर्थात बेनेफिट ऑफ डाउट देने के लिए गोपी थाने से बाहर निकल बेफिक्री से टहलने लगा।

थाने की इमारत काफी पुरानी थी, बाहर से देखने पर पुरातत्वशास्त्र की बपौती जान पड़ती। टूटी-फूटी चीजों को इतिहास का वारिस घोषित करने के लिए उतावले इतिहासकारों की जीभ लपलपाने में इमारत सामर्थ्यवान थी। इसकी

वजह भी थी। इमारत का तीस प्रतिशत निर्माण कार्य गोरे साहबों के जमाने में हुआ था। साहब तो एक दिन इसे लावारिस छोड़, अपना ट्रंक उठा मेमसाहब के साथ सिगार फूँकते हुए अपने देश लौट गए, उनके बाद इसे बनाने का भार हमारे साहबों के सिर पे धमक गया। नए साहबों का मानना था कि स्वराज्य है तो चीजें भी स्वदेशी होनी चाहिए। तो बाकी का निर्माण भारतीय स्थापत्य कला से आइडिया उधार लेकर पूरा करना तय रहा। अंग्रेजों के राज में भूखे बाबुओं ने स्वराज्य में खाने की परंपरा के जीर्णोद्धार की कोशिश में इमारत के हिस्से की तीन चौथाई पाई काले धन के खाते में धकेल दी। इमारत का पचास प्रतिशत निर्माण पूरा हो चुका था। पैसे की कमी के चलते काम रुक गया। गबन का केस कॉन्ट्रैक्टर बाबू के दरवाजे पर टहलने लगा, तो नदी पर पुल बनाने का कांन्ट्रेक्ट हाथ से सरकता जान पड़ा। भैंस पानी के अंदर जाती जान पड़ते ही उनके भीतर का कर्तव्यनिष्ठ एवं देशभक्त हड़हड़ाकर जाग उठा और पास ही निर्माणाधीन मंदिर से चीजें जुगाड़ कर इमारत का उद्धार किया। इमारत, निर्माण पूरा होने पर इसके काल और कला को लेकर पुरातत्व शास्त्रियों में दंगल लग गया। इमारत के सामने उनका पढ़ा-पढ़ाया ज्ञान सफाचट हो गया। कला के विषय में इतना भर समझ पाए मानो मर्लिन मुनरो एक हाथ से हवा में उड़ते अपने स्कर्ट को सँभालने की कोशिश कर रही हो और दूसरे हाथ से चेहरा घूँघट से ढाँक रही हो। पूरब और पश्चिम के अनोखे मेल के परिणाम स्वरूप इमारत, इमारत से ज्यादा वसुधैव कुटुंबकम का चवन्नी छाप विज्ञापन जान पड़ रही थी। इमारत किसी चमत्कार से कम न थी, स्थापत्य कला दुनिया के तमाम अजूबों की लिस्ट को फाड़ अपना दावा ठोंक रही थी।

इमारत की शुरुआत बरामदे से थी, बरामदे से होकर भीतर जाने के लिए एक दरवाजा था। भीतर एक बड़ा-सा कमरा था, उससे सटा एक छोटा कमरा था जो रिकॉर्ड रूम था जहाँ झाड़ू, बंदूकें, फाइलें सभी जरूरी चीजें भारतीय परंपरा के 'अनेकता में एकता' किताबी आदर्श वाले विचार को बिना किसी भेदभाव के जीवित रखे हुए थी। स्टोर रूम से बाथरूम जाने का दरवाजा था। दक्षिण के दीवार पे सटा खिड़की के पास वाला टेबल बक्षी साहब का था और पूरब की दीवार की तरफ भट्टाचार्जी का टेबल और उत्तर-पश्चिम कोने में रोमेश बाबू की टेबल थी और दोनों हवलदारों यानी गोपी और बउआ के बैठने के लिए कुर्सियाँ थीं। शिकायत लिखवाने आए लोगों के बैठने के लिए बाहर बरामदे में एक बेंच

और दो लंगड़ी कुर्सियाँ थीं। थाने में कुल सात लोग थे।

रोमेश बाबू को वायु दोष की पुरानी शिकायत थी। खासकर खाने के बाद दोष पूरे यौवन पर होता। दूसरों के सामने कलात्मक भावभंगिमा के साथ वायु विसर्जन करने में कठिनाई महसूस करते, अतः रोमेश बाबू ने थाने के एकमात्र शौचालय को अपनी कर्मभूमि बना रखा था। टॉयलेट के भीतर होने वाली विषैली गैसों की बमबारी से उत्पन्न आवाजों को सुनने पर प्रतीत होता जैसे अमेरिका इराक पर अंधाधुंध बमबारी कर रहा हो। खाना खाते ही वायुदोष हाजिरी बजाने लगा, निम्न कोटि की वायुचाप को शरीर के सामनेवाले मार्ग से मुक्त करने के बाद, सहज होने की कोशिश में शरीर के पीछेवाले भाग के उच्चचाप को दबाए रखना असंभव हो गया तो टॉयलेट की ओर प्रस्थान कर सीज फायर खत्म किया। टॉयलेट से छन-छनकर आती बमों और मिसाइलों के छूटने की आवाजें सुनते ही, गोपी दौड़ कर उनकी टेबल के पास गया और रजिस्टर खोल के देखने लगा। रजिस्टर खोलते ही चार सौ चालीस वोल्ट का झटका लगा, आँखें फैली की फैली रह गईं। उसे बुत की तरह खड़ा देख भट्टाचार्जी बाबू टेबल के पास गए और गोपी के हाथ से रजिस्टर लेकर देखने लगे। देखते ही मुँह से चीख निकल पड़ी, "अरे बाप रे बाप!" भट्टाचार्जी के मुँह से बाप रे बाप सुन, परेशान हो सभी एक साथ टेबल की तरफ दौड़े। इधर रोमेश बाबू सीज फायर कर कमरे में वापस पधार चुके थे। अपनी टेबल के पास भीड़ देख सबका मुँह ताकने लगे। सभी हैरान होकर रोमेश बाबू को ऐसे घूरे जा रहे थे मानो वे कोई छैल-छबीली हों। बक्षी साहब ने आँखों के इशारे से पूछा, "क्या है ये सब?" रोमेश बाबू ने बउआ सिंह को हाथ के इशारे से अपनी टेबल से दूर हटने के लिए कहा और त्यौरियाँ चढ़ाते हुए भट्टाचार्जी के हाथ से रजिस्टर ले लिया। बक्षी साहब ने विशेष प्रकार का मुँह बना आँखों के इशारे से वही प्रश्न दोहराया। खीझकर रोमेश बाबू ने जवाब दिया, "क्या है का क्या मतलब है? आप लोग को दिखाई नहीं दे रहा है बिपासा बसु का तस्वीर है?"

"तस्वीर तो है रोमेश बाबू, पर बिना कपड़ा का इस तस्वीर में आप अपना आँख डुबोए क्या सब ढूँढ़ते रहते हैं?"

"बिना कपड़ा! ये क्या पहन रखा है? कपड़ा देखते नहीं हैं?"

गोपी बीच में बोल पड़ा, "ये कपड़ा तो कपड़े के भीतर में पहनने की चीज है। आप इसे कपड़ा कहते हैं साधु बाबा?"

"ये कपड़ा के भीतर पहनने का चीज नहीं है। तुमरे झुमरी तलैया में इसे कपड़ा के नीचे में पहनते होंगे। शहर में लोग इसे ऊपर में पहनते हैं ई बिकनी है, समझे गँवार?"

बउआ सिंह से रोमेश बाबू की ये हरकत सहन नहीं हुई। इस हरकत से वह इमोशनली हर्ट हुआ। लगा जैसे उसके छिछोरेपन के मौलिक अधिकार का हनन कर लिया गया हो। लगे भी क्यों न, ऐसी हरकतों को व्यवहारिक रूप देने का कॉपीराइट उसकी उम्र के पास है, अगर सीनियर ऐसा करने लगे तो बेचारे जवान क्या करेंगें, हवन? इस अन्याय का ऊँचे स्वर में विरोध करने का निर्णय कर, बकैती के पट खोल दिए और प्रश्न के कंबल में शब्दों को लपेट, पीटते हुए बोला, "अब इसे बिकनी कहें या टिकनी, आप इस बिकनी के साथ क्या करते रहते हैं? कुछ ही साल में आप रिटायर्ड होने बाले हैं। बाबा लोग के साथ में धूनी लगाने की उम्र में, आपको ऐसे नंग-धड़ंग बेबी लोगों का फोटो देखना शोभा देता है?"

बउआ द्वारा दिए गए उम्र के ताने, रोमेश बाबू की भावनाओं को आहत कर, उच्च कोटि की गाली जैसी भयावह पीड़ा देने लगे। बउआ सिंह नादान था, उसे ज्ञात नहीं था कि आदमी को खासकर पचास पार आदमी को निम्न से निम्न श्रेणी की गाली दी जा सकती है, पर उम्र की गाली विशेष आरक्षण के तहत वर्जित है। रोमेश बाबू को विश्वामित्र की भाँति क्रोध आ गया, उपस्थित दर्शकों को लगा जैसे रोमेश बाबू बउआ सिंह की माँ-बहन के सम्मान में अपना मुँह खोलने जा रहे हैं, पर सभी को आधा गलत साबित कर वे केवल गोपी के बहनोई बन बैठे और कुत्ते को हड़काने जैसा मुँह बनाकर बोले, "साला बड़ा-बड़ा बात करता है। नाक तक लफंगई में डूबा है और सत्संग का पाठ सिखाता है।" बउआ मुँह घुमा कर बरामदे में चला गया। आगे बढ़कर बक्षी साहब ने मोर्चा सँभाला, "ये सब क्या है रोमेश बाबू? आप तो एकदम आउट डेटेड चीज हैं, सनी लियोनी के जमाने में बिपासा पर आटके हैं।"

सनी लियोनी का नाम सुनते ही रोमेश बाबू के भीतर का संस्कारी भारतीय पुरुष फुनफुनाकर जाग उठा। भारतीय कु-संस्कारों को विदेशी कु-संस्कारों की काली छाया से मुक्त कराने वाले उपदेश की तुरही फूँकने के उद्देश्य से सवा किलो का संस्कारी मुँह बना, शांत भाव-भंगिमा के साथ कोणार्क और खजुराहो की प्रतिमाओं को मुँह चिढ़ाते हुए बोले, "छी-छी-छी औरत नंग-धड़ंग देखने में

अच्छी लगती है क्या? औरत का इज्जत करना सीखो। नारी वह प्यारी लगती है जो थोड़ा दिखाए थोड़ा छिपाए, यही हमारी परंपरा है।" अपने उपदेश से रोमेश बाबू ने सभी को लाजवाब कर दिया। सभी एक-दूसरे की तरफ बकलोल की तरह ताकने लगे। गोपी ने हालात पर पकड़ बनाने की कोशिश के तहत मुँह खोला, "देखा सर, फिर एक बाबा ढोंगी निकला। हो न हो जरूर इस बाबा शब्द में कोई गड़बड़झाला है। जिसके नाम के आगे लग जाता है वह नारी के नाड़े के पीछे हाथ धोकर पड़ जाता है। उसके भीतर ठरकी दोष बढ़ा देता है। मेरा तो मानना है कि इस बाबा शब्द के इस्तेमाल को कानूनन बैन कर देना चाहिए। ये इंसान का कैरेक्टर ढीला करने वाला शब्द है।"

सभी ठहाका मार कर हँस पड़े। बक्षी साहब अपना पेट पकड़कर हँसने लगे, स्लो मोशन मस्तानी चाल में दास बाबू ने घटना स्थल तक समय पर पहुँच फर्ज निभाया, "ये किया कर दिए आप रोमेश बाबू (बक्षी साहब से बोले) बाबू, रोमेश बाबू के खिलाफ तो नजरों से फीलता (शीलता) हनन का मामला बनता है।" फिर हँसी का ऐसा विस्फोट हुआ कि कोई बच नहीं पाया, कोई पेट पकड़ तो कोई लोटपोट हो हँसने लगा। दास बाबू छा गए। रोमेश बाबू के मस्तिष्क में दास बाबू की दोनों किडनियाँ निकालकर गली के कुत्तों का गेट-टुगेदर करवाने की भावना फूटने लगी।

#25#

शीतल प्रसाद सँकरी गलियों से होता हुआ एक पुराने से घर के सामने रुक गया। नजरें घुमा कर चारों तरफ देखा, फिर दरवाजे पर दस्तक दी। चेंऊँ की आवाज के साथ दरवाजा खुला। लंबे बालों वाले एक अधेड़ उम्र के आदमी ने उसे घर के अंदर आने का इशारा किया। भीतर कमरा पूरी तरह से अस्त-व्यस्त था। दीवारों पर जगह-जगह से प्लास्टर उखड़ा हुआ था। कमरे में सीलन की गंध भरी हुई थी। आलने पर कपड़ों की बारात सजी थी। कागज और किताबों का ढेर लगा था। कमरे में एक खिड़की थी जो बंद थी। उसके ऊपर धुल और मिट्टी की एक मोटी परत जमी थी। हालत देखकर लगता था मानो एक जमाने से खिड़की रोशनी की राह रोके खड़ी है। मेजबान ने टेबल के पास रखी कुर्सी की तरफ इशारा कर शीतल प्रसाद को बैठने का आग्रह किया और खुद टेबल के दूसरी तरफ रखी कुर्सी पर बैठ गया। लिफाफे से चाभी की तस्वीर निकाल शीतल प्रसाद ने उस आदमी के हवाले कर दी। तस्वीर को थोड़ी देर तक गौर से देखने के बाद वह भीतर कमरे में गया और कुछ पल बाद चाभियों का बड़ा-सा गुच्छा लेकर कमरे में लौटा। टेबल पूरी तरह से भरा हुआ था। उस पर रखे सामानों की लिस्ट टेबल के आकार से काफी बड़ी थी। गुच्छा टेबल पर खोलकर उसमें से दो चाभियाँ निकालीं और उन्हें घिसने लगा। थोड़ा घिसता फिर उसे गौर से देखता फिर तस्वीर को देखता। दस मिनट बाद उसने दोनों चाभियाँ शीतल प्रसाद के हवाले कर दीं।

बक्षी एंड कंपनी फेक एनकाउंटर मामले से बच निकली, पर ऐसा कतई नहीं कि वे अपनी सजा से बच गए हों। सजा सभी को मिली और बराबर मिली, अपनी-अपनी गर्दन को सजा के जाल से बचाने के लिए विभाग के वरिष्ठ अधिकारी के पास मोटी फीस जमा करानी पड़ी अर्थात घूस खिलानी पड़ी। फीस

ज्यादा थी, पर गले की कीमत से ज्यादा नहीं थी। मामला रफा-दफा होते ही सभी जनता की नजरों में हीरो बन गए। इस शोहरत से जहाँ शांतिपुर में सभी खुश थे, इंस्पेक्टर दुलाल कुढ़ रहे थे, वजह काफी ईमानदार थी। वे आज भी नरगिस की भाँति अपनी बे-नूरी पर आँसू बहा रहे थे। इस मामले में वह पूरी तरह से पाक-साफ थे, पर जेब उनकी भी बेवा हुई। दूसरे कैमरों के सामने बढ़-चढ़कर अपना चौखटा दिखा बहादुरी का बखान करते रहे। पर उन्हें कैमरों की हवा तक लगने नहीं दी गई। थाने में वो इकलौते पुलिसवाले थे जिसका चेहरा टीवी स्क्रीन पर नहीं दिखा और ये सब बक्षी साहब की मेहरबानियों का नतीजा था। अपने साथ हुए सौतेले व्यवहार से दुलाल बाबू काफी नाराज थे। उसकी उपेक्षा सुमेधा की नजरों में आ गई, वह दुलाल को बैसाखी बनाकर आगे बढ़ने की योजना बनाने लगी। उसने साहिल साहनी से दुलाल की खबर माँगी, साहिल एनकाउंटर मामले में सुमेधा के लिए निजी तौर पर जासूसी कर रहा था। उस ने सुमेधा को दुलाल पर नजर रखने की सलाह दी, "यही वह मोहरा है जो लंका में आग लगा सकता है, दुलाल तुम्हारे काफी काम आ सकता है।"

शाम की रंगत गहरी होने लगी थी। सड़क पर इक्का-दुक्का स्ट्रीट लाइट्स जल रही थीं, बाकी की लाइट्स या तो टूटी हुई थीं या फिर टैं हो चुकी थीं। जल रही लाइट्स रोशनी शब्द की रक्षा के साथ, शहर और ग्राम के बीच के अंतर को कायम रखने के लिए प्रयासरत थीं। दुलाल बाबू अपनी सरकारी बाइक पर सवार घर की ओर जा रहे थे, बाइक का फटा साइलेंसर 'बा-अदब बा-मुलायजा होशियार' वाले अंदाज में उनके आमद की खबर फैला रहा था। तभी तेजी से आती हुई एक कार बेअदब तरीके से बाइक की मुनादी को अनसुना कर, करीब से ओवरटेक करते हुए आगे निकल गई। दुलाल बाबू का बैलेंस गड़बड़ाया, बाइक उनके समेत सड़क पर गिर पड़ी। कार थोड़ी दूर जाकर रुक गई। कार से एक छब्बीस-सत्ताइस साल का युवक भागता हुआ दुलाल की तरफ आया, उसने बाइक उठाने में दुलाल की मदद की और अपनी गलती की माफी माँगने लगा। दुलाल बाबू ने अपने धूल में सने कपड़ों को अच्छी तरह झाड़ा, फिर गुस्से में लाल-पीला हो धमकी वाले अंदाज में चिरपरिचित शब्दों के साथ बोले, "पुलिसवाले पर हमला करने का परिणाम जानते हो, गंभीर परिणाम भुगतने होंगे।" भविष्यवाणी खत्म कर कानून के हाथ से सामनेवाले की कॉलर पकड़ ली। आम जनता पुलिस से नहीं, बल्कि पुलिस के एक विशेष अंग जिसे कानून

का हाथ कहलाने का श्रेय प्राप्त है और उसके विषय में धारणा है कि उसकी लंबाई बहुत अधिक है और मजबूती कुख्यात है, इस लंबाई और मजबूती से डरती है। सो युवक भी डर गया। डर के, कानून के लंबे हाथों में हरे-हरे नोट थमाने के बजाय उल्टे उनसे ही 'वो' माँगने लगा जो पुलिसवाले आम आदमी को देना पसंद नहीं करते हैं। यानी माफी माँगने लगा, "सर मुझ से गलती हो गई। मैं आप से माफी माँगता हुँ (दुलाल के चेहरे को गौर से देखते हुए वह युवक बोला) सर आप तो वही हैं न शांतिपुर थाने के अफसर जिन्होंने आतंकवादी का एनकाउंटर किया था। सर मैं एक पत्रकार हूँ इस सिलसिले में कई बार आप के थाने में आया था मैं, तो आपको देखते ही पहचान गया था।"

युवक के खुलासे ने दुलाल बाबू के पेट पर लात मार दी, लेने का विचार त्याग बदले में झेंप देने लगे। उनका ये त्याग आत्मज्ञान का साइड इफेक्ट न होकर रिएलटी शॉक था। एक तो मुरीद उस पर पत्रकार, और पत्रकार और पुलिस का रिश्ता सास-बहू जैसा होता है। पुलिस सास की भूमिका में होती है, पर ये सास ललिता पवार की तरह खुर्राट न होकर सुलोचना जैसी गाय होती है। पत्रकार रूपी बहू कभी सोमा आनंद तो कभी शशिकला की तरह सास को डंडा दिखाकर खूँटे से बाँधे रखती है। पैसे ऐंठने के विचार को छोड़ने के अगले सेकेंड पत्रकार की कॉलर छोड़ दी और दुलाल बाबू बाइक की तरफ बढ़े। युवक सॉरी सर कहता हुआ उसके सामने जाकर खड़ा हो गया, "सर आपके हाथों में काफी चोट लगी है। आइए मैं आपकी चोट पर दवा लगा दूँ।"

"अरे नहीं, इस सब की कोई जरूरत नहीं है। मामूली खरोंचें हैं, ठीक हो जाएँगी।"

पर युवक जिद पर अड़ गया, "नहीं, सर मेरे कारण आप को तकलीफ हुई। प्लीज मुझे करने दीजिए वर्ना मुझे लगेगा आप नाराज हैं।" दौड़कर गया और गाड़ी में रखा फस्ट एड बॉक्स ले आया। हाथ पर लगे घाव को साफ कर उस पर मरहम लगाते हुए बोला, "बस अब सब ठीक है। एक-दो दिन में एकदम ठीक हो जाएगा।"

"तुम इसी तरह घायलों की मदद करते हो या पुलिसवाले से डर कर ऐसा कर रहे हो?"

"एक तो मेरी गलती के कारण आप को चोट लगी, दूसरा मैं आपसे मिलना चाहता था। कई बार थाने गया था, पर आप ने तो इंटरव्यू देने से साफ मना कर

दिया। फोन भी किया, पर आप न जाने क्यों हम पत्रकारों से नाराज हैं।" दुलाल खामोश रहा। खामोशी में शांतिपुर के अलीबाबा और चालीस चोरों के खजाने का पासवर्ड छुपा था, युवक पासवर्ड डिकोड करने में जुट गया। चाणक्य नीति की पहली नीति 'साम' अर्थात समझाने से शुरुआत की। समझाने के तीन बहुप्रचलित तरीके हैं, सबसे पहला तरीका है कि आप उस योग्य पात्र को कोने में ले जाएँ, जमीन पर पटक उसकी हड्डियों की कड़कड़ाहट सुनने के बाद सामने के दो जुड़वा दाँत तोड़ दें। शरीर को थकाने वाली मेहनत से पहले एक बार चेतावनी और उसके परिणामों की मुक्त कंठ से भविष्यवाणी कर पात्र को समझाकर देखना चाहिए। समझाने का यह दूसरा तरीका है और कारगर भी, तीसरा तरीका अचूक है। इसमें न तो हाथों को खटाने की जरूरत है, न ही भविष्यवक्ता होने की, बस प्रशंसा के बोल के साथ दो छटाँक प्रेम और ढाई छटाँक सम्मान मिला, अच्छी तरह घोंट पात्र को पिलाते रहें। इसका नशा तोड़ने का नुस्खा तो हकीम लुकमान के पास भी नहीं। युवक ने तीसरे तरीके से शुभारंभ किया, "रोज अनगिनत लोगों से मुलाकात होती है जो टीवी पर अपना चेहरा देखने के लिए कुछ भी करने को तैयार रहते हैं और एक आप हैं जिन्होंने इतने बड़े काम को अंजाम दिया पर वाह-वाही लूटने कभी कैमरे के सामने नहीं आए।"

दुलाल का मन आँखों के जरिए मुस्कुराने लगा। इधर युवक एफएम रेडियो की तरह नॉन स्टॉप बजता रहा, "ये मामूली बात नहीं है। लोग अपना ढोल पीटते रहते हैं, पर आप एकदम अलग हैं सब से हटकर।"

युवक की बातों का असर ये हुआ कि दुलाल बाबू केवल मुस्कुराने की जगह अब खुल कर मुस्कुराने और थोड़ा शरमाने लगे। युवक ने जेब से एक छोटी डायरी निकाली और दुलाल बाबू से ऑटोग्राफ देने की रिक्वेस्ट करने लगा, "सर, ये मेरे लिए नहीं, मेरी गर्लफ्रेंड के लिए है। वह आप से बड़ी इम्प्रेस्ड है।"

युवक के साथ उसकी गर्लफ्रेंड भी फैन है, ये जान दुलाल बाबू का सीना आगे निकल आया और पेट पीछे सुटक गया। पैंट को कमर पर थोड़ा ऊपर उठाकर एडजस्ट किया, बालों को हाथों से सँवारा, शराफत से पेन को पकड़ जीवन का पहला ऑटोग्राफ कागज पर ठोंक दिया। ये सोच कि लड़कियाँ उसकी फैन हैं, सीना खुशी के मारे दो इंच चौड़ा हो शम्मी कपूर स्टाइल में याहू-याहू करने लगा। युवक ने दुलाल बाबू से पास के एक होटल में चाय पीने का आग्रह किया जिसे दुलाल बाबू ठुकरा नहीं सके। दोनों चाय पीने चल दिए। युवक

दुलाल बाबू के साथ कार में आगे, ड्राइवर बाइक पर कार के पीछे। तारीफ किसी असंतुष्ट व्यक्ति को समाप्त करने का अचूक हथियार है, इसके वार से बच निकलना असंभव है। ये वो वशीकरण हथियार है जिसके वार से बड़े-से-बड़े दुश्मन को अपने वश में कर आसानी से अंत की तरफ धकेला जा सकता है।

चाय के साथ बात शुरू हुई और शराब पर जाकर बात बनी। यूँ तो लोग शराब को बुरा कहते हैं पर दो घूँट अंदर जाने के बाद ये दुश्मन को भी दोस्त बना देती है। दोनों गहरे दोस्त 'कब के बिछड़े हम आज मिले' की तर्ज पर बतियाने लगे। धीरे-धीरे नशा गहराने लगा, दुलाल बाबू शराब पीते गए और एनकाउंटर की असलियत उगलते गए। दुलाल बाबू पहले इंसान नहीं थे जो शराब पीकर सत्यवादी बने थे। उनके जीवन में दोस्तों का घोर अभाव था। नाकामी से उपजे रूखे स्वभाव के कारण दुश्मनों की सेना खड़ी कर रखी थी। दिल का हाल सुनने वाला कोई न था। वे दोस्ती के लिए उसी तरह तरसते थे जैसे अफ्रीका महाद्वीप की अधिकांश आबादी भोजन के लिए तरसती है। नया दोस्त दुलाल बाबू की दुखती रगों को सहलाता रहा और वह सारे राज उगलता गया। दुलाल बाबू को युवक के रूप में संजीवनी मिल गई थी, एनकाउंटर मुर्गे का हुआ था, पर मौत दुलाल बाबू की हुई थी। अगर आप का शरीर चल फिर रहा है, साँसें भर रहा है, इसका ये मतलब नहीं कि आप जिंदा हैं। ये सारे लक्षण जिंदगी के 'फिल इन दि ब्लैंक्स' को भरने के लिए तो काफी हैं, पर जिंदा होने की गारंटी नहीं हैं। फिल इन द ब्लैंक्स को भरते हुए इंसान अपनी लाश ढोने का आदी हो जाता है। दुलाल बाबू के साथ भी कुछ-कुछ ऐसा ही था। वे जिंदगी से नाराज थे, पर जीने की हर रस्म निभा रहे थे। एनकाउंटर के दोषी न होते हुए भी जेब कटी और घोर उपेक्षा भी सहनी पड़ी। बाकी के साथी स्टार बन गए और इन्हें स्टारडम का स्वाद चखने से वंचित रखा गया। एनकाउंटर का राज मन में दबाकर वह काफी बैचेन थे। राज और अपमान मन में दबाए वह सुलग रहे थे।

"आप को इन कमीनों का भांडा फोड़ देना चाहिए। बक्षी साला बहुत चालू है। आप की शराफत का नाजायज फायदा उठा रहा है। कर दीजिए उसे सबके सामने बेनकाब।"

"बात हाथ से बाहर जा चुकी है रवि। जाँच बंद हो चुकी है, बक्षी हीरो बन चुका है, अब कुछ नहीं हो सकता।"

"कुछ कैसे नहीं हो सकता? आप मीडिया को सारे सबूत दे दें, फिर देखिए

कैसे हवालात की हवा खाते हैं बक्षी बाबू।"

"उसे बेनकाब करने में मेरा भी नुकसान है। डिपार्मेंट ने मुर्गे को आतंकी घोषित किया था। सरकार भी उन लोगों का हाँ में हाँ मिला चुकी है। मेरे खिलाफ डिपार्टमेंट एक्शन ले सकता है। पता नहीं क्या-क्या चार्ज लगाकर सस्पेंड कर दे। पानी में रहकर मगर से बैर लेना कहाँ की समझदारी है ? तुम अभी जवान खून हो, ये सब नहीं समझोगे।"

"तो हम किस दिन काम आएँगे ? आप बस इशारा कर दो, फिर देखो क्या करता है ये दोस्त आपके लिए, दोस्ती की खातिर जान भी हाजिर है सर जी।"

दुलाल बाबू पर शराब पूरी तरह हावी हो चुकी थी। वे रवि की लच्छेदार बातों में उलझने लगे।

"तुम्हें लगता है ऐसा करने से इन सबको सजा मिलेगी ?"

"क्यों नहीं सर, हम तो आपके पहले भी फैन थे अब तो परमानेंट फैन हो चुके हैं। ये जानने के बाद कि आप उस बेगुनाह के मौत के जिम्मेदार नहीं हैं (सिगरेट छूकर बोला) आग छूकर कह रहा हूँ सर, आप के लिए दिल में रिस्पेक्ट बढ़ती जा रही है।"

"तो बात पक्की, सालों की बैंड बजा देंगें।"

"एकदम मुँह पर कालिख मलकर लोग इन्हें इसी शहर में नंगा घुमाएँगे आप बस देखते रहो।"

"वह तो ठीक है, पर इसमें मेरा नाम कहीं नहीं आना चाहिए।"

"आप सब मुझ पर छोड़ दीजिए, आप दूर से बस तमाशा देखिए।"

"रवि, मैं हर हाल में बक्षी का बेड़ा गर्क होते हुए देखना चाहता हूँ (थोड़ी देर खामोश रहने के बाद बोला) हम दोनों ने एक साथ पुलिस की नौकरी ज्वॉइन की थी। साला वह कहाँ से कहाँ पहुँच गया और मैं आज उसके अंडर काम करता हूँ। कमीना बहुत पहुँची हुई चीज है। साला ओसी बनकर राज कर रहा है। औकात हवलदार बनने की भी नहीं है। घूस खिलाकर तरक्की लेता रहा है। हर बात पर मेरी खिल्ली उड़ाता है, नीचा दिखाने का कोई मौका नहीं छोड़ता है (एक ही घूँट में पूरी ग्लास गले में उड़ेलने के बाद बोला) तो बात पक्की मैं तुम्हें मुर्गे का सारा सामान दूँगा और तुम।" फिर एक तरफ लुढ़क गया।

रवि कार में उसे घर तक छोड़ने जाता है। नशे की हालत में लड़खड़ाते हुए दुलाल बाबू ने घर के दरवाजे पर दस्तक दी। दरवाजा खुला, गीत गुनगुनाते हुए

घर के अंदर गए। थोड़ी देर तक घर से एक महिला की गुस्साई आवाजें सुनाई पड़ती रहीं, फिर दुलाल बाबू के चिल्लाने की आवाजें कानों से टकराईं। लड़ाई-झगड़े की आवाजें बाहर तक साफ सुनाई देती रहीं। फिर महिला की सिसकियाँ सुनाई देने लगीं। थोड़ी देर बाद आवाजें आनी बंद हो गईं। रवि गाड़ी में बैठकर वहाँ से चला गया।

मुर्गे का सारा सामान थाने के रिकॉर्ड रूम की अलमारी में छुपाकर रखा हुआ था। बात थी सामान को ठिकाने लगाने की, पर एनकाउंटर के झमेले में सभी ऐसे उलझे कि किसी को भी ध्यान नहीं रहा कि सामान को ठिकाने लगाना बाकी है। शायद ही किसी को याद होगा कि मुर्गे का सामान अलमारी में बंद है। रिकॉर्ड रूम में दुलाल बाबू की टेबल थी जहाँ बैठकर वे काम करते थे। दुलाल बाबू अपनी इस जगह को लेकर काफी असंतुष्ट थे। हालाँकि कमरा आकार में काफी बड़ा था, पर कमरे में खिड़की नहीं थी और इसी कमरे से होकर बाथरूम जाने का रास्ता था। कई बार चाहा कि अपनी टेबल बक्षी और भट्टाचार्जी के साथ सामने वाले कमरे में लगा लें और रोमेश बाबू को अपनी जगह टिकाएँ। यह सही भी था। ओहदे में रोमेश बाबू उससे छोटे थे, पर बक्षी साहब की मर्जी के आगे उनकी एक न चली। वे इस कमरे में बैठने को मजबूर थे। बक्षी नाम के काँटे को अपनी आँखों के सामने से हटाने का यही सही मौका था और मौके का हर हाल में फायदा उठाने के लिए हाथ धो तैयार बैठे थे। सभी की नजरें बचाकर अलमारी से मुर्गे का सारा सामान निकालकर अपने शुभचिंतक रवि के हवाले कर दिया और चुपचाप बक्षी के सर पर आफत की तलवार लटकने का इंतजार करने लगे।

#26#

बाघमारे की अलमारी से फाइल चुराने के लिए, प्लान के मुताबिक सभी ने अपने-अपने काम बाँट लिए और मिशन का नाम रखा- मिशन इंसाफ।

रात के आठ बजे थे। बाघमारे के सरकारी आवास पर राजस्थानी लोक कलाकार रंगारंग सांस्कृतिक कार्यक्रम प्रस्तुत कर रहे थे। बाघमारे के सरकारी आवास पर उसके खास लोग ही आते थे। ज्यादाकर निजी सरोकार की खास मीटिंगें भी यहीं पर होती थीं। गृहमंत्री कार्यालय में सिर्फ सरकारी काम होते थे। उसका परिवार महाराष्ट्र के धुलिया में रहता था और वहाँ की राजनीति पर पकड़ बनाए हुए था। गृहमंत्री की सुरक्षा में देश के टॉप कमांडो नियुक्त थे। खुफिया कैमरों द्वारा इस आवास की निगरानी होती थी, पर सुरक्षा बंदोबस्त जितने चाकचौबंद होते हैं, उन्हें भेदना भी उतना ही आसान होता है। खासकर जब खतरा बाहरी दुश्मनों से ज्यादा अपने ही पार्टी के लोगों से हो। बाघमारे ने अपनी सुरक्षा के लिए दो खतरनाक कुत्ते भी पाल रखे थे। थे तो कुत्ते पर देखने वाले इनकी तुलना शेरों के साथ कर बैठते। दोनों कुत्ते मेन गेट पर तैनात रहते। बाघमारे को इंसानों से ज्यादा जानवरों की वफादारी पर भरोसा था। लोक नृत्य और गायन ने समाँ बाँध रखा था। जाम से जाम टकरा रहे थे। जश्न में अखिलेश सिंह भी शामिल था। उसकी गिनती बाघमारे के करीबियों में होती थी। पार्टी में उसकी पोजीशन नंबर दो की थी। नंबर वन बनने के लिए भीतर-ही-भीतर वह बाघमारे की कब्र खोद रहा था। पार्टी पर उसकी पकड़ थी और इसी पकड़ को पतवार बनाकर वह गृहमंत्री की कुर्सी के सपने देख रहा था। कुर्सी और अपने बीच की बाधाओं को रास्ते से हटाने के लिए कमर कस चुका था। इस सांस्कृतिक कार्यक्रम के आयोजन की सारी जिम्मेदारी उसने सँभाल रखी थी। बाघमारे के सचिव सुदीप को बंगले से दूर रखने के लिए देश के एक बड़े उद्योगपति के

सचिव के साथ उसकी मीटिंग फिक्स करा दी वह भी ऐन मौके पर। पार्टी फंड से जुड़े मामले सुदीप ही देखा करता था, इसलिए बिना वक्त गँवाए वह मीटिंग के लिए निकल गया। बंगले के मुख्य प्रवेश द्वार पर एक सुरक्षा चौकी थी जहाँ मशीनगन से लैश विशेष सुरक्षा दल के जवान चौबीसों घंटे तैनात रहते। साथ ही बंगले की निगरानी सीसीटीवी के द्वारा होती थी। बंगले के चारों और सात फुट ऊँची दीवार थी। दीवार के ऊपर काँच के टुकड़े और उसके ऊपर कँटीली तारों की बाड़ लगी थी जिसे फाँद कर अंदर आना असंभव था। मुख्य द्वार से बंगले के अंदर प्रवेश करने के बाद सीधे जाकर बाईं तरफ एक रास्ता था जो बाघमारे ऑफिस की ओर जाता था। और मुख्य प्रवेश द्वार से नाक की सीध में एक रास्ता जाता था वहाँ उसका आवास था। बंगले के परिसर में चारों कोनों पर चार ऊँची चौकियाँ थीं जहाँ से बंगले के बाहर की गतिविधियों पर नजर रखा जाता था। बंगले के सामने बड़ा-सा बागीचा था।

महफिल का रंग वहाँ उपस्थित लोगों पर चढ़ने लगा था। साढ़े आठ बजे अखिलेश के मोबाइल की घंटी बजती है। मोबाइल हाथ में लेकर अखिलेश ने बैरा को इशारा किया। बैरा सबकी नजर बचाकर वहाँ से निकल गया। शोर का बहाना करके अखिलेश मोबाइल हाथ में लेकर वहाँ से निकल सीधे मेन गेट पर पहुँच गया। यहाँ मौजूद सुरक्षा कर्मी कुछ कलाकारों की तलाशी ले रहे थे। अखिलेश कलाकारों को भीतर जाने देने के लिए सुरक्षाकर्मियों को आदेश देता है। तीनों कलाकार गाड़ी में बैठ बंगले में प्रवेश कर गए। अखिलेश वहीं खड़ा हो सुरक्षा कर्मियों से बातें करने लगा। इनसे सुरक्षा इंतजाम का जायाजा लेने लगा। विजिटर्स गाड़ियों के लिए गैरेज प्लेस में अन्य गाड़ियों के पास गाड़ी खड़ी कर तीनों कलाकार बाघमारे के ऑफिस की ओर चल पड़े। कुछ देर तक सुरक्षाकर्मियों से बातें करने के बाद अखिलेश वापस आकर बाघमारे के पास वाली कुर्सी पर बैठ गया। तीनों कलाकार ऑफिस की तरफ चले जाते हैं। ऑफिस के अंदर लाइट जल रही थी, पर बाहर घना अँधेरा था। ऑफिस के दरवाजे पर बाहर से कुंडी लगी थी। तीनों चुपचाप ऑफिस में घुस गए और दरवाजा सटा दिया। उधर गाने-बजाने की आवाजें तेज होती गईं। शीतल प्रसाद ऑफिस के भीतर दरवाजे के पास दीवार से सटकर खड़ा हो पहरा देने लगा। शिव और सुमेधा सीधे बाघमारे के ऑफिस में घुस गए। डुप्लीकेट चाभी से सुमेधा ने अलमारी का ताला खोला। अलमारी के पट खोलने के लिए जैसे ही

उसने हैड़ल हाथ में पकडा शीतल प्रसाद ने कमरे के दरवाजे पर कंकड फेंक के मारा कर। आवाज सुन दोनों हड़बड़ा गए और जल्दी-जल्दी बाघमारे की टेबल के नीचे छुप गए। तभी ऑफिस का गेट खुलता है और जूते के चरमराने की आवाज कानों में पड़ती है। एक सिक्योरिटी गार्ड ऑफिस के अंदर आया और सामने के कमरे की खिड़कियाँ बंद करने लगा। हड़बड़ी में अलमारी में चाभी लगी रह गई। चाभी का पकड़ा जाना पूरा प्लान चौपट कर सकता था। चाभी को हर हाल में अपने पास सुरक्षित रखना उनकी प्राथमिकता थी। सुमेधा अलमारी से चाभी निकालने के लिए टेबल से बाहर आने की कोशिश करती है। इधर जूतों की आवाज धीमी हो गई, मौका देखकर सुमेधा टेबल के नीचे से बाहर निकली और उसने अलमारी से चाभी खींच लिया पर चाभी उसके हाथ से छूटकर जमीन पर गिर पड़ी। चाभी के गिरने की आवाज सुनकर गार्ड दौड़कर कमरे में आया। कमरे में चारों तरफ नजरें दौड़ाने के बाद खिड़की के पास गया और परदा हटा बाहर झाँकने लगा। चाभी टेबल के पास जमीन पर पड़ी थी। हाथ बढ़ाकर उठाने की कोशिश में पकड़े जाने का खतरा था। इधर गार्ड खिड़की की तरफ पीठ करके सरसरी नजर से कमरे का मुआयना करने लगा। फिर बाथरूम की तरफ गया और दरवाजा खोलकर भीतर झाँका। फिर दरवाजा बंद कर कमरे से बाहर जाने के लिए मुड़ा। उसे बाहर जाता देख सुमेधा हाथ बढ़ाकर चाभी को पकड़ लेती है। हाथ पीछे खींच पाती उससे पहले गार्ड तेजी से उलटे पाँव कमरे में वापस लौट आया और बड़े-बड़े डग भरता हुआ खिड़की की तरफ बढ़ा। सुमेधा का हाथ गार्ड के जूते के नीचे बुरी तरह दब गया। वह दर्द से छटपटा उठी। छटपटाहट में मुँह से चीख निकले इससे पहले शिव ने उसका मुँह अपने हाथ से कसकर दबा दिया। चीख घुटकर मुँह के भीतर रह गई, पर दर्द से उसका चेहरा लाल हो गया। गार्ड खिड़की का पर्दा ठीक करके कमरे से बाहर जाने के लिए मुड़ता है कि तभी उसके हाथ से छूटकर वॉकी-टॉकी फर्श पर गिर पड़ी जैसे ही वह वॉकी-टॉकी उठाने के लिए झुका अचानक ऑफिस की लाइट चली गई। अँधेरे में जमीन को टटोलकर वॉकी-टॉकी उठा गार्ड कमरे से बाहर चला गया और जाते-जाते बाहर से कमरे का दरवाजा बंद करता गया। तभी लाइट वापस आ गई। बाघमारे के ऑफिस का दरवाजा खोल गार्ड फिर कमरे में दाखिल हुआ। उसके कदमों की आहट सुनकर शिव और सुमेधा घबरा गए। टेबल के नीचे चुपचाप साँस रोक बिना हिले-डुले बैठे रहे। गार्ड ने कमरे की लाइट्स बुझा

कमरा बाहर से बंद कर दिया और ऑफिस से बाहर निकल मेन डोर की कुंडी लगा दी। काफी देर तक किसी भी हलचल की आवाज नहीं सुनाई दी तो दोनों ने एक साथ गहरी साँस छोड़ी और अपनी जेबों से मोबाइल फोन निकालकर कमरे में रोशनी की। बिना कोई आवाज किए दबे कदमों से दोनों टेबल के नीचे से बाहर निकले। सुमेधा ने आहिस्ता से अलमारी का दरवाजा खोला। मोबाइल की रोशनी में दोनों फाइलों के पन्ने पलटने लगे। अलमारी में रखी अधिकांश फाइलों पर 'गोपनीय फाइल' लिखा था। इन फाइलों के ढेर ने दोनों की मुसीबत बढ़ा दी थी। हर फाइल को खोलकर देखने में काफी वक्त बर्बाद हो रहा था। सुमेधा और शिव के बाघमारे के कमरे के भीतर जाने के बाद शीतल प्रसाद ऑफिस का दरवाजा सटाकर खिड़की के पास खड़ा हो गया और बाहर होनेवाली गतिविधियों पर नजर रखने लगा। ऑफिस के बाहर काफी अँधेरा था। सभी लाइटें पहले से ही बुझा दी गई थीं। बंगले के सामने चल रहे जश्न की आवाजें यहाँ उसके कानों तक पहुँच रही थीं। तभी अँधेर में एक परछाई ऑफिस की ओर बढ़ती दिखी। शीतल प्रसाद ने जेब से कंकड़ निकालकर कमरे के दरवाजे पर मारा और खुद कमरे में रखे सोफे की आड़ में छुप कर बैठ गया। कंकड़ की आवाज दोनों के लिए चेतावनी थी। गार्ड ऑफिस का दरवाजा खोल अंदर आता है। और सामने के कमरे की खिड़कियों को बंद कर सुदीप के कमरे की तरफ जाता है। तभी उसके कानों में चाभी के गिरने की आवाज सुनाई पड़ती है। आवाज सुनकर गार्ड तेजी से बाघमारे के कमरे की ओर दौड़ता है। इधर सोफे के पीछे से निकलकर शीतल प्रसाद दबे पाँव इलेक्ट्रिक बोर्ड के पास पहुँच जाता है और वह मेन स्विच बंद कर देता है। गार्ड कमरे से बाहर निकल कर बाहर से दरवाजा बंद कर देता है। शीतल प्रसाद से गार्ड के कदमों की आहट का सही अनुमान लगाने में चूक होती है। उसे लगता है कि गार्ड ने ऑफिस का मुख्य दरवाजा बंद किया है और इसी गलतफहमी में वह मेन स्विच ऑन कर देता है। लाइट आने पर गार्ड वापस बाघमारे के कमरे में जाता है और बत्तियाँ बुझाकर ऑफिस से बाहर निकलकर दरवाजा बंद करके चला जाता है। सुमेधा और शिव फाइलों की उधेड़बुन में व्यस्त थे तभी शीतल प्रसाद कमरे का दरवाजा खोलता है। दरवाजे के अचानक खुलने से शिव और सुमेधा घबरा जाते हैं। मोबाइल के स्क्रीन पर हाथ रख दोनों भागने की कोशिश करते हैं।

"श्श्श्श... मैं हूँ।"

"तुम ? (दोनों एक साथ कह उठे) ओह, हमें लगा खेल खत्म।"

"कुछ मिला ?"

"अरे कहाँ, ये अलमारी नहीं है, कुबेर का खजाना है। अलमारी गोपनीय फाइलों से भरी पड़ी है। मंत्रालय की गोपनीय फाइलें निजी ऑफिस में क्या कर रही हैं, ये मेरी समझ के बाहर है।"

"बड़ा खिलाड़ी है तो इन फाइलों में उसके बड़े-बड़े खेल दफन होंगे।" शिव ने कहा। काफी माथापच्ची के बाद तीनों फाइल के ढेर में से अपनी फाइल ढूँढने में कामयाब रहे। फाइल से सभी पन्ने निकालकर उसकी जगह कुछ टाइप कागज रख दिए। कागज को सँभाल के रखने का काम सुमेधा को सौंपा गया। सुमेधा ने अपने कपड़ों के भीतर शरीर पर एक बड़ा-सा कपड़े का पाउच बाँध रखा था। उसी पाउच में सारे कागजों को सँभालकर रख लिया और सबूत की तलाश खत्म हुई।

मिशन फाइल की खोज तो कामयाब रही, पर इस वक्त उनके सामने सबसे बड़ा चैलेंज था यहाँ से सही सलामत बाहर निकलना। ऑफिस से बाहर निकलने का रास्ता बाहर से बंद था। दरवाजे पर कुंडी लगी थी। खिड़कियों पर सुरक्षा के लिए लोहे के ग्रिल लगे थे जिन्हें तोड़ने की कोशिश करना उनके लिए मुसीबत खड़ी कर सकती थी। तीनों दरवाजे के पास खड़े थे। शीतल प्रसाद दरवाजे के दाएँ पट को शरीर से बाहर की तरफ धकेलने लगा इससे दोनों पटों के बीच जरा-सा गैप बन गया। शिव ने अपने झोले से पतली तार निकाली और दरवाजे के दोनों पटों के बीच से तार को बाहर निकाल कुंडी को खोलने की कोशिश करने लगा। तार से कुंडी को धकेलने में पसीना छूटने लगा। थक-हार कर कुंडी के बोल्ट को पास की लकड़ी के चाकू की मदद से खुरचने लगे फिर हेयरपिन की सहायता से उसे निकाल लिया। बोल्ट के ढीला होते ही नट को तार की मदद से बाहर धकेल दिया और उसकी खाली जगह से तार बाहर निकाल कुंडी को धकेलने लगे। काफी मशक्कत के बाद दरवाजा खुला और तीनों ऑफिस से बाहर निकल गए। दरवाजे को कुंडी लगा वे अपनी गाड़ी की तरफ बढ़ने लगे। जश्न अभी जारी था। गाने-बजाने की आवाजें उन तक पहुँच रही थीं यानी सब प्लान के अनुसार चल रहा है, ये सोच कर तीनों ने राहत भरी निगाहों से एक-दूसरे को देखा। तीनों चौकन्ने होकर अँधेरे में आगे बढ़ रहे थे। बंगले की ओर जाने वाले रास्ते पर रोशनी थी, पर ऑफिस वाले रास्ते पर अँधेरा था। दूर रोशनी में दो

गार्ड खड़े होकर आपस में बातें कर रहे थे। उनके साथ एक हट्टा-कट्टा कुत्ता खड़ा था। एक गार्ड के हाथ में उस जर्मन शेफर्ड कुत्ते की जंजीर थी। हर घंटे पर दो गार्ड कुत्तों के साथ बंगले का एक चक्कर लगाते थे। गार्ड्स को देखकर तीनों ऑफिस की तरफ वापस मुड़ गए। कुत्ता ऑफिस की तरफ देखकर भौंकने लगा। कुत्ते के भौंकने की आवाज सुन तीनों घबरा गए और तेज कदमों से चलते हुए ऑफिस के दाईं तरफ वाली दीवार की ओट में जाकर छिप के खड़े हो गए और उसी अवस्था में सरकते हुए ऑफिस के पीछे की ओर जाने लगे। दोनों गार्ड ने ऑफिस की ओर टॉर्च की रोशनी डाली और दोनों धीरे-धीरे कुत्ते के साथ ऑफिस की तरफ बढ़ने लगे। हर बढ़ते कदम के साथ कुत्ते का भौंकना खूँखार होता गया। दोनों गार्ड को कुत्ते के साथ अपनी ओर बढ़ता देख वे दीवार की आड़ में साँस रोक कर खड़े हो गए। भागने का कोई रास्ता न देख तीनों के दिल जोर से धड़कने लगे। अचानक कुत्ता जंजीर छुड़ाकर झाड़ियों की तरफ दौड़ा। झाड़ी में वह किसी चीज के ऊपर झपटा। अचानक एक बिल्ली झाड़ी से बाहर निकलकर तेजी से बंगले की ओर भागी। उसके पीछे कुत्ता जी जान लगा के दौड़ पड़ा। दोनों गार्ड भी कुत्ते के पीछे दौड़ पड़े। कुत्ते को जाता देख तीनों की जान में जान आई और तीनों ने अपने दिल पर हाथ रख राहत की साँस ली। गार्ड और कुत्ते, दोनों के आँखों से ओझल होने के बाद वे कार के पास जाने लिए ऑफिस के सामने की ओर बढ़ने लगे कि अचानक तभी ऑफिस के सामने उजाला हो गया। सभी लाइट्स जल उठीं। वे झट पीछे की ओर भाग खड़े हुए। तीनों के चेहरों पर एक बड़ा-सा क्वेश्चन मार्क था। जवाब की उम्मीद में एक-दूसरे का चेहरा ताकने लगे। सुमेधा माथे पर हाथ रख होंठ अंदर की तरफ भींचकर आसमान को निहारने लगी। शिव जमीन पर बैठ गया शीतल प्रसाद अपनी जगह खड़ा रहा। आगे बढ़ना खतरों से भरा था। पीछे लौटने में ही समझदारी है। तीनों ने ऑफिस के पीछे जाने का फैसला लिया। शीतल प्रसाद ने शिव का हाथ पकड़कर उठाया और बोला, "खेल जितना बड़ा होता है, खतरा भी उतना मजेदार होता है।"

तीनों राजस्थानी लोक कलाकारों की वेशभूषा में थे। शिव और शीतल प्रसाद ने परंपरागत सफेद राजस्थानी धोती-कुर्ता और सिर पर रंगीन पगड़ी बाँध रखी थी। मुँह पर लंबी मूँछे थीं। साथ ही चमड़ी का रंग काला था और सुमेधा ने कालबेलिया नृत्यागनाओं वाली घेरदार घाघरा के साथ सिर पर काली ओढ़नी ओढ़ रखी थी। घाघरे में परंपरागत कढ़ाई की गई थी। छोटे-बड़े रंग-बिरंगे काँच

के टुकड़ों से घाघरे की खूबसूरती निखर के आ रही थी। वहीं घाघरे के वजन से सुमेधा को चलने में काफी मुश्किलें पेश आ रही थीं। ऑफिस के सामने की रोशनी का प्रभाव ऑफिस के पिछले भाग में पड़ रहा था जिससे आस-पास की चीजें को देखने में आसानी हो रही थी। रोशनी में सुमेधा के घाघरे पर लगे काँच के टुकड़े चमक बिखेर रहे थे जिससे सुमेधा के लिए अँधेरे में छुपना मुश्किल हो रहा था। उसके पकड़े जाने का खतरा बढ़ गया था। चलते-चलते तीनों ऑफिस के पीछे पहुँच गए। बाउंड्री वाल और ऑफिस के बीच काफी चौड़ी जगह थी। कम-से-कम बीस फुट का फासला था। बाउंड्री वॉल से सटी फूलों की क्यारियाँ थीं और जमीन पर हरी घास थी। आस-पास काफी सारा छोटा-बड़ा फालतू सामान इधर-उधर बिखरा पड़ा था। काँच की खाली आवारा बोतलें जमीन पर लुढ़की पड़ी थीं।

शिव और शीतल प्रसाद आगे और सुमेधा उनके पीछे दीवार का सहारा लेकर चलने लगी। अचानक सुमेधा का पैर घाघरे में उलझ गया और वह धड़ाम से जमीन पर औंधे मुँह गिर पड़ी।

दोनों ने सहारा देकर उसे उठाया, दर्द से कराहते हुए वह जमीन पर बैठ अपने घुटनों को सहलाने लगी। कुछ देर के बाद उठकर खड़ी हुई और अपने कपड़ों को झाड़ दोनों को आगे बढ़ने का इशारा किया। दोनों आगे बढ़ने लगे। सुमेधा ने घाघरे के सामने का एक सिरा पकड़कर उसे पैरों के बीच से निकाल पीछे कमर में खोंस लिया। घाघरे को धोती की तरह पहनने से चलने में काफी आसानी हो गई। तीनों आगे बढ़ने लगे। वे दीवार के सहारे ऑफिस के बाईं ओर बढ़ने लगे। चलते-चलते वे बाईं तरफ आ पहुँचे थे। इस समय तीनों ऑफिस के पीछेवाली दीवार के बाईं छोर के आखिरी सिरे पर थे, पर समस्या जस-की-तस थी। ये भाग भी रोशनी से नहा रहा था। अगर इस बगल वाली बाईं दीवार के सहारे ऑफिस के सामने बढ़ने की कोशिश करते हैं तो पकड़े जाने का पूरा खतरा था क्योंकि दाईं दीवार के साथ बंगले की बाउंड्री वाल थी जो छुपने में मदद कर रही थी, पर इस तरफ सारे ताम-झाम थे। बंगले से बाहर निकलने की प्री-प्लानिंग पूरी तरह से फेल हो चुकी थी। नया आइडिया दिमाग में झाँक नहीं रहा था। तीनों अपने दिमाग के साथ जबरदस्ती करने में लगे थे।

तीनों जमीन पर बैठ गए। नीचे हरी घास थी और ऊपर सितारों से सजा आसमान। अगर कोई कवि ये सब देख ले तो रात के इस रूप का बखान करना

शुरू कर दे, पर तीनों की हालत पिंजरे में बंद शेर जैसी थी। दो गज जमीन पर उलट-पुलट रहे थे। यहाँ ज्यादा देर तक खुद को छिपाए रखना असंभव होता जा रहा था। बंगले के पहरेदारों से ज्यादा तीनों आवारागर्दी करते चूहों और कॉकरोच से डर रहे थे। चूहों और कॉकरोच को देखकर बड़े-बड़े महारथी बिदक जाते हैं और इन तीनों में से कोई भी इसका अपवाद नहीं था, बंदूकों को आँखे दिखा रहे थे और डर रहे थे चूहों से। इतना प्रेशर फील हो रहा कि तीनों की हालत प्रेशर कुकर में रखी दाल जैसी हो गई। सुमेधा का धैर्य जवाब दे गया और उसने खतरा उठाने का निर्णय लिया तो शिव और शीतल प्रसाद भी साथ हो लिए। तीनों विजिटर्स गैरेज की तरफ बढ़ने लगे। गैरेज और ऑफिस को एक पक्की पगडंड़ी अलग करती थी। इसके दोनों किनारों पर रंग-बिरंगे मौसमी फूलों के छोटे-छोटे पौधे लगे थे। पगडंडी की मंजिल के बारे में कोई मालूमात नहीं थी, बस इतना दिख रहा था कि इसे लांघ गैरेज की ओर आसानी से जाया जा सकता है। बाधा लाँघने को तैयार थे, लेकिन तभी तेजी के साथ एक बड़ी गाड़ी बंगले में घुसी, गाड़ी की आवाज सुन तीनों कूदकर जमीन पर पेट के बल लेट गए। तीनों घुटनों के बल आगे झाड़ियों की तरफ बढ़ने लगे। गैरेज में रोशनी नहीं थी। आसमान की रोशनी चीजों को देखने के लिए पर्याप्त थी। वहाँ कुछ लोग खड़े होकर बातें कर थे। शायद वे वहाँ खड़ी गाड़ियों के ड्राइवर थे। उन्हें देख सुमेधा, शिव और शीतल प्रसाद साँसे थाम कर वहीं उकड़ूँ बैठे रहे। हालाँकि झाड़ियाँ गैरेज और उनके बीच दीवार का काम कर रही थीं, पर सुमेधा के काँच जड़े लहँगे की झिलमिलाहट खतरे को न्यौता देने के लिए काफी था। संगीत वातावरण में पंख फैला रहा था। उसकी गूँज यहाँ तक सुनाई दे रही थी। सुमेधा ने पौधों की जड़ से गीली मिट्टी उठाकर अपने कपड़ों में लेप दी। तीनों गैरेज की ओर न जाकर आगे बढ़ने लगे। आगे वही पगडंड़ी थी जहाँ से छलांग लगाकर गैरेज के पास पहुँचे थे। सर्वेंट्स क्वॉर्टर्स की ओर जाती थी। क्वॉर्टर्स बड़े-बड़े पेड़ों से घिरा हुआ था।

उनके सामने सर्वेंट्स क्वॉर्टर्स थे। यहाँ काम करनेवाले नौकरों के रहने की जगह, सर्वेंट्स क्वॉर्टर्स के दरवाजे बाहर से बंद थे। सभी आज जश्न की तैयारियों में व्यस्त थे। जश्न अभी पूरे शबाब पर था क्वॉर्टर्स के अंत में पेड़ के नीचे दुनिया से बेखबर दो लोग शराब पीने में व्यस्त थे। शराब उन्हें अपनी धुन पर नचाने लगी थी। दोनों पुराने हिंदी फिल्मी गाने गा रहे थे और बड़ी-बड़ी हाँक रहे थे। आप ही अपनी तारीफ के पुल बाँधने में लगे थे। पहला बोला, "देख प्यारे सरकार

किसी की हो, मंत्री कोई हो, इस बंगले पर राज किसका चलता है, पता है न?"

"किसका राज चलता है गुरु?"

"अरे बकलोल हमारा... रामू शर्मा का और किसका?" बात खत्म होते ही उठकर खड़ा हो गया और बोतल सिर के ऊपर रख ठुमके लगाते हुए गाने लगा, "यहाँ के हम हैं राजकुमार आगे-पीछे हमारी सरकार... हम हैं राजकुमार... पिछले पंद्रह सालों से मैं इस बंगले में रहता हूँ। इन सालों में जाने कितने मंत्री आए, कितने गए, कुछ तो छह महीने में ही बोरिया-बिस्तर समेट के चलते बने, पर मुझे देख लो, अगले पंद्रह साल और रहूँगा इस बंगले में।"

"ये मंत्री जी तो कुछ ज्यादा ही टिक गए।"

"अरे ये तो पक्का घाघ है घाघ, एक गाली देने का मन हो रहा है।"

"श्श्श... दीवारों के भी कान होते हैं (सिर खुजाकर बोला) एक बात कहने का मेरा भी मन कर रहा है गुरु।"

"हूँ कह लो, वह क्या कहते हैं, क्या है (सिर खुजाते हुए बोला) याद नहीं आ रहा है, क्या कहते हैं उसको वो हाँ, डेमोक्रेसी, डेमोक्रेसी है। सबको अपनी बात कहने का हक है। तुम भी कहो जो कहना है। लजाओ मत लुगाई की तरह, मर्द हो, दहाड़कर कहो।"

"भोंपू नहीं है का भोंपू में बात कहने का मजा ही कुछ अलग है।"

सिर हिलाते हुए रामू बोला, "नहीं है, क्या किया जाए मजबूरी है। यहीं तो गरीब आदमी लाचार हो जाता है। साला नेता लोग भोंपू बजाए के और हम बिन भोंपू के नाचें।"

"वाह क्या शेर कहा है! दिल को खा गया तुम्हारा शेर, इसी गम में एक और हो जाए।"

"हाँ एक और हो जाए।" कहकर रामू दोनों के लिए जाम बनाता है। ग्लास ग्लास से टकरा कर दोनों एक ही साँस में पूरा ग्लास गटक जाते हैं।

"गुरु तुम यहीं रुको, देखो पूरी मत पी जाना हम अभी आते हैं।"

"अरे कहाँ जा रहे हो, अभी तो महफिल का रंग चढ़ने लगा है और तुम हवा हो रहे हो क्या?"

"नहीं गुरु, जरा हल्का होकर आते हैं।"

"लो, जितना तुम पीते नहीं हो ससुर उससे ज्यादा तो निकालने में बिजी हो जाते हो।"

"लगता है गुरु विदेशी में पानी ज्यादा डाल दिए हो, सुसरी चढ़ भी तो न रही है।"

"तू हल्का हो के आजा अबके बिना पानी के चढ़ाएँगे।"

"ये ठीक रहेगी। कम पानी डालो, कम पानी निकालो, अबसे टोटल नीट, सेव भाटर (वाटर)।" और वह शौचालय की ओर चला गया।

रामू दोनों पैर कुर्सी पर रखकर बैठ गया और एक टक बोतल को ताकने लगा। बोतल हाथ में पकड़कर बोला, "रे मंत्री, तू तो साला बड़ा कमीना निकला। बोतल में मिलावट कर दी, ससुर अपने स्टॉक में भी कोई मिलावट करता है। पूरी खत्म होने आ गई, पर ससुरी चढ़ ही ना रही है।" तभी पेड़ के पीछे से निकलकर सुमेधा सामने आई और बोली, "बड़े साहबजी ये बाथरूम कहाँ पर है?"

"कौन है री तू?" सुमेधा को ऊपर से नीचे तक देखने के बाद बोला, "तू तो नाचने आई है, इधर में क्या कर रही हो?"

सवाल सुनते ही सुमेधा के अंदर छुपे अभिनय के कीड़े ने उसे जोर से काटा, नखरेली नार की तरह मटकती हुई बोली, "बड़े साहब जी, मैं बाथरूम जाने वास्ते निकली थी। ये देखिए हुजूर मेरे कपड़े खराब हो गए, कीचड़ लग गया है जी इनमें। इन कपड़ों से कैसे नाच पाऊँगी? साफ करना है घाघरे को।" सुमेधा की एक्टिंग थोड़ा ओवर हो गई थी, पर राहत की बात थी कि सामने दर्शक था, फिल्म समीक्षक नहीं, सो बिना घबराए वो परफॉर्मेंस देने के लिए रेडी थी।

"वह सब तो ठीक है, पर इधर कैसे चली आई?"

"जब मैं बाथरूम जा रही थी तो एक कुत्ता मुझे देख के भौंकने लगा। घबरा के मैं भाग खड़ी हुई और रास्ता भटक गई। मंत्री जी का घर तो महल जितना बड़ा है, किस ओर जाऊँ समझ न आ रही मुझे, आप समझदार दिख रहो हो, मुझ अकेली की मदद कर दो साहब, बड़ा उपकार होवेगा। आप बड़े दयालू दिखते हो हुकुम।" एक ही साँस में बोलती चली गई। रामू को इतनी चापलूसी पचाने की आदत नहीं थी। नशे पर चापलूसी का नशा चढ़कर बैठ गया। और दयालु शब्द की मर्यादा रखने के लिए उसने कमर कस ली। बेचारी की हालत पर तरस खा कुर्सी से उठकर सुमेधा का मार्गदर्शन करते हुए बोला, "मेरे पीछे-पीछे चलती रहो।" हिलते-डुलते सुमेधा को बाथरूम तक ले गया, "जाओ घबराना मत। मैं यहीं खड़ा तुम्हारा वेट कर रहा हूँ। कोई चिंता मत करना, समझ गई न।"

सुमेधा बाथरूम में जाने को हुई तो वह बोला, "सुनो अगर डर लगे तो हनुमान चालीसा पढ़ लेना और जो उससे भी डर न जाए तो मुझे आवाज देना, पर डरना नहीं, समझी? हमारे होते हुए किसी अबला नारी को डरने की जरूरत न है। हम यहाँ के परमानेंट स्टाफ हैं, समझी?"

"जी।" मुस्कुराकर गर्दन हिला सुमेधा बाथरूम के अंदर चली गई।

वह बाहर खड़ा हो सुमेधा का इंतजार करने लगा। थोड़ी देर बाद बाहर निकलकर उससे बोली, "साहबजी, आप का बहुत शुक्रिया! आप तो धर्मात्मा हो वर्ना आज के जमाने में कौन किसी की मदद करता है। इतना उपकार कर दिया अब जरा बंगले तक भी पहुँचा दो साहबजी, बड़ा उपकार होगा। अकेली गई तो फिर रास्ता भटक जाने का चानस है, मेरा मर्द मुझे ढूँढता होगा।"

वह सुमेधा को बंगले तक ले जाने के लिए मान गया। तभी उसका साथी बाथरूम से बाहर निकला। सुमेधा को वहाँ देख आँखे तरेरकर पूछने लगा, "कौन है री तू और यहाँ क्या कर रही है?"

सुमेधा डर के उसके पीछे जाकर खड़ी हो गई। रामू ने जवाब दिया, "डरा दिया बेचारी को, इसके कपड़े गंदे हो गए थे। साफ करने आई थी।"

साथी सुमेधा से बोला, "यहाँ से एकदम नाक की सीध में चली जाओ फिर बाएँ मुड़ जाना।"

"अकेली जाने में डर लगता है साहब जी, वह कुत्ता फिर पीछे पड़ गया तो क्या करूँगी। वह देखने में तो शेर जैसा लागे है साहब जी, वहाँ तक छोड़ आओ मेहरबानी होगी।"

"चल भाई, इसे छोड़ आते हैं अकेली औरत है। कुछ गलत हो गया तो लोग दिल्ली वालों को ही भला-बुरा कहेंगे। चल बेचारी मजबूर औरत की मदद कर दिल्ली का नाम रोशन करते हैं।"

दोनों आगे चल रहे थे सुमेधा उनके पीछे ऑफिस की तरफ बढ़ने लगी। वे ऑफिस के सामने गुजर रहे थे तभी पेड़ के पीछे से शिव बाहर आया और गुस्से में सुमेधा से पूछने लगा, "कहाँ थी अब तक?"

"जी मैं वो..."

"बकरी की तरह मैं-मैं क्या लगा रखी है और ये लोग कौन हैं? तू अपनी आदतों से बाज नहीं आएगी?" और उसके बाल पकड़ लिए सुमेधा खुद को छुड़ाने की कोशिश करने लगी, पर शिव ने उसके बालों को कसकर पकड़े रखा।

सुमेधा उसके हाथ-पाँव जोड़ने लगी। शिव ने उसके बालों को छोड़ दिया और लगा उसे पीटने।

"हरामजादी! कपड़े साफ करने के बहाने यार के साथ गुलछर्रे उड़ा रही है!"

"नहीं जी, मैं गलती से रास्ता भटक गई थी जी। वह कुत्ता मेरे पीछे पड़ गया था, उससे बचने के चक्कर में सब गड़बड़ हो गई और मै यहाँ आ गई तो देखा बड़े साहब थे यहाँ तो मैंने इनसे मदद माँगी।"

"चुप कुलटा कहीं की, यार के साथ रंगरलियाँ मना रही है और रास्ता भूल गई? हाँ, पागल समझ रखा है मुझे? तेरे सब त्रिया-चरित्र पता हैं, तू घर चल, आज तेरी अच्छे से खबर लेता हूँ।"

"ये क्या कह रहो हो जी आप? मुझे जो चाहे कह लो, हुजूर के बारे में ऐसा गलत न बोलो। ये तो साक्षात धर्मात्मा हैं।" उसने रामू के पैर पकड़ लिए और बोली, "साहब जी, आप ही मेरी बेगुनाही के बारे में सब जानतो हो, म्हारी मदद करो, ये आदमी एक नंबर का शक्की है, मेरी जान ले लेवेगा।"

रामू का साथी तैश में आकर बोला, "हाथ नहीं लगाना इसे, हमारी शरण में है, शर्म नहीं आती है औरत पर हाथ उठाते हुए? मर्द हो तो मुझे हाथ लगाकर दिखाओ।" हिलते-हिलते शिव को उँगली के इशारे से धमकाने लगा, "हाथ लगा, लगा न।"

"नहीं हुजूर, आप तो माई-बाप हैं, गलती हो गई हुजूर। ये औरत जात बड़ी बेबफा होती है सरकार, बड़ी हवेली वालों पर हमेशा नजर रहती है। आप चिंता न करो इसकी तो वह हालत..." कहकर सुमेधा को मारने लगा। दोनों उसे बचाने की कोशिश करने लगे। तभी शीतल प्रसाद बाहर आया और बोला, "अरे देर हो रही है। कार्यक्रम चल रहा है। अगला नंबर अपना है। कहाँ हो तुम दोनों? कब से ढूँढ रहा हूँ इस भूलभुलैया में।" सुमेधा को छोड़ शिव, शीतल प्रसाद की ओर झपटा, "लो आ गए एक और चाहने वाले।" फिर उसने शीतल प्रसाद को धक्का दे दिया। जवाब में शीतल प्रसाद ने भी उसे धक्का दिया। इसी के साथ दोनों के बीच हाथापाई शुरू हो गई। सुमेधा हाथ जोड़कर दोनों को झगड़ा खत्म करने की प्रार्थना करती रही। शीतल प्रसाद को छोड़ शिव फिर सुमेधा की तरफ बढ़ा। शिव को अपनी तरफ आते देख वह रामू के पीछे जाकर खड़ी गई।

"बच के कहाँ जाएगी तू, जान से मार दूँगा।"

शरणागत सुमेधा को धमकाए जाने से रामू तैश में आ गया, "हमारे सामने धमकाते हो, इतनी हिम्मत। ये सच कह रही है। बेचारी रास्ता भटक गई थी। चुपचाप जाओ और नाच-गाना करो। खबरदार जो उसे हाथ लगाया। (सुमेधा की ओर देखकर बोला) तुम घबराओ नहीं, अगर ये हाथ लगाएगा तो इसकी खबर लेने के लिए तुम्हारा ये भाई है यहाँ। बेफ्रिक होकर जाओ।" सुमेधा ने फिर उसके पैर पकड़ लिए, "बड़े साहब जी, आप मुझे अपनी निगरानी में वहाँ छोड़ दो। इसका भरोसा नहीं, फिर मारेगा। बात-बात पर शक करता है। गाय का तरह इसकी हर बात में बस सिर हिलाती रहती हूँ, फिर भी शक करे है पर आप तो जानते हो मैं एक शरीफ औरत हूँ।"

रामू के साथी ने शिव के कंधे को धक्का देते हुए कहा, "चल चुपचाप वर्ना अभी पुलिस के हवाले कर दूँगा, जानता है न हम कौन हैं?" पुलिस की धमकी सुनकर शिव शांत हो गया। फिर तीनों उन दोनों के पीछे-पीछे चल दिए। ऑफिस के सामने से होते हुए बंगले की तरफ जाने लगे तभी एक गार्ड ने उन्हें रोककर पूछा, "रामू कौन हैं ये लोग, यहाँ क्या कर रहे हैं?" उसने गार्ड को पूरी महाभारत एक साँस में सुना दी। पूरी कहानी जानने के बाद गार्ड ने उन्हें वहाँ से जाने को कहा। बंगले की ओर जाने वाले रास्ते की ओर इशारा करते हुए गार्ड ने तीनों को उस ओर जाने का इशारा किया। तीनों ने गार्ड से हाथ जोड़कर विदा ली और बंगले की तरफ बढ़ने लगे। अभी दो कदम ही आगे बढ़े थी कि तभी अचानक सुमेधा गिर पड़ी और उसके मुँह झाग निकलने लगा। सुमेधा के मुँह से झाग निकलता देखकर शिव और शीतल प्रसाद घबराकर रोने लगे। शिव भाग कर गार्ड को बुलाने चला गया। कुछ ही देर बाद दो गार्ड वहाँ पहुँच गए। सुमेधा को तड़पता देख गाड्र्स भी घबरा गए। शिव रो-रोकर उनसे मदद की गुहार लगाता रहा, "साहब जी मर जाएगी ये। पता नहीं क्या हो गया इसे, इसे डॉक्टर के पास ले चलो साहब जी, मर जाएगी।" पहला गार्ड बोला, "अभी-अभी तो अच्छी भली थी, इतनी जल्दी क्या हो गया इसे?"

"चलते-चलते अचानक गिर पड़ी और इसके मुँह से झाग निकलने लगा साहब जी।"

"तूने कुछ खिला तो नहीं दिया इसे?"

"नहीं साहब जी, मैं भला ऐसा क्यों करूँगा। गुस्से में हाथ उठ जाता है, पर कुछ गलत-सलत क्यों खिलाऊँगा?"

शिव के समर्थन में शीतल बोला, “हमारे साथ ही चल रही थी, ऐसा कुछ तो न देखा मैंने।”

“अरे इस बेचारी को जल्दी हस्पताल ले चलो। ये बातों का बख्त ना है, मर जाएगी। बातें तो बाद में भी हो सकती हैं। अगर बख्त पर हस्पताल नहीं पहुँची तो मर जाएगी। जल्दी करो गाड़ी में डालो इसे, जल्दी करो।” दोनों की बातों में दखल देते हुए शिव ने कहा, फिर अपनी धोती से मोबाइल फोन निकाल किसी को फोन पर बोला, “दद्दा, भवरी की तबीयत खराब हो गई है। हम लोग उसे हस्पताल ले जा रहे हैं। आप अब हमारे बिना ही काम चला लो।” चारों सुमेधा को उठाकर गाड़ी की सीट पर सुला देते हैं। वह अभी भी बेहोश थी। शीतल प्रसाद ड्राइवर के पासवाली सीट पर बैठ गया और शिव सुमेधा के सामने वाली सीट पर बैठ गया। शीतल ने ड्राइवर को चलने का इशारा किया और गाड़ी बंगले से बाहर निकल गई। दो मिनट बाद गाड़ी हवा से बातें करने लगी।

#27#

पांडे जी के समझाने के बाद मुस्कान रीहान के एनकाउंटर की सीबीआई द्वारा जाँच कराने के लिए हाई कोर्ट में याचिका दायर करती है। पुलिस और गृह मंत्रालय याचिका का कोर्ट में विरोध करता है, पर विरोध के बावजूद कोर्ट मामले की जाँच का काम सीबीआई को सौंप देती है। कोर्ट के इस फैसले से शांतिपुर संवेदनशील थाना में सभी के माथे पर पसीना आ गया और पैंट ढीली हो गई। पैंट को बेल्ट से कसकर सभी फिर से एकजुट हो जाते हैं स्मस्या से छुटकारा पाने के लिए, सिवाय दुलाल के।

सोमेश के ऑफिस में विनय, शीतल प्रसाद, सुमेधा और शिव प्रसाद टीम की कामयाबी पर जश्न कर रहे थे। शिव ने सोमेश से कहा, "सर सुमेधा को दाद देनी पड़ेगी। वक्त पर सिचुएशन को सँभाल लिया वर्ना इस वक्त चैनल पर हमारी खबर आ रही होती।"

"ये बात तो सही है। कोई भी प्लान परफेक्ट नहीं होता। प्लान को परफेक्ट बनाया जाता है। प्लान पूरी तरह से फेल होने के बाद प्रेजेंस ऑफ मांइड के साथ क्राइसिस मैनेजमेंट के जरिए और इसमे सुमेधा मास्टर है कुडोस सुमेधा।" शीतल प्रसाद ने कहा।

"आप लोग मुझे शर्मिंदा कर रहे हैं।"

"मिशन इंसाफ की कामयाबी के पीछे सुमेधा की कड़ी मेहनत है।"

"सर, सारे सबूत हमारे पास हैं। गृहमंत्री को हर हाल में इस्तीफा देना पड़ेगा। रही बात उन मामुओं की तो सब को अपनी उम्र जेल में बितानी पड़ेगी। बहुत मुफ्त की रोटी तोड़ ली निकम्मों ने। मजा तो तब आता जब बाघमारे को सलाखों के पीछे सड़ते हुए देखती।"

"काश ऐसा होता! पर ये तो तय है उसके राजनीतिक भविष्य का दि एंड

आ चुका है। ये घड़ा कब फोड़ रहे हैं सर?" शिव ने पूछा।

"सही वक्त पर, अगले हफ्ते संसद का सत्र शुरू हो रहा है। बस तभी जिन्न बोतल से बाहर आएगा। तब तक हमें पूरी सावधानी बरतनी है। किसी को भी इस बारे में भनक नहीं लगनी चाहिए।" सभी ने एक साथ सिर हिलाकर उसकी बात का समर्थन किया। 'खुल जा सिम सिम' स्टाइल के साथ हाथ घुमाकर अखिलेश ने ब्रीफकेस खोला, "बड़ी खूबसूरत है हमारे पूज्य नेता बाघमारे जी की विनाश कुंड़ली। अब आया बाघमारे पिंजड़े में सोमेश एक्सीलेंट वर्क।"

"सोमेश, समझो पाँच सौ करोड़ रुपये तुम्हारे मलेशिया वाले एकाउंट में पहुँच गए।" सचिव ने कहा।

"सोमेश, बड़ी मोटी कीमत वसूल रहे हो अपने काम की।"

"सर, गद्दी भी तो मोटी मिल रही है आपको। एक छोटे-से-छोटा स्कैम भी हजारों करोड़ों रुपयों का होता है। उनके सामने ये पाँच सौ करोड़ रुपये भिखारी के कटोरे में पड़े चिल्लर के समान हैं। आप रुपयों के महासमुद्र में गोते लगाने वाले हैं, कुछ छीटें तो हम पर भी पड़ने चाहिए। आखिर जान पर खेल कर हमने आप के रास्ते के काँटे को उखाड़ा है।"

संसद का सत्र शुरू होने में तीन दिन का समय था। उससे पहले ही गृहमंत्री बाघमारे ने अपने पद से इस्तीफा सौंप, अपनी जगह अखिलेश सिंह को गृहमंत्री बनाने की सरकार से सिफारिश की, जिसे सरकार ने मान लिया और अखिलेश सिंह देश का नया गृहमंत्री बन गया। इस अप्रत्याशित घटना से राजनीतिक गलियारे में सभी भौंचक्के रह गए। कयासों के बाजार गर्म हो गए, पर किसी को भी असली कारण की भनक नहीं लगी। बाघमारे ने पार्टी के तमाम पदों से इस्तीफा दे दिया और आनन-फानन में प्रेस कॉन्फ्रेंस कर, बिगड़ती सेहत का बहाना बना सक्रिय राजनीति से कुछ समय तक दूर रहने की घोषणा कर डाली।

बाघमारे के इस कदम से देश और मीडिया के साथ-साथ विनय, शीतल प्रसाद, शिव और सुमेधा तीनों हैरान रह गए। खबर सुनने के बाद सुमेधा आँधी की तरह सोमेश के केबिन में घुसती है और सवाल करती है, "ये क्या हो रहा है? बाघमारे इतनी आसानी से नहीं बच सकता। ये सरासर धोखा है।" सिर पर हाथ रखकर सोमेश की आँखों में देख बोली, "सर, आप भी बिक गए?"

"जो हम चाहते थे, वही हुआ है। बाघमारे खत्म हो चुका है।"

"उसे खत्म करना ही एकमात्र मकसद नहीं था। उसे उसके गुनाहों के लिए

उसे देश के सामने नंगा करना था।"

"और ऐसा करके हमें क्या मिलता? दस दिन की टीआरपी और चैनल नंबर वन की रेस, एक करोड़ तुम्हारे एकांउट में भी जाएँगे। सभी अपना हिस्सा लेकर खुश हैं। धमाका फिर कभी करेंगे।"

असहमति से सिर हिलाती हुई सुमेधा बोली, "ये गलत है। मेरा मकसद सिर्फ और सिर्फ मुर्गे की बेगुनाही सबके सामने लाना था, न कि जालसाजी करना था। पैसों के लिए अपनी जान दाँव पर नहीं लगाई थी मैंने।"

"तुम जज्बाती हो रही हो। प्रैक्टिकल होकर सोचो। एक करोड़ कमाने में सारी उम्र बीत जाती है। दुश्मन को हम खत्म कर चुके हैं। देखा जाए तो एक तरह से मुर्गे को इंसाफ मिल चुका है। उसके गुनहगार का भविष्य खत्म हो चुका है, बाघमारे के लिए इससे बड़ी सजा कुछ और नहीं हो सकती है। उसका अंत हो चुका है।"

"पर उसे सजा नहीं मिली। सारे गुनहगार खुले में घूम रहे हैं... मैंने आप को औरों से अलग समझा था।"

"दुनिया में रहकर अलग सोच रखने से सिवाय भूख के कुछ हासिल नहीं होता।"

"उसका पर्दाफाश करने में क्या दिक्कत थी? कुर्सी तो वैसे भी उसके हाथ से निकल चुकी है।"

"सात साल से हो इस प्रोफेशन में, पर अभी भी तुम्हें काफी कुछ सीखना है। अगर सच्चाई लोगों के सामने आ जाती तो अखिलेश की पार्टी का जनाधार कम हो जाता। उसकी पार्टी की जीत में मुस्लिम वोट अहम रोल निभाते हैं, एनकाउंटर की सच्चाई से मुसलमानों में पार्टी के खिलाफ गुस्सा भड़कता और कोई भी अपने वोट बैंक को नुकसान नहीं पहुँचाना चाहेगा (टेबल पर पेन घुमाते हुए बोला)। फिलहाल, हमें अपनी इस कामयाबी का जश्न मनाना चाहिए। मुर्गे को इंसाफ दिलाने के लिए कोई और तरकीब सोचेंगे।"

"और फिर उसे भी किसी के हाथों में बेच देंगे।"

"जज्बात कभी काम के बीच नहीं आना चाहिए। मुझे पता है तुम मुर्गे की बेगुनाही सबके सामने लाना चाहती हो। हर चीज को अपने पास्ट से जोड़कर देखना गलत है।"

"गलत और सही का लेक्चर कम-से-कम आप के मुँह से शोभा नहीं देता

है।" इतना कहकर गुस्से में केबिन से बाहर निकल गई।

घंटे भर बाद सोमेश को अपना इस्तीफा सौंप दिया जिसे बिना पढ़े सोमेश ने फाड़कर कूड़ेदान में फेंक दिया, "चैनल में तुम्हारी जगह आज भी है। तुम चाहो तो कुछ दिन आराम करने के बाद वापस काम पर आ सकती हो।"

#28#

अपनी लाचारी पर सुमेधा का रोने का जी कर रहा था। अपने फ्लैट में अकेली बड़बड़ाती हुई लंबे-लंबे कदमों से कमरे को नापती रही, बीच-बीच में उँगलियों से हवा में कलाबाजियाँ करती तो कभी उन्हीं उँगलियों से जाने कौन-सा हिसाब-किताब बिठाने की कोशिशें करती। तभी मोबाइल की घंटी बजी और हड़बड़ाकर अपने खयालों की दुनिया से बाहर निकाली। फोन साहिल साहनी का था। फोन रिसीव कर गुस्से में साहिल से पूछा, "क्या है, क्यों फोन किया इस वक्त?"

"अभी शाम के सात ही बजे हैं। शायद फोन करने का सही समय है।"

"मुद्दे पर आओ।"

"ये सब क्या है, बिना धमाके के बाघमारे का पत्ता कट?"

"हूँ... पत्ता कट।"

"क्या हुआ, सोमेश ने कोई सीक्रेट डील कर ली क्या?"

"तुम कमीनेपन की बातें झट से कैसे जान लेते हो?"

"हमप्याला हमनिवाला... अपना तो सब कमीने लोगों के साथ होता है। फिर कैसे न जानें ये सब? अजी हम तो लिफाफा देखकर खत का मजमून भाँप लेते हैं।"

"यू नो, साहिल मुझे सोमेश से ऐसी उम्मीद नहीं थी। ऊँची आवाज में बोली, "अपनी जान पर खेलकर हमने सारे सबूत इकट्ठे किए थे और उसने पाँच सौ करोड़ में अखिलेश सिंह को बेच दिए।"

पाँच सौ करोड़ सुनते ही साहिल के मुँह से सीटी बज गई, "पांच सौ करोड़ रुपये? नॉट बैड और तुम्हें कितना ऑफर किया तुम्हारे बॉस ने?"

"एक करोड़।" सुनते ही साहिल की सीटी बज गई, "उसकी नौकरी और

पैसे दोनों उसके मुँह पर फेंककर आई हूँ।"

"लक्ष्मी खुद चलकर तुम्हारे दरवाजे पर डोर बेल बजा रही है और तुम मुँह धोने में बिजी हो?"

"साहिल ये केस मेरे लिए कितना अहम था, तुम अच्छी तरह जानते हो (उसकी आवाज में धोखे का दर्द झलकने लगा) आज नफरत हो रही है मुझे अपने पेशे से, हर कोई दलाल बन चुका है। जमीर तो बस गाली बनकर रह गया है। साधु के वेश में शैतान भरे पड़े हैं। नहीं करनी मुझे ऐसी नौकरी जहाँ अपना ईमान बेचना पड़े, हार गई हूँ मैं (निराश होकर बोली) सारे सबूत खत्म हो गए। साहिल कुछ भी नहीं बचा।"

"नौकरी को लात मारना सही फैसला नहीं है। सिस्टम से लड़ने के लिए सिस्टम का हिस्सा बनकर रहना जरूरी होता है। तुमने पहली बार चोट खाई है, हमारे लिए तो ये रोज की बात है। जान पर खेलकर अपराधियों को पकड़ते हैं, जितनी मुश्किल से ये लोग पकड़ में आते हैं उतनी ही आसानी से छूट जाते हैं। कोई मंत्री का साला तो कोई उस साले का साला। फिर उन सालों को सलाम ठोंको, और जो किसी के साले नहीं, वे साले कानून को अपनी रखैल बना पैसों की छन-छन पर नचाते रहते हैं, फिर भी हर रोज किसी अपराधी के लिए कानून का फंदा तैयार करते हैं। ये सोच कर कि कभी तो कोई साला फँसेगा इस फंदे में (बात बदलते हुए बोला) फिल्म देखने चलोगी? खर्चे कि चिंता मत करो। पूरा खर्चा मैं उठाऊँगा। पता है नौकरी तो तुमने छोड़ दी, अब खर्चा तो मुझे ही उठाना पड़ेगा।"

"तुम क्यों उठाओगे मेरा खर्चा?"

"अच्छा तो तुम ने एक करोड़ ले लिए।"

"नहींईईईई..."

"एक काम करो, तुम पैसे ले लो और मुझे दान कर दो, इससे तुम्हारा ईमान सलामत रहेगा और मेरा भला हो जाएगा।"

"जोकर वाली हरकत छोड़ो और मुझे आगे क्या करना चाहिए, ये बताओ।"

"रोटियाँ पकानी आती हैं तुम्हें?"

"रोटियाँ!"

"हाँ रोटियाँ, देखो नौकरी तो रही नहीं। ये बात मार्केट में फैले कि तुम अब करियर वूमन नहीं रही, बहनजी बन चुकी हो, उससे पहले शादी कर लो और

रोटियाँ पका कर अपने पति और बच्चों को खिलाओ। पैंतीस साल की होने वाली हो, घर-गृहस्थी कब बसाओगी?"

"पैंतीस नहीं, तैंतीस साल की हूँ।"

"शटअप, जब मैं बोलूँ तो बीच में टोका मत करो। और ये बताओ दो साल अपनी उम्र छुपाकर कौन-सा तुम्हें आमिर, सलमान या रितिक मिलने वाला है? एक बार शादी की उम्र बीत गई तो फिर सारी उम्र कुँवारी बैठी रहोगी। मेरी बात मानो बुढ़ापे में जॉगर्स पार्क में साथ में बैठने के लिए किसी की बुकिंग कर लो। अभी बुकिंग करोगी तो अच्छे ऑफर मिलने का चांस है। हसबैंड के साथ बायफ्रेंड मुफ्त मुफ्त मुफ्त।"

सुमेधा हँस पड़ी।

"बस ऐसे ही हँसती रहा करो, लाइफ है तो झमेले तो होंगे ही। बस दिल बड़ा रखो और कभी अपने बड़े से दिल में इस गरीब को मेहमान-नवाजी का मौका दो।"

"तुम बाज नहीं आओगे अपनी हरकतों से? मौका मिला नहीं कि शुरू हो जाते हो।"

"मौके पर चौके लगाने वाले ही कामयाब होते हैं। अच्छा चलो अब हाँ कर दो और ये बताओ दहेज में क्या दोगी?"

"दहेज भी चाहिए जनाब को, पता नहीं है दहेज लेना गैर-कानूनी है?"

"तो काम करो मुझे दहेज देने की बजाय तुम मुझसे दहेज ले लो।"

"आइडिया बुरा नहीं है। वैसे क्या दे रहे हो दहेज में चाँद या तारे?"

"चाँद-तारे छोड़ो, बड़ी आउटडेटेड हो, लो दहेज में तुम्हें अपना बुढ़ापा दिया। तुम भी क्या याद करोगी, वैसे तुम्हें रोटी पकानी तो आती है न या फिर मैं ये ऑफर किसी और को दूँ?"

"हूँ।"

"हूँ के आगे कुछ और कहने का कष्ट करो सुमेधा।"

"क्या सुनना चाहते हो?"

"वही जो तुम्हारे दिल में है, पर अपनी जुबाँ से तुम कहना नहीं चाहती।"

"रोटी पकानी नहीं आती, मैगी बना लेती हूँ और तुम क्या बना लेते हो?"

"मैं लोगो को बेवकूफ अच्छा बना लेता हूँ।"

"पता है, यानी लंच में मैगी और डिनर में बेवकूफ खाना पड़ेगा।"

"हाँ, नाश्ता घर से बाहर की करेंगे।"

साहिल की बातों ने थोड़ी देर के लिए सुमेधा को सच्चाई की कड़वाहट से दूर कर दिया, पर फोन रखते ही सुमेधा उन्हीं बातों को फिर से कुरेदने लगी। शाम गहराने लगी थी। वह चुपचाप अँधेरे में सोफे पर लेटे-लेटे दिमाग के हर दरवाजे को टटोल कर अपने लिए रोशनी तलाशने लगी। आँखों के सामने उसके द्वारा सुलझाए गए पुराने केस और स्टिंग ऑपरेशन की तस्वीरें तैरने लगीं। दिमाग में उठ रहा बवंडर जाने कब शांत हुआ पता नहीं। सुबह जब आँख खुली तो खुद को सोफे पर पाया और शरीर में अकड़न महसूस हो रही थी। चाय के साथ रोजाना न्यूज पेपर पढ़ना उसकी आदत थी, पर आज उसने पेपर को हाथ नहीं लगाया। लेपटॉप लेकर बैठ गई और अपना मेल बॉक्स चेक करने लगी। सुमेधा की हार हुई थी, पर उसने हिम्मत नहीं हारी थी। उसके सामने सबसे बड़ी चुनौती थी कि अब वह एकदम अकेली थी। एक आम नागरिक, सात साल से उसके पास पत्रकारिता की ताकत थी, हौसला था। अब उसके दोनों हाथ खाली थे। अपने पिता के खोए हुए सम्मान को वापस पाने की लड़ाई के बाद ये उसके जीवन की सबसे बड़ी और कठिन चुनौती थी। दोनों ही मामलों में एक समानता थी और वह यह थी निर्दोष को गुनहगार बनाने की सिस्टम द्वारा जान-बूझकर की गई लापरवाही। दोनों ही मामलों में एक और समानता थी दोनों ही लड़ाई के समय वह अकेली थी और एक आम इंसान थी। आज फिर आम आदमी के ताकत की आजमाईश की घड़ी थी।

घड़ी में सुबह के ग्यारह बजे थे। दरवाजे की घंटी बजी। दरवाजे पर बुर्के में मुस्कान खड़ी थी।

"अंदर आ जाओ, जगह ढूँढने में तकलीफ तो नहीं हुई?"

"नहीं कुछ खास नहीं, बस शहर के ट्रैफिक के कारण पहुँचने में देर हो गई, आप ने अर्जेंट आने को कहा था, कोई खास वजह?"

उसके के हाथ में एक पैकेट था। उसने पैकेट सुमेधा को दे दिया। सुमेधा, मुस्कान को घटनाक्रम विस्तार से सुनाती है। जैसे-जैसे सच की परतें खुलने लगती हैं मुस्कान की आँखों से आँसुओं की धारा बहने लगी। अपनी सिसकियों को दोनों हाथों के जोर से मुँह के अंदर दफन करने की नाकाम कोशिश करती रही, पर सिसकियाँ हथेलियों के बाँध तोड़कर चीखने लगीं। बिना कसूर के अपनी छाती पर मुक्के बरसाती रही। जब उसकी छाती इस बोझ को सहने में नाकाम

हो गई तो थक कर बेसब्र कदमों से कमरे में टहलने लगी। कभी अपनी मुट्ठियों को भींचती तो कभी पैर को जमीन पर पटक गुस्से की आग में सुलगते दिल और दिमाग के लिए सुकून तलाशती। जब बेचैनी का इजहार करते-करते थक गई तो सिर पर हाथ रख जमीन पर बैठ गई। सुमेधा ने उसके हाथों में गर्म कॉफी का मग थमाते हुए पीने का इशारा किया। पर वह टस-से-मस नहीं हुई। उसके कंधे पर हाथ रख बोली, "पी लो, मन हल्का लगेगा।"

"अब क्या होगा? हमारे हाथ पूरी तरह से खाली हैं, हर सबूत खत्म हो गया।"

खिड़की से बाहर देखते हुए बोली, "हाथ खाली नहीं हैं। बस सबूत नहीं हैं हमारे पास।"

"ये लड़ाई तो शुरू होने से पहले ही खत्म हो गई।"

"ऐसा सोचना गलत है, लड़ाई सबूतों से नहीं हौसलों से लड़ी जाती है। एक लिफाफे पर लगी डाकखाने की मुहर को हथियार बनाकर लड़ाई जीती जा सकती है। राह मुश्किलों से भरी है, हिम्मत और हौसले की जरूरत पड़ेगी। इस लड़ाई में सब कुछ दाँव पर लग सकता है। साथ हो न तुम?"

"मेरे पास खोने के लिए कुछ भी नहीं है, न इससे पहले कभी इतनी मजबूर थी, न ही कभी इतनी जिद थी मुझमें। अब तो बस पाने की जिद है। वो सब कुछ वापस चाहिए जिसे मेरे परिवार से छीना है रीहान भी..." आगे जुबान लड़खड़ा गई, आवाज गले में दब गई।

"काश उसे भी वा... (कुछ देर चुप रहने के बाद सुमेधा ने कहा) हमें पता है सच क्या है, बस अब सच को झूठ की कोठरी से आजाद कर इंसाफ की रोशनी में लाना है, अब हमें समस्या पर नहीं, समाधान पर ध्यान देना होगा।"

सुमेधा, मुस्कान के द्वार लाए पैकेट को खोलती है। उसमें एक काले रंग का बुर्का था। दोनों बुर्के में अपना चेहरा ढँक बिल्डिंग से बाहर निकल पैदल चलने लगीं। काफी दूर तक चलने के बाद टैक्सी में बैठ दोनों पुराने शहर की ओर चल पड़ीं। रास्ते भर दोनों चुप रहीं। बारिश सुबह से रह-रहकर बरस रही थी। सड़कों पर पानी भर गया था और गड्ढे पानी में डूब गए थे। टैक्सी ड्राइवर को गाड़ी चलाने में काफी मुश्किल हो रही थी। बार-बार टैक्सी के चक्के इन गड्ढों में चले जाते और जर्किंग होती। टैक्सी एक सँकरी गली के सामने रुक गई। टैक्सी से उतर दोनों पैदल चलने लगीं। बारिश के पानी से गली की हालत बदहाल थी।

सड़क और नाली का अंतर खत्म हो चुका था। उस पर बड़े-बड़े गड्ढे थे। दोनों सँभलकर कदम आगे बढ़ाने लगीं। फिर एक घर के सामने रुक कर सुमेधा ने दरवाजे पर दस्तक दी। दरवाजा खुला। एक अधेड़ उम्र के आदमी ने उन्हें अंदर आने का इशारा किया। दोनों भीतर चली गईं। गीला छाता एक कोने में रख दोनों कमरे में रखी कुर्सियों पर बैठ गईं। सुमेधा ने चेहरे से परदा हटाया और घर के मालिक को अपना परिचय दिया। मुस्कान परदे के भीतर ही रही।

"काम हो जाएगा पर खर्चा काफी होगा। काम खतरनाक है तो कीमत भी जाहिर है ऊँची चुकानी पड़ेगी और रही बात कैमरे वगैरह की तो वह सब हो जाएगा। हाँ, अगर कैमरों को किसी तरह का नुकसान होता है तो उनकी पूरी कीमत चुकानी होगी। मैं आप लोगों के साथ लोकेशन पर मौजूद रहूँगा। सारा इंतजाम हो चुका है, बस एक्शन बोलने की देरी है।" उसने एक साँस में पूरी बात कह डाली।

सुमेधा ने हैंड बैग से नोटों की एक गड्डी निकाली और समर सिंह को सौंप दिया। समर सिंह ने टेबल के ड्रॉअर से दो बटन निकालकर उसे दिए और बोला, "ये आप दोनों के लिए हैं।" काफी देर तक तीनों के बीच बातचीत होती रही। सुमेधा अपनी प्लानिंग समझाती रही। बीच-बीच में समर सिंह भी प्लानिंग पर अपनी राय देता। प्लानिंग पर चर्चा पूरी होने के बाद उसने मुस्कान से पूछा, "डर तो नहीं लगेगा तुम्हें, याद रखना, तुम अगर डर गईं तो हमारे घरवालों को हमारी लाश तक देखने को नहीं मिलेगी।"

"आप इत्मीनान रखें, ऐसा कुछ नहीं होगा। जब हारने के लिए मेरे पास कुछ है ही नहीं तो फिर डर कैसा?"

समर सिंह सुमेधा की ओर देखकर बोला, "इन्हें सारी बात अच्छी तरह से समझा देना।" फिर मुस्कान से बोला, "एक बात हमेशा याद रखना। कभी किसी को मामूली आँकने की भूल मत करना। हर छोटी-से-छोटी चीज के पास अपार शक्ति होती है। गधे को भी अपनी जान बचाने के सौ तरीके आते हैं और जब उसकी जान पर बन आती है तो वह शेर जितना खूँखार हो जाता है।"

पर्दे के भीतर से मुस्कान ने सिर हिला कर समर सिंह की कही बात पर सहमति जताई।

"अगर मन में कोई सवाल हो तो पूछने से हिचकिचाना नहीं।" मुस्कान ने फिर हाँ में अपना सिर हिला दिया, "स्क्रिप्ट अच्छी तरह याद कर लो। हो सकता

है ऐन मौके पर पूरी स्क्रिप्ट फेल हो जाए, पर याद रखना हर हाल में तुम्हें अपने किरदार में रहना होगा, हम में से कोई-न-कोई हर समय मदद के लिए तुम्हारे आस-पास होगा, पर याद रखना इस पूरे खेल में तुम हमें जीत तक पहुँचाओगी।"

वहाँ से बाहर निकल कर वे टैक्सी में बैठ गईं। टैक्सी सुमेधा के बिल्डिंग के सामने रुकी। दोनों टैक्सी से उतर घर के अंदर चली गईं। अंदर पहुँचते ही सुमेधा अपना बुर्का उतार जमीन पर फेंक आश्चर्य से आँखे गोल-गोल घुमाते हुए बोली, "पता नहीं औरतें कैसे इसे पहनकर बाहर निकलती हैं, दम नहीं घुटता है?" मुस्कान हँस दी।

#29#

अगले दिन सुमेधा नियत समय पर चैनल के ऑफिस पहुँच गई। सोमेश के ऑफिस में आते ही वह उससे मिलने उसके केबिन में गई। उसे देखते ही सोमेश उसकी तरफ बढ़ा और उसका हाथ पकड़कर बोला, "वेलकम बैक सुमेधा! मुझे पता था तुम सही फैसला लोगी, तुम्हें यहाँ देखकर मुझे खुशी हो रही है।"

सुमेधा जबरन मुस्कुराते हुए बोली, "थैंक्यू सर!"

सुमेधा की आँखों में आँखे डाल बोला, "सुमेधा, इंसान को जीवन में बहुत से कम्प्रोमाइज करने पड़ते हैं, जिंदगी की धूप से बचने के लिए समझौते की छतरी का सहारा लेना जरूरी है। इसके बिना आगे बढ़ने वाला इंसान गर्मी से झुलसकर, वक्त से पहले खत्म हो जाता है। मुझे खुशी है कि तुमने अपने लिए सही रास्ता चुना।"

"आप सही थे। हमें और भी मौके मिलेंगे सच्चाई को लोगों के सामने लाने के लिए, मैं इस मामले में जरूरत से ज्यादा ही जज्बाती हो गई थी (पेपर वेट को नजरें झुकाकर देखते हुए बोली) ऑफिस से दूर रहकर बात आईने की तरह साफ नज़र आई।" फिर पेपर वेट को घुमाने लगी।

सोमेश ने उसके कंधे पर हाथ रखकर कहा, "तुम्हारी उम्र में मैं भी इसी तरह जज्बाती था। हर बात दिल से सोचता और ये भूल जाता था कि दुनिया दिल से नहीं, दिमाग से चलती है। दिल की सुनकर बहुत दर्द झेले हैं मैंने (सुमेधा के कंधे को हल्के हाथों से दबाते हुए बोला) मैं खुश हूँ कि दिल और दिमाग की लड़ाई में तुमने दिमाग का साथ दिया।"

"हाँ, एक पल के लिए मुझे लगा जैसे मेरे साथ धोखा हुआ है, पर जब ठंडे दिमाग से सोचा तो पाया कि मैं हर मामले में, जरूरत से ज्यादा जज्बाती हो जाती हूँ। अभी दुनियादारी के मामले में काफी कुछ सीखना है। स्टिंग में और भी लोग

शामिल थे, पर वह कितने कूल थे, मानो सब चलता है और मैं आप से झगड़ पड़ी। आईएम सॉरी सर!"

"पुरानी बातों पर मिट्टी डालो।"

"सर, आप ने मुझे माफ तो कर दिया है न?"

"तुम मेरे लिए मेरे परिवार का हिस्सा हो और परिवार में ये सारी बातें तो चलती रहती हैं।"

"इस पूरे प्रकरण में अखिलेश सिंह लकी रहा, साँप भी मर गया और साँप के जहर से उसका मर्ज भी ठीक हो गया, बाघमारे सचमुच राजनीति से संन्यास ले चुका है या इसे इंटरवल समझें?"

"बाघमारे का खेल खत्म। अखिलेश के पास जब तक मुर्गे की मौत के राज हैं वह बाघमारे की पार्टी में वापसी नहीं होने देगा, अखिलेश का गद्दी पर रहना हमारे लिए भी फायदेमंद है। सत्ता तक उसे हम लेकर गए हैं। जिस तीर से उसने बाघमारे का शिकार किया था वह हमारे तरकश से निकला था।"

"यानी सारे सबूत हमारे पास हैं?"

"दुश्मन की नब्ज पर हमेशा मजबूत पकड़ बनाए रखना चाहिए, सुमेधा। हम एक नए चैनल पर काम कर रहे हैं जो अगले साल तक लांच होगा। इसके लिए फॉरेन इन्वेस्टर्स से बात चल रही है। अब तुम्हारा वर्क लोड बढ़ने वाला है, होम मिनिस्टरी से सारे क्लियरेंस मिल चुके हैं।"

"सर, अखिलेश सिंह के पास इतना पैसा है कि उसने पाँच सौ करोड़ देकर सारे सबूत हम से खरीदे, मेरा मतलब पाँच सौ करोड़ इतनी बड़ी एमाउंट! इतना पैसा कहाँ से कमाया?"

"डोंट बी सिली, बीस सालों से राजनीति कर रहा है वह। पाँच सौ करोड़ तो उसके बच्चों की पॉकेट मनी के बराबर है और फिर उसके हाथ देश के खजाने की चाभी लगी है। गृह मंत्रालय के हाथ में पूरे देश की बागडोर होती है। मामूली से मामूली घोटाला भी हजारों करोड़ रुपयों का होता है, ये पैसा तो वह चुटकी बजाते ही पॉकेट में भर लेगा।"

"यस यू आर राइट, ऐसे ही थोड़े लोग कुर्सी के लिए कत्लेआम पर उतर आते हैं।"

"अखिलेश का कुर्सी पर होना हमारे लिए भी फायदेमंद है। समझ लो हमारी मुट्ठी में है वह। अपने फायदे के लिए जिधर घुमाएँगे उधर घूमेगा और

अगर हमारे खिलाफ काम करने की भूल करता है तो उसे भी बाघमारे की तरह राजनीति से गायब कर देंगे, मेरी बात नोट कर लो बहुत जल्द हम देश का नंबर वन चैनल बन जाएँगे। वेलडन, चलो अब शुरू हो जाओ। देख लो आज के इवेंट्स क्या-क्या हैं...”

सुमेधा सोमेश के केबिन से निकलकर अपनी डेस्क पर गई और कंप्यूटर ऑन कर काम में मन लगाने की नाकाम कोशिश करती है।

दोपहर का समय था। बुर्के में एक महिला थाने की तरफ तेज कदमों से बढ़ी चली आ रही थी। दुलाल बाबू और बउआ सिंह थाने के बाहर खड़े होकर सिगरेट के कश लगा रहे थे। नकाबपोश महिला दुलाल बाबू के हाथ में चिट्ठी थमा वापस चली गई। चिट्ठी बक्षी साहब के नाम थी और उसके ऊपर लिखा था- कॉन्फिडेंशियल एंड अर्जेंट। बउआ सिंह ने तत्परता दिखाते हुए, बक्षी साहब के सामने चिट्ठी हाजिर कर दी। बक्षी साहब दोपहर के भोजन के बाद सुस्ताने के लिए प्रयत्नशील थे, चिट्ठी ने उन प्रयासों पर अल्पविराम लगा दिया। दलाल स्ट्रीट के भैंसे की तरह नथुने फुलाते हुए चिट्ठी के भविष्य को नीचे की ओर उछाल सबक सिखाने की सोची। पर उस पर लिखे ‘कॉन्फिडेंशियल एंड अर्जेंट’ को देख योजना दिमाग से बेवफा की तरह पीछा छुड़ा मटकती हुई चलती बनी। अनमने ढंग से लिफाफे को खोल जमीन तक मुँह लटका चिट्ठी पढ़ना शुरू करते हैं। हर बीतते सेकेंड के साथ उनकी आँखें बड़ी होने लगीं, खुद भी इंच-इंच कर कुर्सी से ऊपर उठने लगे और चिट्ठी पढ़ना खत्म होने के साथ ही धम्म से अपनी कुर्सी पर गिर पड़े। उनकी भारी-भरकम तशरीफ के कुर्सी पर गिरने से आवाज भी भारी-भरकम हुई। आवाज सुनकर सभी आवाजवाली दिशा को निहारने लगे। बउआ सिंह दौड़कर उनके पास आया और चिंताग्रस्त स्वर में पूछा, “सर क्या हुआ? क्या हुआ?” बक्षी साहब की आँखें खुली थीं और शरीर निढाल था, उन्हें हताश देख बउआ सिंह अपने पैर से जूता निकाल सुँघाने की कोशिश में जुट गया। उसकी इस हरकत से बक्षी साहब का पारा दिमाग की नसों को तोड़ते हुए बाहर झाँकने की कोशिश करने लगा, पर तभी याद आया कि ये साला तो उनकी तकदीर पर कुंडली मार सालागीरी कर रहा है। अगर साले को जरा-सी भी ऊँच-नीच सुना दी तो ये स्नेहलता के कान में लावारिस चुगली डाल जीना हराम करवा देगा। वैसे भी जब से स्नेहलता ने उनके चीरहरण वाली तस्वीर फेसबुक पर डाली है, बेचारे घर के रहे न घाट के। बउआ सिंह को गौर

से देखा। फिर ऊपर आसमान में चैन से बाँसुरी बजाते हुए भगवान को संबोधित कर अपने डिस्टर्बिंग खयाल पर उनकी राय लेनी चाही, "प्रभु जब ससुर ने साला देने में कोई दिलचस्पी नहीं दिखाई तो आप इस साले को मेरे साथ चिपकाने के लिए इतने आतुर क्यों थे?" आकाशवाणी के इंतजार में आँखें टुकुर-टुकुर आसमान को निहारती रहीं, दो-तीन बार कान में उँगली डाल, साफ कर रेडी होने का संकेत दिया, पर ऊपर से कोई रिप्लाई नहीं आया। आखिरी बार ऊपरवाले ने कृष्णजी के पैदा होने से पहले भविष्यवाणी ब्रॉडकास्ट की थी। उसके बाद से ही उनके रेडियो ट्रांसमिशन में गड़बड़ी चल रही है। ऊपरवाला चुप था तो बक्षी साहब भी चुप ही रहे और प्रेमपूर्वक बउआ को चप्पल सुँघाने से मना कर दिया। बउआ सिंह की आवाज सुन सभी बक्षी साहब की टेबल के पास इकट्ठा हो गए। बक्षी साहब ने कब्ज के परंपरागत रोगी-सी शक्ल बनाते हुए चिट्ठी भट्टाचार्जी बाबू के नाजुक हाथों में थमा दी। टेंशन का सफलतापूर्वक हस्तांतरण कर बक्षी साहब ने शरीर के पिछले भाग से बेहिसाब साँस छोड़ी। इधर चिट्ठी पढ़ भट्टाचार्जी बाबू का तन-मन नागिन की तरह डोलने लगा। गुर्राने की कोशिश में गले से निकली फुसफुसाहट मुँह में दब गई, सिर पकड़कर पास रखी कुर्सी पर विराजमान हो गए। सभी हैरत भरी नजरों से कभी बक्षी साहब की ओर देखते तो कभी भट्टाचार्जी बाबू की ओर। जब कोई जवाब नहीं मिला तो आपस में टुर्र-टुर्र करने लगे। इधर बक्षी साहब ने कलात्मकता के साथ एक-एक कर शर्ट के सारे बटन खोल दिए। सबसे पहले तोंद के ऊपर वाला बटन खोला फिर बाकी बटनों की बारी आई। इधर भट्टाचार्जी पूरी तरह पसीने में भीग चुके थे, बदन से पसीना टप-टप कर चू रहा था। गोपी ने आगे बढ़कर साहस का परिचय दिया और उनके हाथ से चिट्ठी ले ली और जिज्ञासुओं की जिज्ञासा शांत करने के उद्देश्य से बुलंद आवाज में पढ़ने लगा-

"श्री बक्षी साहब एवं शांतिपुर थाना के सभी एनकाउंटर स्पेशलिस्ट। आप सभी को जानकर खुशी होगी कि एनकाउंटर की सच्चाई को जानने वालों में एक और नाम जुड़ गया है और वह नाम है हमारा। सोचो, अगर इस राज पर से पर्दा हटा दिया जाए तो कैसा रहेगा। खैर छोड़िए, इन बेमतलब बातों को। मुद्दे की बात ये है कि राज को राज रहने देने की मामूली-सी फीस हमारी झोली में आ जाए तो आप लोगों के लिए अच्छा रहेगा। कीमत कुछ ज्यादा नहीं है सिर्फ

पचास लाख। इस मामले से पुलिस को दूर रखने में सभी की भलाई है, पैसे कहाँ पहुँचाना है वह वक्त आने पर बता दिया जाएगा। याद रहे मामले में पुलिस की दखल आप सभी के लिए नुकसानदेह साबित हो सकती है।

थैंक्यू फोर इनकन्विनियस

योर्स फेथफुली

राजदार।"

गोपी का चिट्ठी पढ़ना खत्म हुआ और थाने में सभी के चेहरे पर अमावस छा गई। सन्नाटा पैर फैला कर इत्मीनान से पसर गया। दिन-दहाड़े सभी उल्लुओं की नकल करने लगे।

"पचास लाख... ये तो सरासर ब्लैकमेलिंग है। पहले ही डिपार्टमेंट को घूस खिलाने में पैंट ढीली हो गई अब पचास लाख कहाँ से लाएँ?" सिंह बउआ ने कहा।

"बाप-रे-बाप! ये तो घोर कलयुग है। चोर-उचक्का लोग का इतना हिम्मत बढ़ गया कि पुलिस को ब्लैकमेल करने लगा!" अविश्वास भाव में सिर हिलाकर रोमेश बाबू ने अपना रजिस्टर बंद कर दिया। सभी ने उसी प्रकार सिर हिलाकर उनके विचारों से सहमति जताई। चिंता उसी प्रकार सभी को खाए जा रही थी जैसे भ्रष्टाचार नैतिकता को खा रही है। चेहरे घोड़े की तरह नीचे की ओर लटके जा रहे थे, बक्षी साहब दोनों हाथों में अपना चेहरा पकड़कर बैठ गए। गोपी लट्टू की तरह थाने का चक्कर लगाने लगा। चक्कर लगाने के साथ बड़बड़ाने का काम भी करता रहा, यानी एक पंथ दो काज। जिसका फायदा ये हुआ कि सभी को लगा जैसे वो उपाय सोचने की गहन प्रक्रिया में तल्लीन है। वे चुपचाप अपने दिमाग को सोचने पर मजबूर किए बिना सुझाव के जन्म लेने का स्वर सुनने की प्रतीक्षा करने लगे। रोमेश बाबू को रजिस्टर बंद कर सिर खुजलाते देख, दास बाबू को यकीन हो गया कि हालत बद नहीं, बदतर हैं। बक्षी साहब को पानी का ग्लास थमा, वे भी चुपचाप एक पैर बेंच से नीचे लटका दूसरे पैर को बेंच के ऊपर रख, चेहरे को विचार व्यथा में हथेली पर टिका, हथेली को कोहनी पर टिका और कोहनी को घुटने पर टिका, चुगलखोर मुद्रा में विराज गए और सभी के चेहरों पर बारी-बारी से ध्यान केंद्रित कर ताकने लगे।

बउआ सिंह उतावला होते हुए बोला, "कोई कुछ बोलो कि करना क्या है?"

सभी गोपी की ओर ताकने लगे, पर जवाब दुलाल बाबू की ओर से आया, "करना क्या है, पैसा देकर अपनी जान बचानी है।"

"क्या बोले आप? ब्लैकमेलर को पैसे दे दें और हम भूखों मरें, अरे ऐसे कैसे दे दें खून-पसीने की गाढ़ी कमाई?"

"ऊहुँ ऊहुँ..." रोमेश बाबू ने जबरन खाँस कर बउआ सिंह को बीच में टोक दिया।

बउआ सिंह ने रोमेश बाबू को गुस्से से देखते हुए कहा, "हाँ ठीक है, ईमानदारी की नहीं पर ये पैसे हमारे खून-पसीने की कमाई है। साला दो नंबर की कमाई करने में इज्जत दो कौड़ी की हो जाती है, हर चोर उचक्के को अपने मुँह लगाना पड़ता है। एक नंबर से ज्यादा मेहनत दो नंबरी कमाई में लगती है।"

"पर ये है कौन जिसे हमारा राज मालूम है? हम में से गद्दार तो नहीं है जो हमें डबल क्रॉस करने की कोशिश कर रहा है? ये राज तो सिर्फ हमें पता है।"

"भट्टाचार्जी बाबू, आप भूल रहे हो ये राज, राज कहाँ है? हमारे साथ-साथ ये राज पूरा पुलिस विभाग जानता है।" दुलाल बाबू ने कहा।

रोमेश बाबू ने आश्चर्य मिश्रित चेहरा बनाते हुए कहा, "इसका मतलब पुलिस, पुलिस को ब्लैकमेल कर रही है, छी छी छी..." गोपी, भट्टाचार्जी बाबू और बक्षी साहब को छोड़ सभी पुलिस की बदनीयती को कोसने लगे। सामूहिक रूप से 'छी' कहकर पुलिस द्वारा पुलिस को ब्लैकमेल करने के ओछे प्रयासों की एक सुर में निंदा की।

"रोमेश बाबू, ये काम पुलिस वाला का नहीं है, कोई और है इसके पीछे। कौन हो सकता है तुम्हारे हिसाब से गोपी?"

बक्षी साहब के टेबल पर रखे पेपर वेट को ठुमकाते हुए गोपी अपने एक्सपर्ट दिमाग द्वारा सोची गई बातों को ढील देने लगा, "सर हो न हो, ये कोई बाहर का आदमी है। इसे कहीं से मामले की भनक लग गई है। नौसिखिया लगता है, तभी पुलिस को ब्लैकमेल करने का साहस कर रहा है। हम सभी इस फंदे में बराबर फँसे हैं इसलिए हम में से कोई भी ऐसी हरकत करने की भूल नहीं करेगा। यकीनन ये कोई बाहर वाला है।"

"गोपी की बात में दम है सर, हम में से किसी ने भी जाँचकर्ताओं के सामने अपना मुँह नहीं खोला था। वह तो सबूत चुगली कर गए, पर आज भी हम सभी राग आतंकवादी ही आलाप रहे हैं।"

"भट्टाचार्जी, दम है तुम्हारी बात में, ये कोई बाहरी आदमी है। अब आगे क्या करना है वह सोचो।" बक्षी साहब के सवाल पर सभी कुंडली मारकर बैठ गए और सोचने लगे। सोचना मनुष्य होने की निशानी है, अत: हर कोई सोचने के लिए सदा तत्पर रहता है। सो सभी सोचने लगे, कुछ सोच पाते उससे पहले ही मामला बिगड़ गया। पुलिसवालों के खिलाफ दुस्साहस करनेवालों पर बक्षी साहब को क्रोध आ गया, ये क्रोध सरकारी था। हालात को नियंत्रण में लाने के लिए उन्होंने मोर्चा सँभाला, कुर्सी से उठ वर्दी के बटन बंद करने लगे। कार्य की समाप्ति पर बोले, "इसका इलाज करना होगा, वर्ना हर कोई सिर उठाकर पुलिस को ब्लैकमेल करने लगेगा। कुछ ऐसा करना पड़ेगा जो सिर उठाने वाला का हौसला हमेशा के लिए कुचलकर रख दे।"

सभी प्रश्न भरी निगाह से दूसरे का मुँह ताकने लगे। और जवाब के इंतजार में विशेष प्रकार के मुँह बनाने लगे। लगभग एक घंटे बाद थाने में टेलीफोन की घंटी बजी, फोन बक्षी साहब ने उठाया। उधर से जवाब आया, "पैसे जुटाने की जगह हाथ-पर-हाथ धरे बैठे हो। अगर जरा-सी भी चालाकी करने की कोशिश की तो सारे सबूत मीडिया के पास पहुँच जाएँगे, आज रात हर हाल में पैसे मिल जाने चाहिए।"

"कौन बोल रहा है? (फोन कट जाता है... फोन की तरफ देखकर) हरामी कहीं का! बाप की औलाद है तो सामेन आकर बात कर।" भड़ास निकालकर फोन पटक दिया। सब उनकी और देखने लगे, पैंट ठीक करते हुए बोले, "उसका फोन था, पैसा तैयार रखने को कह रहा था। आज रात पैसों की डिलीवरी करना है।" "सर बैग रेडी है, आने दीजिए फोन, डिलीवरी तो उसे टाइम पर मिलेगी।" भट्टाचार्जी ने कहा, "फोन कॉल ट्रैक करवाने की व्यवस्था हो गई है, बच कें निकलने नहीं पाएगा।"

#30#

आधे घंटे बाद बुर्का पहने एक औरत थाने में आई। बक्षी साहब की टेबल के पास जाकर महिला ने धीमी आवाज में कहा, "साहब मुझे रपट लिखानी है।"

उसे अंदर आता देख सारे चौकन्ने हो गए थे। बक्षी साहब ने सभी को हाथ के इशारे से शांत रहने को कहा। इशारा पाकर सभी काम में व्यस्त होने की एक्टिंग करने लगे।

बक्षी साहब ने महिला से नम्रतापूर्वक पूछा, "क्या बात है?"

"मैं पैदल बाजार जा रही थी, तभी बाइक पर सवार दो लड़के आए, और मेरा पर्स और हाथ की चूड़ियाँ छीनने लगे। मदद के लिए चिल्लाई तो मुझे सड़क पर धक्का मार के गिरा दिया और भाग गए (बुर्के से हाथ बाहर निकालकर दिखाते हुए वह बोली) ये देखिए मेरा हाथ बुरी तरह से जख्मी है।" उसकी कलाइयों पर नाखून से नोंचने के ताजा निशान थे, साथ ही कोहनी पर खून के दाग थे। बुर्के की आस्तीन पर भी खून के धब्बे लगे थे। बक्षी साहब ने रोमेश बाबू की टेबल की तरफ इशारा करके महिला से कहा की वहाँ जाकर अपनी कंप्लेंट लिखवा दे। महिला उठकर रोमेश बाबू की टेबल के पास गई। इधर बक्षी साहब ने हाथों के इशारे से कहा कि चिंता की कोई बात नहीं, सब ठीक है। सभी ने राहत की साँस ली, बक्षी साहब थाने से बाहर निकल भट्टाचार्जी के साथ सिगरेट सुलगाने लगे।

महिला ने रोमेश बाबू को घटना का विस्तार से विवरण दिया। वापस जाते समय कुर्सी पर चुपचाप एक लिफाफा रखकर थाने से बाहर निकल गई। कुछ गिने-चुने सेकेंड्स ही बीते थे कि दुलाल की नजर चिट्ठी पर पड़ी, चिट्ठी की ओर हाथ से इशारा कर जोर से बोला, "वो क्या है वहाँ पर?"

प्रश्न सुनते ही सभी दौड़कर कुर्सी के पास गए। दुलाल बाबू सबसे पहले

कुर्सी के पास पहुँचे और लिफाफे से चिट्ठी निकालकर जोर से पढ़ने लगे। दुलाल बाबू कुछ पढ़ पाते उससे पहले बक्षी साहब ने उनके हाथों से चिट्ठी ले ली और चिल्लाकर कहा, "जल्दी से पकड़ो उस औरत को, बच के जाने न पाए।" भट्टाचार्जी गोपी और बउआ सिंह तीनों दरवाजे की तरफ भागे। महिला थाने से दस कदम ही दूर गई थी। बउआ दौड़कर गया और उसे पकड़, खींचते हुए थाने के भीतर ले जाने लगा। इस हरकत से महिला सकते में आ गई, मदद के लिए जोर लगाकर चिल्लाने लगी। भट्टाचार्जी ने उसे बंदूक दिखाई तो वह चुपचाप बउआ सिंह के साथ चलने लगी। थाने के भीतर सभी महिला को घेर कर खड़े हो गए। रोमेश बाबू अपनी सीट पर ही डटे रहे। इधर बउआ सिंह ने आगे बढ़कर महिला के चेहरे से पर्दा हटा दिया। पर्दे के भीतर मुस्कान थी। बक्षी साहब ने उसकी कनपट्टी पर पिस्तौल रखकर कहा, "पुलिस को बेवकूफ समझ रखा है? बता कौन है तेरा साथी?"

पिस्तौल देखते ही मुस्कान बुरी तरह से घबराने का नाटक करने लगी, काँपते हुए बोली, "जी साथी? कौन साथी? मेरा तो कोई साथी नहीं है। मैं तो अकेले ही रपट लिखवाने आई हूँ।" और रोने लगी। गुस्से में बक्षी साहब ने मुस्कान के गाल पर एक करार चाँटा जड़ दिया। वह लड़खड़ा गई। गालों को सहलाते हुए बोली, "साहब मैं कुछ नहीं जानती, आप क्या कह रहे हैं? वह लोग मेरे साथी नहीं थे, बदमाश थे। मेरी चीजें छीनकर भाग गए और मुझे धक्का देकर जख्मी कर दिया, ये देखिए हाथों पर चोट के निशान अभी तक ताजा हैं।"

बउआ सिंह को मुस्कान की तलाशी लेने का हुक्म सुना बक्षी साहब हैंड बैग की तलाशी लेने लगे और चिट्ठी वापस दुलाल बाबू के हाथों में थमा दी। हुक्म मिलते ही बउआ इत्मिनान से समय लेकर अच्छी तरह बदन टटोलकर तलाशी लेने लगा। छिछोरी हरकतों की कॉपीराइट तो था ही उसके पास, साथ ही उसकी इन हरकतों में काफी मौलिकता भी थी। वह सही ढंग से तलाशी लेता गया। वह रोती-गिड़गिड़ाती रही, अपने बेगुनाह होने की कसमें खाती रही। थानावासियों के सिरों की जूँएँ भी सरकारी मिजाज की थीं, वें बालों के साथ मटरगश्ती करने में व्यस्त रहीं और कान तक रेंगने के परिश्रम से जी चुराती रहीं। सभी उसे धमकाते रहे, थाने में सभी के सामने उसके शरीर की तलाशी जारी रही। रोमेश बाबू की निगाहें बउआ सिंह के हाथों की गतिविधियों पर केंद्रित थीं, तो दास बाबू को बउआ की तकदीर से जलन महसूस हो रही थी। ये जरूरी तो नहीं कि सबके

हिस्से चाँद आए, चाँद की तस्वीर देखकर भी दिल बहलाया जा सकता है, आत्म-तुष्टिकरण की इस फिलॉसफी से अरमानों की तेल मालिश कर, दास बाबू अपने सिर को सहलाने से प्राप्त सुख की अनुभूति की तुलना, बउआ को मुस्कान की तलाशी से मिलनेवाले सुख के साथ करने लगे। गाँधीजी दीवार पर अपनी तस्वीर में साइड पोज में खड़े घटना को अनदेखा करने की कोशिश कर रहे थे।

चिट्ठी बक्षी साहब को दिखाते हुए दुलाल बाबू ने कहा, "सर इसमें तो कुछ भी नहीं है, ये चिट्ठी तो इसने अपने माँ-बाप को लिखी है।" भट्टाचार्जी बाबू दुलाल बाबू के हाथ से चिट्ठी लेकर पढ़ने लगे, पढ़ना खत्म कर बोले, "सर, वाकई इसमें तो कुछ भी नहीं है।"

चिट्ठी पढ़ने के बाद बक्षी साहब ने माथा पीट लिया, अब क्या करें? सब गड़बड़ हो गया। मुस्कान की कनपट्टी पर बंदूक रखकर उसे धमकाते हुए कहा, "अगर तलाशी वाली बात तुम्हारे मुँह से बाहर निकली, तो समझो तुम्हारी लाश ठिकाने लगा दी जाएगी। साथ ही घरवालों का एनकाउंटर कर मार डालेंगे, मुँह बंद रखने में ही तुम्हारी और तुम्हारे परिवारवालों की भलाई है। भूल जाओ कि तुम कभी यहाँ आई थीं।"

पुलिस की वर्दी से तो चूहा भी न डरे, पर धमकी और कनपट्टी पर रिवॉल्वर को देख गामा पहलवान भी ढीले पड़ जाएँ। मुस्कान हाथ जोड़ रोते हुए बोली, "सर मैंने कुछ नहीं देखा, मैं यहाँ आई ही नहीं तो क्या देखना, क्या सुनना। मुझे जाने दो साहब, ऊपर वाले की कसम मुझे कुछ नहीं पता, मैं बेकसूर हूँ।" बक्षी साहब ने रिवॉल्वर से उसे बाहर जाने का इशारा किया। इशारा पाते ही वह दौड़कर बाहर चली गई। चिट्ठी के खुलासे से बउआ सिंह पर भारी संकट छा गया। तलाशी के प्रायोजित कार्यक्रम पर असमय ब्रेक लग जाने से उसे गहरा मानसिक आघात पहुँचा, वहीं दास बाबू और रोमश बाबू के कलेजे में ठंडक पहुँची। मुस्कान के बाहर जाते ही दोनों बउआ सिंह के हाथों को छूने लगे, दास बाबू ने उसके हाथों को अपने गालों से सटा गहरी साँस ली। इधर थाने में बउआ प्रसंग जारी था तभी बक्षी साहब के मोबाइल की घंटी बजी, फोन किसी प्राइवेट नंबर से आया था। स्क्रीन पर कोई नंबर न देख दो पल के लिए वे घबरा गए। फोन उठाकर भद्रता के साथ 'हेलो' कहा, दूसरी तरफ से हेलो के जवाब के बदले भारी-भरकम आवाज में कॉलर बोला, "ये नीच हरकत तुम लोगों को भारी पड़ेगी, तुमने थाने में जो अभी-अभी नीच हरकत की है..." बात पूरी सुने बिना ही

बक्शी साहब ने फोन काट दिया और चिल्लाते हुए बोला, "अरे वह साली धोखा दे गई, पकड़ो उस कुतिया को, जाने न पाए।"

सभी बाहर की तरफ दौड़े, साथ बउआ भी दौड़ा। परिणाम स्वरूप दास बाबू के गालों से उसका हाथ हट गया। दास बाबू खीझ गए और वहीं बेंच पर पालथी मारकर बैठ गए। उनकी मनोदशा पिंजरे में बंद शेर जैसी थी, जो दहाड़ तो सकता है पर कुछ कर नहीं सकता। इधर दुलाल बाबू को छोड़ सभी हम साथ-साथ हैं की तर्ज पर दरवाजे की तरफ दौड़ पड़े। उनके पीछे बक्शी साहब भी दौड़े, महिला को पकड़ने के लिए। थाने के दरवाजे से पहले उनकी तोंद बाहर दौड़ी, फिर बाकी बचा शरीर दौड़ा। पुलिस को अपनी ओर आते देखकर मुस्कान दौड़कर सड़क के किनारे खड़ी सफेद रंग की कार में बैठ गई और कार चल पड़ी। सभी पूरी ताकत के साथ चलती कार के पीछे भागे, कार प्राइवेट थी और दौड़ने वाली टाँगें सरकारी, सो कार उनकी पकड़ से दूर चली गई। बउआ सिंह, गोपी, भट्टाचार्जी बाबू और बक्शी साहब पुलिस की जीप में बैठ उस कार का पीछा करने लगे। भट्टाचार्जी बाबू और बक्शी साहब की अनुपस्थिति में थाने में कोई तो रहना चाहिए जो इलाके की कानून-व्यवस्था बनाए रखे। ये सोच दुलाल बाबू थाने में रह गए और रोमेश बाबू सोच-विचार की साँप-सीढ़ी से परहेज कर अपने रजिस्टर पर कड़ी निगाह जमाए हुए जगह पर जमे रहे। दास बाबू अपना गाल सहलाते रहे। बक्शी साहब एंड कंपनी पुलिस की जीप में बैठ गई। ड्राइवर से मुस्कान का पीछा करने को कहा तो ड्राइवर मीटर रीडिंग दिखा रजिस्टर पर साइन करने का आग्रहकरने लगा। भड़कते हुए बक्शी साहब ने उसे जीप दौड़ाने का हुकुम दिया। सड़क पर बड़ी संख्या में गाड़ियाँ दौड़ रही थीं। गाड़ी पर गोली चलाने से मामला बिगड़ सकता था, इसलिए मुस्कान का पीछा कर पकड़ने की कोशिश करने का फैसला लिया। कार और जीप एक-दूसरे से ज्यादा दूर नहीं थी। कार के करीब जाने के लिए जीप जी-जान लगाकर स्पीड पकड़ती, गाड़ियों को ओवरटेक करने की लाख कोशिशों के बाद भी पीछे ही रही, जीप फिफ्थ गियर में थी, माइलेज तीस का दे रही थी। कार भीड़ को चीरते हुए जीप से आगे निकल गई। काफी देर तक जीप और कार के बीच रेस चलती है। कई बार जीप कार के एकदम नजदीक पहुँच गई, पर कार उससे दूरी बनाने में कामयाब रही। जीप कार का पीछा करते-करते अपने इलाके से काफी दूर निकल आई थी। सामने चौरस्ता था जो एक बड़ा क्रॉसिंग था। यहाँ सिग्नल में अटकने का मतलब

था कम-से-कम दस मिनट तक जाम में फँसे रहना और इतनी देर में तो उनका शिकार बच के भाग जाएगा। सिग्नल हरा था, सिग्नल से बचने के लिए गाडियाँ सरपट दौड़ी जा रही थीं। जीप के सामने वाली गाड़ी काफी दूर निकल गई, दोनों के बीच अच्छा-खासा फासला था। मैदान साफ देखकर जीप कानफाडू हॉर्न बजाते हुए आगे बढ़ने लगी। पुलिस की जीप के इस प्रकार हॉर्न बजाने से बाकी की गाड़ियाँ चौकन्नी हो गईं और उसे पास देने की कोशिश करने में जुट गईं। मौका पाकर जीप ने स्पीड पकड़ी, स्पीड के चक्कर में ड्राइवर ये भूल गया कि वो कार का पीछा कर रहा है, कार को पीछे छोड़ जीप आगे निकल गई। इधर मुस्कान की कार तेजी से सड़क पर दौड़ रही थी, पर जीप की स्पीड बढ़ते ही कार की स्पीड कम हो गई। जीप सिग्नल पार कर आगे की ओर निकल गई। इधर दाईं तरफ का सिग्नल हरा था जीप के आगे निकलते ही कार दाईं तरफ मुड़ गई और कुछ दूर चलने के बाद सड़क के किनारे खड़ी हो गई। मुस्कान कार से उतर पैदल चलने लगी और सड़क पार कर सड़क के दूसरी तरफ चली गई यानी उसी दिशा में चलने लगी जिस दिशा से कार में बैठकर आई थी। इधर जीप आगे निकल जाती है, कार के यू-टर्न लेते ही जीप यू-टर्न ले सिग्नल तोड़ते हुए दोबारा उसी दिशा में आगे बढ़ती है जहाँ से पीछा करती हुई आ रही थी। सड़क वन वे थी पर पुलिस की जीप बेफ्रिक आगे बढ़ी जा रही थी। पुलिस की गाड़ी को आते देख मुस्कान भागकर पास के सिनेमा हॉल के अंदर चली गई। कुछ पल बाद उसका पीछा करते हुए पुलिस भी हॉल के अंदर घुस गई। हॉल के अँधेरे में मुस्कान गुम हो गई, दर्शकों से भरे अँधेरे हॉल में एक महिला को ढूँढना वह भी नकाबपोश महिला, सिरदर्द था। टार्च जलाकर एक-एक चेहरे को देखना मुसीबत को गले लगाने जैसा था। मुसीबत को काटने के लिए उपाय भट्टाचार्जी बाबू की ओर से आया, "सभी हॉल के दरवाजों पर खड़े हो आने-जाने वालों पर नजर रखें, इंटरवेल में जब हॉल की लाइट्स जलेंगी, उस वक्त महिला को पकड़ने की कोशिश की जाए।" सुझावों के मैराथन में ये सुझाव अकेला दौड़ रहा था, गोपी के तरफ से कोई नया प्रतिद्वंद्वी खड़ा नहीं किया गया। सो निर्विवादित रूप से सुझाव की सराहना हुई और विजयी घोषित किया गया।

हॉल से बाहर जाने के लिए दरवाजों की कुल संख्या एक थी और यह दरवाजा हॉल के सामने, ठीक सड़क पर खुलता था। भीतर आने के लिए भी एक ही दरवाजा था जो हॉल के गलियारे से होकर जाता था। आधे पुलिसवाले

आगे के दरवाजे पर और आधे पीछे के दरवाजे पर पहरा देने लगे। दस मिनट बाद बुर्का पहने एक महिला हॉल के सामने वाले दरवाजे से बाहर निकली। उसे पकड़ने के लिए सभी उसके पीछे दौड़े। महिला के करीब पहुँच बक्षी साहब ने पिस्तौल तान रुकने का आदेश दिया। आदेश सुनते ही महिला चुपचाप खड़ी हो गई। भट्टाचार्जी बाबू ने आगे बढ़कर उसके चेहरे से पर्दा उठा दिया, परदे के भीतर सुमेधा थी। उसने आव देखा न ताव भट्टाचार्जी के गाल पर एक चाँटा जड़ दिया और चिल्ला-चिल्लाकर लोगों को बुलाने लगी। उसकी इस हरकत से बक्षी एंड कंपनी के साथ देखने वाले भी दंग रह गए। भट्टाचार्जी बाबू ने भूतकाल में कई ऐसे काम किए थे जब उन्हें गालियों और तानों से लेकर घूस खाने का अवसर प्राप्त हुआ था। पर किसी महिला के हाथ से थप्पड़ खाने का यह उनका पहला अनुभव था। वैसे शांतिपुर थाने में महिलाओं और लड़कियों के हाथों थप्पड़ और चप्पल खाने का अतिरिक्त कार्यभार बउआ सिंह ने अपने कंधों पर ले रखा था। मामला तूल पकड़ गले की हड्डी बन जाए, इससे पहले बक्षी साहब ने महिला से माफी माँगने में ही भलाई समझी। हाथ जोड़ महिला से गलती की माफी माँगी और उससे शोर बंद करने की रिक्वेस्ट करने लगे। उनकी बातों को अनसुना कर सुमेधा मदद के लिए चिल्लाती रही। उसकी चीख-पुकार सुन लोग इकट्ठा होने लगे। भीड़ बढ़ती देख सभी के चौखटे ढीले पड़ने लगे। बक्षी साहब ने लोगों से भीड़ न करने का अनुरोध किया। लोगों को इकट्ठा होते देख सुमेधा जोर से चिल्लाकर पुलिस द्वारा किए दुर्व्यवहार की शिकायत करने लगी। महिला के साथ दुर्व्यवहार की शिकायत सुनकर हर आधा-पौना इंसान तैश में आ गया और पुलिस को घेर कर खड़ा हो गया। मौका ताड़ सबसे पहले बुजुर्गों ने प्रवचन की बागडोर अपने हाथों में थाम ली, "अगर पुलिस महिलाओं को बेइज्जत करने लगेगी तो उनकी रक्षा कौन करेगा? लुच्चे-लफंगों और पुलिस में कुछ तो भेद होना चाहिए?"

साठ साल तक अनुभव की नैया की सैर कर चुके सज्जन ने कहा, "सरकार पुलिस को हमारी मदद के लिए बनाती है न की माँ-बहनों को बेइज्जत करने के लिए, हमारे खून-पसीने की गाढ़ी कमाई, हमारे दिए टैक्स पर पलते हैं ये लोग, और हमारी औरतों पर बुरी नजर रखते हैं। इनसे तो गुंडे-मवाली बढ़िया हैं, कब तक हम इन रक्षकों को हमारा भक्षक बनते हाथ बाँधे देखते रहेंगे?"

उनकी बातों से भीड़ में जोश बढ़ने लगा, परिणाम स्वरूप हर सेंकंड एक

नया विचार भीड़ के सामने परोसा जाने लगा। और ये परोसा गया विचार एक नए विचार के लिए रास्ता बनाने लगा। भीड़ में वे लोग भी थे जो अनुभव की पतवार छूने से कतराते थे। वे अपनी गर्लफ्रेंड्स के साथ थे तो जोश दिखाना तो बनता था, सो पुलिस को घेर महिला द्वारा लगाए आरोपों पर सफाई माँगी। जोश को देखकर जोश कलाबाजी खाने लगा, इतनी देर तक खामोश खड़े चश्मदीदों ने खुलकर सुमेधा का साथ दिया और उसके द्वारा लगाए आरोपों को सही ठहराया। भीड़ में से पुलिस के खिलाफ आवाजें उठने लगीं, लोग पुलिस को भला-बुरा कहने लगे। भला नहीं सिर्फ बुरा कह रहे थे। गुस्सा बहुत गंभीर था, भीड़ के सामने कोई आम आदमी होता तो अब तक उसके हॉस्पिटल के बिल को लाखों की दहलीज पार कराने में तनिक भी चूके न होते। बक्षी साहब एंड कंपनी बुरी तरह से फँस चुकी थी। बचने का कोई रास्ता न देख सफेद झूठ के आँचल का सहारा लिया। एनकाउंटर की कहानी गढ़, सफेद झूठ बोलने में ओलंपिक गोल्ड मेडल तो पहले ही जीत चुके थे। उसी अनुभव के सहारे दूसरी बार गोल्ड मेडल हड़पने के लिए दाँव खेलने लगे। हालाँकि हमारे यहाँ एक ओलंपियन एक ही बार मेडल लाता है, पर कोशिश तो रिटायर्ड होने तक करता है। यहाँ भी पिछली कोशिशों को दोहराने का संकल्प कर बक्षी साहब आगे बढ़े, "पुलिस को अपना काम करने दें, महिला के चेहरे से पर्दा किसी दुर्भावना से प्रेरित होकर नहीं, बल्कि सुरक्षा कारणों से हटाना पड़ा, हम महिलाओं की इज्जत करते हैं, पर कभी-कभी पुलिस को मजबूर होकर कुछ सख्त कदम उठाने पड़ते हैं।" हालाँकि बक्षी साहब झूठों के सरदार के पद पर विराजमान थे, पर सफेद झूठ के मामले में थोड़ा पैदल थे। सो झूठ की पदयात्रा को कुशलतापूर्वक संचालित करने के लिए गोपी बाबू को कार्यभार सौंपा।

गोपी बाबू उच्च कोटि के खुराफाती विचारों को जन्म से ही दिमाग की साइकिल पर लादे फिरते थे। बक्षी साहब ने साइकिल को धक्का देकर स्टार्ट कर दिया, तो बिना रुके गोपी बाबू किर्र-किर्र करते निकल पड़े और महिला का नकाब उठाने के पीछे पुलिस की मजबूरी का खुलासा वजनदार तरीके से किया, "देखिए, पुलिस एक नकाबपोश महिला का पीछा करते हुए यहाँ तक पहुँची है। खबर है कि कुछ आतंकवादी महिलाओं के वेश में घूम रहे हैं, उनके पास खतरनाक विस्फोटक होने की पूरी संभावना है, हमें देखते ही ये महिला तेजी से दौड़ने लगी तो इस पर हमारा संदेह गहराया। तसल्ली करने के लिए कि ये

आतंकवादी नहीं है, इसे पकड़कर इसके चेहरे से पर्दा हटाया, बस इतनी-सी बात थी।" बातों को टहलाते हुए उस जगह पर ले गया जिसे हृदय कहते हैं, हनुमान जी की तरह उसे खोल दिया, पर उसमें भगवान की जगह पुलिसवाले की प्रोफेशनल पीड़ा दाँत फाड़े सेल्फी खींचने को बेताब थी, "अगर आप लोगों को इसमें हमारी गलती नजर आती है, हम दरिंदे नजर आते हैं तो ठीक है, नहीं करते हैं तहकीकात। कुछ करो तो भी आप लोगों की गाली खाओ, नहीं करो तो गाली खाओ, जैसी आप की मर्जी।" झूठ ऊँचाइयाँ छू गया। जिस अंदाज से बात में वजन डाला गया था उसने पापों को ड्रायक्लीन कर दिया। हमारे यहाँ लोग आतंकवाद और क्रिकेट इन दो ही मुद्दों पर सरकार की बातों से सहमत होते हैं, आतंकवादी शब्द सुनते ही लोग पल्टी खाने लगे। पुलिस की गलती जो अब तक भयावह और समाज-विरोधी लग रही थी, अचानक मामूली लगने लगी। वे पुलिस की बातों से सहमत हो चुके थे। सुमेधा को बात पर मिट्टी डालने की सलाह बहुतायत में दी जाने लगी। लोग 'जाने भी दो' की परंपरागत फिलॉसफी की आड़ में शांतिदूत बनने के लिए भूमिका बाँध रहे थे, "देखो जो कुछ हुआ गलतफहमी के कारण हुआ। चेहरे से पर्दा ही तो हटाया था, इसे इतना बड़ा मसला बनाने की कोई जरूरत नहीं है। अब जाने भी दो।"

"अब जाने भी दो।" ये चार शब्द गूँजने लगा।

सहमति की आँधी वायरस की तरह फैली। लोग आँछी-आँछी की जगह हाँजी-हाँजी करने लगे। पर इक्के-दुक्के लोग थे जो संक्रमण से पूरी तरह बच गए और ना-जी ना-जी की रट पर मजबूती से डटे थे। ये वे लोग थे जो असहमत होने के लिए बाल की खाल ढूँढते रहते हैं, असहमत होने के बीसियों तर्क तरकश में लिए फिरते हैं और विचारों को लड़ाते रहते हैं। बालों की सफेदी के साथ ये विशेषता पूरे शबाब पर होती है और इन्हें सफेदी की चमक के बदले बुद्धिजीवी होने का विशेष आरक्षण प्राप्त होता है। वे अभी भी पुलिस की हरकत से खासे नाराज थे। वह बुजुर्ग फिर बोलने लगे, "काम करने का यह कौन-सा तरीका है? खुद पर्दा हटाने की जगह उससे भी तो कह सकते थे।" बुजुर्ग के विचार को हमउम्र बुजुर्ग के विचारों का समर्थन मिला। हालाँकि बुजुर्ग के विचारों में समर्थन से ज्यादा अपने विज्ञापन की लालसा थी, जो प्रचार कर रही थी कि इस खंडहर की इमारत भी कभी बुलंद थी, "हाँ भाई, एकदम सही कहा तुमने, अगर लड़की मना करती तब कोई बात थी। पर आप लोग जरा जल्दी में दिखते हैं।

लोगों के सम्मान का खयाल रखें, खासकर महिलाओं के सम्मान का। याद रखिए महिलाओं के सम्मान के लिए ही हमने सन 71 की जंग लड़ी थी।"

सुमेधा सुबक रही थी और लोग उसे सांत्वना दे रहे थे। उन बुजुर्ग महाशय ने पुलिस को पूरी तरह से उलझाकर रखा था, अभी तक पुलिस जनता के घेरे में थी। हो-हल्ला सुनकर कुछ लोग सिनेमा हॉल से बाहर निकल आए। हॉल के दरवाजे के आस-पास काफी भीड़ इकट्ठा हो चुकी थी। बक्षी साहब ने अपनी सरकारी पैंट को तोंद पर चढ़ाते हुए विन्रमता के साथ लोगों को भीड़ न करने की सलाह दी, "सभी अपने अपने काम पर जाएँ ताकि पुलिस बिना किसी बाधा के अपना काम कर सके।" भीड़ और विन्रमता का वही रिश्ता है जो सदन में लोकसभा अध्यक्ष और विपक्षी दल के नेताओं के बीच होता है। बक्षी साहब की विन्रमता को ठेंगा दिखा, भीड़ अपने लोकतांत्रिक अधिकारों की रक्षा हेतु दिमाग के कारखाने में विचार छापती रही। अब तक दो दल बन चुके थे। एक सहमत, दूसरा असहमत। दोनों अपने विचारों को दूसरे के गले में घंटी की तरह झुलाने के लिए ईमानदारी के साथ प्रयत्नशील थे। दलों के विचार-टकराने के टुर्र-पुर्र टुर्र-पुर्र शोर में शब्द धुँधले हो गए, जो कानों को एलियन प्रजाति की मातृभाषा होने का भ्रम दे रहा था। मुँह से निरंतर आवाजें बाहर निकल रही थीं, जो आवाज न होकर विचारों की अभिव्यक्ति का ऑडियो संस्करण था।

जहाँ तीनों वरिष्ठ साथी अपनी जान बचाने के लिए करो या मरो की नीति पर पेंच लड़ा रहे थे, वहीं बउआ सिंह असहयोग आंदोलन जैसा रुख अपना झमेले से दूर, सड़क पर खुलने वाले हॉल के दरवाजे पर खड़ा था। हालाँकि यह असहयोग सैद्धांतिक कारणों से न होकर निजी कारणों से था। वह दरवाजे पर खड़ा हो आने-जाने वाली स्त्रीलिंग कायाओं की एनाटॉमी निहार समय का सदुपयोग कर रहा था। अचानक मुस्कान उसके सामने से होकर सड़क की ओर भागी और वहाँ खड़ी कार में बैठ गई। मुस्कान को भागता देख बउआ सिंह चिंघाड़ने लगा। जिसे सुन बक्षी एंड कंपनी हरकत में आई और निकलने की कोशिश करने लगी। बक्षी साहब ने फिर से विन्रमता का हाथ थामा, पर भट्टाचार्जी बाबू ने भीड़ को रास्ते से हटाने के लिए पुलिसिया तरीका अपनाते हुए रिवॉल्वर निकल ली। मानव नामक जीव के हाथों में रिवॉल्वर, देखने वालों के लिए किसी चमत्कार से कम न था। जरूरी नहीं कि चमत्कार देख नतमस्तक हो जाया जाए, अपितु इसे निकट भविष्य में घटनेवाली अशुभ घटना की पूर्व चेतावनी मान, डरने के कर्तव्य का

पालन किया जा सकता है। इस अकल्पनीय चमत्कार के दर्शन उपरांत, भीड़ के दिमाग में सामूहिक रूप से एक ही विचार आया कि रिवॉल्वर का बोझ सँभालने के चक्कर में कहीं गलती से ट्रिगर दब गया तो? सहमत और असहमत दोनों दल परिणाम पर एकमत थे। जिद छोड़ सभी भट्टाचार्जी के इशारों पर नाचने लगे। सीना तानने वाले सीना छुपाने की जद्दोजहद में दूसरों को आगे बढ़ने का मौका देने के बड़प्पन में जुट गए, हालात ऐसे थे कि बड़प्पन की भारी सप्लाई हो रही थी, पर डिमांड न के बराबर थी। बड़प्पन को चुल्हे में झोंक सभी दीवार से चिपक गए, हालाँकि यहाँ अर्थशास्त्र के नियमों की धज्जियाँ उड़ चुकी थीं, पर अर्थशास्त्र के नजरिये से हालात को समझा नहीं जा सकता था, उसे समझने के लिए इतिहास से घटनाएँ उधार माँगनी होंगी। इस इंसानी जमावड़े की तुलना आप हिटलर के गैस चैंबर से कर सकते हैं। जहाँ इंसान एक-दूसरे के ऊपर परतों की तरह रखे जाते थे। फर्क बस इतना था कि यहाँ हर परत में सौ प्रतिशत जिंदा आदमी थे और जिंदगी हरकतें कर रही थी। मसलन अपना कान खुजाने के चक्कर में दूसरे के नाक में उँगली चली गई, लोग अपने अंगों को अपने अधिकार में रखने के चक्कर में दूसरों का क्या-क्या पकड़ने लगे, इसका वर्णन यहाँ नहीं किया जा सकता है। रास्ता खाली हो गया। भट्टाचार्जी बाबू दौड़े, उनके पीछे बक्षी साहब और गोपी दौड़े। मुस्कान को पकड़ पाते उससे पहले उसकी कार सड़क पर दौड़ने लगी। दोबारा जीप और कार के बीच पकड़म-पकड़ी का खेल शुरू हो गया।

जीप मुस्कान की कार से काफी पीछे थी। बक्षी साहब हर दो मिनट पर ड्राइवर को जीप तेज भगाने का अधिकारिक ऑर्डर देते। ऑर्डर मिलते ही ड्राइवर एक्सीलेटर पर पूरी ताकत से लात दे मारता, गाड़ी जरा-सी उछलती, थोड़ा चलती फिर मटकने लगती। जीप में बैठे बक्षी एंड कंपनी का पारा चढ़ता जा रहा था, सभी के मूड को भाँप ड्राइवर बोला, "सर सरकारी काम के लिए सरकारी जीप सबसे बढ़िया है, पर पर्सनल काम के लिए तो पर्सनल गाड़ी होनी चाहिए। बाजार में इस मॉडल की जीप के पुर्जे मिलने बंद हो गए। सुना है सरकार इस मॉडल की गाड़ियों को नेशनल म्यूजियम में नुमाइश के लिए रखने की योजना पर गंभीरता पूर्वक विचार कर रही है।" बात खत्म कर खी-खी कर हँस पड़ा। जीप में ड्राइवर के अलावा सभी मजबूर थे। इनमें से किसी को जीप चलानी नहीं आती थी, इसलिए चुप थे। मजबूरी किसी व्यक्ति विशेष का नाम न होकर आदमी

की औकात बताने वाली प्रकिया का नाम है। जिसे निम्न लक्षणों की सहायता से पहचान, अपनी औकात का अवलोकन किया जा सकता है। आम आदमी की मजबूरी आम किस्म की होती है, जो भूत की तरह बड़बड़ाती है, चीखती-चिल्लाती है, परिणाम भुगतने की धमकी भी देती है। सारे तामझाम करने के बाद, अध्यात्म भाव जागृत होता है, तब मजबूरी को ईश्वर का वरदान और जीवन की धूप-छाँव को प्रसाद मान आत्म-संष्तुष्टि का पाठ रटने में बिजी हो जाती है। अगर आपकी मजबूरी खास प्रकार की है तो आप दूसरों का सिर फोड़ेंगे, मॉल को आग के हवाले करेंगे, लोगों को नए-नए पाठ पढ़ाएँगे, और मानवता को ताक पर रख ट्रेन लाइन पर धरना पर बैठ, सुबह-सुबह होनेवाली रेलवे ट्रैक लोटा कॉन्फ्रेंस के प्रतिभागियों को संकट में डाल उनके नैसर्गिक अधिकारों का हनन करेंगे। पर बक्षी एंड कंपनी की मजबूरी इन दोनों वर्गों से अलग थी, वे न तो चीख सकते थे, न ही ट्रैक जाम कर सकते थे। बस चुपचाप बैठ, जीप के विषय में ड्राइवर का एक्सपर्ट कमेंट सुन सकते थे। दुनिया में मुफ्त का ज्ञान सुनने से कठिन कुछ और नहीं है, ये ड्राइवर की बातें सुनने के बाद सिद्ध हो गया।

बक्षी साहब के मोबाइल की घंटी बजी, कॉल किसी प्राइवेट नंबर से आया था। स्कीन पर कोई नंबर न देख खीझ कर बक्षी साहब ने फोन उठाया। दूसरी तरफ से आवाज आई, "एक घंटे के भीतर पैसे शहर के बाहर वाले पुराने किले पर पहुँचा दो। किसी भी तरह की चालाकी नुकसानदेह हो सकती है। तुम्हारी इज्जत के लिए समय कम है, काम समय पर होना चाहिए।"

बात खत्म होते ही फोन डिस्कनेक्ट हो गया। सभी की निगाहें बक्षी साहब से सवाल पूछ रही थीं। वे बोले, "साला ब्लैकमेलर का फोन था। एक घंटे में पैसा पुराने किले पर पहुँचाने की बात कह रहा था।"

"एक घंटे में?"

"हाँ एक घंटे में, पर हम उसे पैसे नहीं देंगे। इस औरत को पकड़ना सबसे जरूरी है, ये हमें ब्लैकमेलर तक पहुँचाएगी।"

"हम अगर नाकाम रहे इसे पकड़ने में तो?"

"गोपी इसे हर हाल में पकड़ना है जिंदा या मुर्दा।"

#31#

मुस्कान की कार पुलिस की जीप को शहर भर में गोल-गोल घुमाती रही। फिर एक बिल्डिंग के सामने जाकर कार रुक गई। गाड़ी से बाहर निकल मुस्कान उस बिल्डिंग के अंदर भागी। बिल्डिंग काफी पुरानी थी, लोहे के भारी गेट को धकेलते हुए वह ग्राउंड फ्लोर पर बने हॉल के भीतर घुस गई। उसका पीछा करते हुए बउआ सिंह और गोपी भी हॉल के भीतर घुस गए। दोनों को अपने नजदीक आते देख मुस्कान ग्रीन रूम की तरफ भागी और भीतर से दरवाजा बंद कर चिटकनी चढ़ाने की कोशिश करने लगी। गोपी और बउआ सिंह दोनों उसके पीछे भागे। काफी देर तक दोनों तरफ से दरवाजे पर जोर आजमाइश होती रही, मुस्कान सिटकनी बंद करने का भरसक प्रयास करती रही, पर इस जोर आजमाइश में उसका हाथ सिटकनी से दूर हो गया। सिटकनी चढ़ा पाती उससे पहले गोपी और बउआ सिंह पूरी ताकत लगा के दरवाजे को खोल ग्रीनरूम के भीतर घुस गए। गोपी मुस्कान के सामने खड़ा था, मुस्कान उसे धक्का दे कमरे से बाहर भागने की कोशिश करती है, पर दोनों उसे पकड़ लेते हैं। कलाइयों से पकड़ घसीटते हुए दोनों उसे हॉल में ले गए। सब से आखिर में बक्षी साहब हॉल में आए और आते ही मुस्कान की कनपट्टी पर बंदूक तान खड़े हो गए। बंदूक देख वह थरथर काँपने लगी, माथे से पसीना टपकने लगा। गरजते हुए बक्षी साहब ने कहा, “सच-सच बता तू किसके लिए काम करती है वर्ना सारी-की-सारी गोलियाँ तेरे भेजे में उतार दूँगा, छोड़ दो इसे।”

बक्षी साहब का आदेश मिलते ही दोनों ने उसकी कलाई छोड़ दी, मुस्कान को बंधन से आजाद कर गोपी उसका चेहरा गौर से देखने लगा, “इसे कहीं तो देखा है सर, चेहरा काफी देखा-देखा-सा लग रहा है।”

बउआ सिंह ने मुस्कान को घूरते हुए कहा, “अरे तेरी की ये तो मुर्गे की

बहन है! उस रोज कोर्ट में देखा था इसे सीबीआई जाँच की अर्जी दी थी इसने।"

"तुम सच कह रहे हो बउआ सिंह?"

बउआ जवाब देने के लिए मुँह खोलता उससे पहले मुस्कान बोली पड़ी, "हाँ, मैं रीहान की बहन हूँ और मैंने ही कोर्ट में याचिका दायर की थी। इंसाफ की माँग करना कोई गुनाह तो नहीं है, मैं अपने भाई की मौत की सच्चाई जानना चाहती हूँ।"

बक्षी साहब मुस्कान के करीब पहुँच उसकी आँखों में आँखे डालकर बोले, "अच्छा तो तुम हो उस साँप की बहन सँपोली, जो हमारे डेथ वारंट के जुगाड़ में लगी है। तभी मैं कहूँ तुझे देखकर लग रहा था जैसे कहीं देखा है, कोर्ट में सिर्फ तेरी झलक भर देखी थी।"

"पूरे समय ये पर्दे में चेहरा छुपाकर बैठी रही थी हमें उल्लू बनाने के लिए।" गोपी बोला।

"मैं तो सिर्फ एनकाउंटर के जाँच की माँग कर रही हूँ, इससे आप लोगों को क्या परेशानी है?"

"परेशानी, कोई परेशानी नहीं है। तुम्हें भी तुम्हारे भाई के पास पहुँचा देंगे। फिर सब ठीक हो जाएगा, ऊपर जाकर अपने भाई से ही पूछ लेना कि क्या हुआ था उसके साथ?"

"नहीं, आप लोग इस तरह कानून अपने हाथ में नहीं ले सकते हैं। आप का काम लोगों के जान की हिफाजत करना है न कि उनका कत्ल करना।"

"बउआ इसके दोनों हाथ बाँध दो।"

बिना समय गँवाए बउआ सिंह ने मुस्कान के दोनों हाथ पीठ की तरफ बाँध दिए। भट्टाचार्जी मुस्कान के करीब गया और कस के एक तमाचा उसके गालों पर जड़ दिया, तमाचा इतना जोरदार था कि वह लड़खड़ा कर घुटनों के बल गिर पड़ी और फिर जमीन पर लुढ़क गई। उसकी कमर पर लात मारते हुए भट्टाचार्जी बाबू बोले, "बता कौन है तेरा गुरु जिसके साथ मिलकर तू पुलिस को ब्लैकमेल करने की कोशिश कर रही है?"

लात की मार जबरदस्त थी। कराहते हुए बोली, "क्या बकवास कर रहे हैं आप लोग, कौन कर रहा है ब्लैकमेलिंग?" जवाब से नाखुश भट्टाचार्जी बाबू गुस्से में एक और लात दे मारी। लात पड़ते ही दर्द से तड़प उठी और मुँह से चीख निकल पड़ी, औंधे मुँह जमीन पर पड़ी रही, थोड़ी देर बाद अपनी साँसों

पर काबू कर बोली, "रहम करें मुझ पर, मैं बेकसूर हूँ। किसी ने मेरे बारे में आप लोगों को गलत खबर दी है। मैं तो थाने में कंपलेंट लिखवाने आई थी और आप लोग मुझ पर इल्जाम लगा रहे हैं।"

"अगर दो मिनट में पूरा सच नहीं बका तो तुझे भी वहीं पहुँचा देंगे जहाँ तेरे भाई को पहुँचाया था।" माथे पर रिवॉल्वर तानते हुए बक्षी साहब बोले, "ये रिवॉल्वर देख रही है, इसी से मारा था तेरे उस भाई को अब तेरी बारी है, बताती है या..."

मुस्कान के हाथ बँधे थे, वह जमीन पर पड़ी थी। इस खुलासे से उसकी रगों में बहता खून उबलने लगा। आँखों से शोले बरसने लगे, अपनी तकलीफ भूल चीखते हुए बोली, "उसे आतंकवादी क्यों कहा तुम लोगों ने?"

बक्षी साहब बोले, "वो आतंकी नहीं बनता तो हम सारे मारे जाते। दस के बदले एक सस्ता सौदा था।"

"तुम्हारी लापरवाही से उसकी मौत हुई थी तो उसे एक्सीडेंट क्यों नहीं कहा? क्यों बेगुनाह को मारकर उसके माथे पर कलंक लगा दिया?" इस बार मुस्कान की आवाज में नफरत साफ सुनाई दे रही थी।

"अगर एक्सीडेंट कहते तो हम इस समय जेल में चक्की पीस रहे होते, मरते-मरते तुम्हारा भाई हम सब का भला कर गया। देख आज हम लोग हीरो हैं। तुम अगर बता दो कि किसके कहने पर हमें शहर-दर्शन करा रही थी तो हो सकता है तुम्हारी जान बच जाए।"

"तुम लोग हीरो नहीं हो, देश के नाम पर धब्बा हो, मैं तो तुम लोगों से अपनी जान बचाती फिर रही हूँ। हमें खत्म करने के लिए ये कौन-सा नया प्रपंच है।" तभी प्राइवेट नंबर से बक्षी साहब के मोबाइल पर फोन आया। बिना वक्त गँवाए फोन उठाया। दूसरी तरफ से आवाज आई, "तुम में से पैसे लेकर कौन आ रहा है पुराने किले पर? याद रहे एक से ज्यादा आदमी नहीं चाहिए।"

"पैसे के साथ तुम्हारे लिए गिफ्ट भी भेज रहे हैं। तुम्हारा साथी हमारे कब्जे में है।"

"कौन साथी? बकवास बंद करो और चुपचाप पैसे पहुँचा दो वर्ना तुम्हारी जिंदगी में टाइम बम फूट जाएगा, कान खोल के सुन लो किसी भी तरह की होशियारी का नतीजा खतरनाक होगा।" इतना कह कर ब्लैकमेलर ने फोन काट दिया।

बक्षी साहब ने झुककर मुस्कान के बाल पकड़ लिए और बोले, "सच-सच बता इस साजिश में तेरा साथ कौन दे रहा है? ये सब तेरे अकेले के बस की बात नहीं है। जान प्यारी है तो सब सच बता दे।" मुस्कान का जवाब इस बार भी वही रहा कि वह कुछ भी नहीं जानती।

"एक बात बताओ, तुम लोगों ने मेरे भाई को जान से मार दिया, अब मुझे क्यों मारना चाहते हो? मैंने क्या बिगाड़ा है? रिपोर्ट लिखवाने की सजा मौत, ऐसा तो तालिबानी करते है (रुँधे गले से बोली) अगर तुम लोग कहो तो मैं सीबीआई जाँच की माँग वापस ले लूँगी। माँ-बाप का मैं ही सहारा हूँ, भगवान की कसम खाकर कहती हूँ। अपनी जुबाँ पर हमेशा के लिए ताला लगा लूँगी। मुझे छोड़ दें, मेरी जान बख्श दें।" और वह रोने लगी।

"सर, ये ऐसे नहीं मुँह खोलेगी। अगर आप ऑर्डर दें तो मुँह खोलने के दूसरे तरीके आजमाएँ। पचास लाख रुपयों की कीमत समझाएँ इसे।"

"तुम्हें जो ठीक लगे वो करो, पर हर हाल में इसका मुँह खुलना चाहिए। बउआ अगर ये मुँह न खोले तो ठिकाने लगा दो।"

बउआ सिंह ने झुक मुस्कान की गर्दन पकड़ ली। तभी हॉल का दरवाजा खुला और मीडिया वाले अपने कैमरों के साथ हॉल में प्रवेश कर गए। कैमरे देखते ही सभी को साँप सूँघ गया। बुर्के में एक महिला भीतर आई। मुस्कान के हाथ खोल कर उसे गले से लगा लिया।

कैमरों को देख सभी के रंग गिरगिट की तरह बदल गए। बक्षी साहब आगे बढ़कर उनसे बोले, "आप लोग एकदम सही समय पर आए हैं, गौर से देखिए इस औरत को, ये आतंकवादियों के लिए काम करती है। अपने साथियों के साथ मिलकर ये शहर भर में सीरियल बम ब्लास्ट को अंजाम देने वाली थी।"

एक पत्रकार बोला, "आप लोगों का कच्चा चिट्ठा सामने आ चुका है। आप लोगों की हैवानियत का नंगा नाच अब पूरी दुनिया देखेगी।" हॉल में कैमरों के फ्लैश लाईटें चमकने लगीं, चमक ने सभी का ध्यान अपनी ओर खींचा। मौके का फायदा उठा बक्षी साहब, भट्टाचार्जी बाबू, गोपी और बउआ सिंह एक-दूसरे को इशारा करते हैं। भट्टाचार्जी बाबू एक पत्रकार को अपने कब्जे में ले उसकी कनपट्टी पर रिवॉल्वर तान बोले, "सभी अपने फुटेज इधर दे दो वर्ना यहाँ से कोई भी जिंदा वापस नहीं जाएगा।"

भट्टाचार्जी बाबू की इस हरकत से वहाँ मौजूद सभी पत्रकार सहम गए।

भट्टाचार्जी बाबू की देखा-देखी बक्षी साहब भी पत्रकारों की तरफ रिवॉल्वर तान कर खड़े हो गए। चेहरे से नकाब हटा सुमेधा उनसे बोली, "देश के हीरो साहब बंदूक तानने से पहले ये तो देख लें कहीं ये खिलौना खाली तो नहीं है। वैसे भी आप का खेल खत्म हो चुका है। इस हॉल में चारों तरफ कैमरे लगे हैं, ये तमाशा इंटरनेट के जरिए पूरी दुनिया लाइव देख रही है।" सभी अपनी गर्दनें घुमाकर हॉल के चारों तरफ देखते हैं। कैमरे देखते ही बक्षी साहब जमीन पर गिर पड़े। भट्टाचार्जी बाबू सिर खुजाने लगे। गोपी हाथ-पाँव पटकने लगा।

हॉल का दरवाजा खोल कर पुलिस ने भीतर प्रवेश किया। भीतर का नजारा हैरान करनेवाला था। पत्रकारों ने बक्षी साहब, भट्टाचार्जी बाबू और बउआ सिंह के हाथ बाँध, तीनों को कुर्सी पर बिठा रखा था और सभी चारों तरफ घेरा डाल कर खड़े थे। एक पत्रकार ने मजाक उड़ाते हुए कहा, "आखिरी बार कुर्सी पर बैठने का आनंद उठा लीजिए।"

पुलिस को देखकर सभी एक तरफ जाकर खड़े हो गए। तीनों को हथकड़ी पहना पुलिस, पुलिस को गिरफ्तार कर के ले गई। सड़क पर तमाशबीनों की भारी भीड़ इकट्ठा थी। जिसने भी ये नजारा देखा दंग रह गया। उन्हें अपनी आँखों पर विश्वास नहीं हो रहा था, कोई भी ये नहीं समझ पा रहा था कि चोर कौन है और पुलिस कौन। थाने में मुस्कान के साथ हुई बदसलूकी का वीडियो, दुलाल बाबू की मदद से इंटरनेट के जरिए घर-घर तक पहुँच चुकी थी। हॉल में मुस्कान के मारने की कोशिश का लाइव वीडियो हर मिनट इंटरनेट पर अपलोड हो रहा था। ये खबर महामारी की तरह फैल गई। लोग इन काली करतूत वाले पुलिस को हाथों में हथकड़ी पहने देखने के लिए आतुर हो रहे थे। तमाशबीनों की भीड़ बढ़ती गई। चार दिन पहले जो पुलिसवाले जनता के हीरो थे, आज वे गुनहगार थे। उनके हाथों में हथकड़ी थी। लोगों के बीच खुसर-फुसुर होने लगी।

भीड़ में खड़ी एंबुलेंस में बैठे एक दुबले-पतले बुजुर्ग मरीज ने अपनी ठुड्डी को सहलाते हुए सामने की सीट पर बैठे युवक से कहा, "चोर को पकड़ते हुए पुलिस को कई बार देखा है, पर पुलिस, पुलिस को पकड़ती है ऐसा पहली बार देखा रहा हूँ।"

युवक बोला, "चाचा जियोगे तो बहुत कुछ देखोगे। ये तो बस शुरुआत भर है। लेट जाओ वर्ना तबीयत और खराब हो जाएगी।"

युवक का कहना मान बुजुर्ग झट सीट पर लेट गया और युवक से बोला,

"हाँ, बेटा बात तो तुम ठीक कहते हो, अब जीना तो पड़ेगा। घर में बोर हो रहा था इसलिए सोचा चलो उखड़ के भगवान के घर बस जाते हैं लेकिन अब उखड़ना कैंसिल।"

"वो भला क्यों चाचा?"

"बेटा समाचार चैनल वाले कम-से-कम महीने भर पुलिस वालों की खबर दिखाकर मनोरंजन करते रहेंगे तो दिल लगा रहेगा, माना की जन्नत की हुरों की बात ही कुछ और है, पर उन में वह बात नहीं जो हमारी खबरों में है।"

"तो चाचा मरना कैंसिल?"

"हाँ बेटा कैंसिल, कौन कम्बख्त इतना मनोरंजन छोड़कर हूरों के पीछे भागे? वैसे भी सब-की-सब बुढ़ा गई हैं। चल ऑक्सीजन मास्क लगा। सुन तेरे हस्पताल में टीवी है न?"

"चाचा सब है, तुम चलो तो सही, हमारे आधे मरीज तो टीवी देखकर ही भले-चंगे हो जाते हैं।"

#32#

हॉल के भीतर का ड्रामा खत्म होने के बाद सुमेधा, सोमेश से मिलने ऑफिस जाती है। सुमेधा को अपने सामने देख सोमेश कुर्सी से उठा और दौड़कर उसे गले से लगा लिया, "वेल डन सुमेधा वेल डन! साँप भी मर गया और लाठी भी नहीं उठानी पड़ी।"

सुमेधा बिना कुछ बोले सुनती रही।

"क्या हुआ तुम खुश नजर नहीं आ रही हो, कोई टेंशन है क्या?"

बिना कुछ बोले सुमेधा ने अपने हैंड बैग से एक सीडी निकालकर उसे थमा दी।

"क्या है यह?" सीडी देख सोमेश ने पूछा।

"इसमें एक और स्टिंग ऑपरेशन रिकॉर्ड है।"

सोमेश अचरज भरी निगाहों से उसकी ओर देखने लगा। सुमेधा टेबल के पास खड़ी हो सीडी की तरफ इशारा कर बोली, "सीडी में पिछले स्टिंग की सारी जानकारी है, आप की जुबानी।"

सीडी सोमेश के लेपटॉप में डाल, प्ले कर स्क्रीन सोमेश की ओर कर दिया और उसके चेहरे की तरफ देखने लगी। सीडी देख सोमेश आगबबूला हो गया। गुस्से में वह थर-थर काँपने लगा। उसके हाथ-पाँव ठंडे होने लगे। माथे पर हाथ रख एकटक सुमेधा को देखता रहा।

"अब आप को फैसला करना है कि आप मुर्गे के एनकाउंटर से जुड़ी तमाम जानकारियों को चैनल पर सार्वजनिक करते हैं या फिर दुनिया आपकी जुबानी उस एनकाउंटर का पूरा सच जाने। फैसला करने के लिए आधे घंटे का समय है आप के पास, उसके बाद ये सीडी इंटरनेट पर छा जाएगी। ये मेरा इस्तीफा है।" एक लिफाफा टेबल पर रखकर बाहर जाने लगी।

"सुमेधा ये क्या बचपना है? बंद करो ये सब!" और सुमेधा का रास्ता रोककर खड़ा हो गया।

"मुझे रोककर कोई फायदा नहीं होगा, मेरे हाथ में कुछ भी नहीं है।"

"मुझे डबल क्रॉस करने के बारे में तुमने सोचा भी कैसे? लगता है तुम्हें मेरी पहुँच का ठीक से अंदाजा नहीं है, तभी ये बेवकूफी कर रही हो (गुस्से से उसकी बाँह पकड़ ली) तुम हमारी बातें रिकॉर्ड कर रही हो?"

सुमेधा ने न में सिर हिलाया, "धोखे का बदला तो धोखा ही होता है। वैसे आपके पास ये गोल्डन अपॉरच्युनिटी है खुद को देशभक्त साबित कर हीरो बनने की, सच्चाई का साथ दे दीजिए।"

हालात की गंभीरता को समझते हुए सोमेश ने चुप रहना ही उचित समझा। सुमेधा चली गई। टेबल पर रखे पानी के ग्लास को सोमेश ने गुस्से में जमीन पर पटक दिया। काँच के छोटे-छोटे टुकड़े यहाँ-वहाँ पसर गए।

सुमेधा के दिए डेडलाइन से पहले ही 'सबकी खबर' चैनल ने एनकाउंटर का सारा सच दुनिया के सामने रख दिया। एंकर उछल-उछलकर एक-एक सच से पर्दा उठाने लगा। इस खुलासे ने सरकार के कान खड़े कर दिए। आनन-फानन में प्रधानमंत्री ने सहयोगी दलों की आपात बैठक बुलाई। बैठक में सभी पार्टी इस बात पर एकमत थीं कि सरकार को हर हाल में बचाना है। मामला अल्पसंख्यक समुदाय से जुड़ा था। अखिलेश सिंह और उसकी पार्टी से सरकार की सेक्यूलर छवि को खतरा था और इस खराब छवि का खामियाजा आगामी चुनाव में उठाना पड़ सकता था। सभी को अपनी साख और कुर्सी, डूबती नजर आने लगी। सभी ने एकमत से अखिलेश सिंह की पार्टी को सरकार से बाहर का रास्ता दिखा दिया। दबाब में आकर अखिलेश सिंह ने अपना इस्तीफा सौंप दिया। मीडिया के सामने फेक एनकाउंटर के लिए बाघमारे को उत्तरदायी ठहरा, घटना की नैतिक जिम्मेदारी लेते हुए अखिलेश सिंह ने पद से इस्तीफा दे दिया। सरकार ने घटना की नए सिरे से जाँच के आदेश दिए। घटना की गलत जानकारी देने के दोषी पुलिसवालों के खिलाफ कड़ी कार्रवाई की घोषणा के साथ साथ मुर्गे के परिवार को भारी मुआवजा देने की घोषणा की।

अस्पताल से डिस्चार्ज हो, मुस्कान एंबुलेंस में सुमेधा से मिलने उसके घर गई। साहिल भी वहाँ मौजूद था। दोनों ने लंबी मुस्कुराहट के साथ उसका स्वागत किया।

"चेहरा देखकर तो लग रहा है कि तुम भली-चंगी हो, डॉक्टर का क्या कहना है ?"

"यही कि मैं भली-चंगी हूँ, वैसे साहिल भाई आप के चेहरे को देखकर जाहिर हो रहा है कि आपका मिशन परमानेंट गर्लफ्रेंड भी सफल रहा।"

"हाँ एकदम सही समझी हो, लड़की मान गई है, अब बस लड़कीवालों को पटाना है।"

सुमेधा ने बीच में टोकते हुए पूछा, "कौन मान गई है ? मैंने तो कुछ कहा ही नहीं।"

"तुम से किसी ने पूछा भी नहीं। वैसे हर बात पूछी नहीं जाती है। कुछ बातें समझने की होती हैं। तुम्हारी खामोशी ने सब कह दिया। मुस्कान, अगर ये अपनी बात से पलटे तो तुम गवाह रहना मेरी तरफ से।" तीनों एक साथ हँस पड़े। सुमेधा के दोनों हाथों को जोड़ उस पर मुस्कान ने अपना सिर रख दिया। फिर उन हाथों को चूमते हुए बोली, "ऊपरवाला आप दोनों को ढेर सारी खुशियाँ दे (कहते-कहते उसकी आँखें भर आईं) आप दोनों ने जो एहसान किया है मेरे परिवार पर वह तो कोई फरिश्ता ही कर सकता है, मेरे लिए आप ने अपनी जान तक की परवाह नहीं की, आप दोनों को मेरी उमर लग जाए।"

"इतनी उम्र लेकर मैं क्या करूँगा ? वैसे भी लड़कियाँ बुड्ढों को घास नहीं डालती हैं।" साहिल की बात पर मुस्कान की हँसी छूट गई।

"और हाँ ये मत समझो कि अपनी उमर हमें दान में देकर बच जाओगी। हमारी शादी में बिरयानी तुम्हारी तरफ से होगी वह भी एकदम फ्री, बोलो डन।"

"डन, पर थोड़ा जल्दी करें, मेरी याददाशत कमजोर हो जाए उससे पहले शादी कर लें।"

"तुम सरकारी बाबुओं की घूस खाने की आदत नहीं बदलेगी।"

"ओहो होने वाली पत्नी जी आप कब समझेंगी की पुरानी आदतें जाते-जाते ही जाती हैं।" साहिल की बात पर दोनों हँस पड़ीं।

सुमेधा ने मुस्कान से कहा, "दुलाल बाबू को जाँच पूरी होने तक सस्पेंड कर दिया गया है। हमारे शांतिपुर के खलनायकों की काली करतूतें इंटरनेट की दुनिया में छा चुकी हैं। वैसे हमें दुलाल बाबू का एहसानमंद होना चाहिए। उसकी मदद के बिना ये संभव नहीं था। अगर उसने रिवॉल्वर खाली न की होती तो इस वक्त हम सभी का राम नाम सत्य हो चुका होता। बक्षी एंड कंपनी को सजा दिलाने के

लिए सारे सबूत पुलिस के पास हैं। थाने के भीतर एक महिला के साथ ज्यादती की वीडियो क्लिपिंग्स हीरोज को विलेन बना चुकी हैं। शहर में जगह-जगह महिला संगठन इनके खिलाफ प्रदर्शन कर रहे हैं और इनकी तस्वीरों पर जूते के हार डाल उन्हें गधों की पीठ पर चिपका शहर भर की सवारी करवाई जा रही है।"

कमरे में हँसी के बाढ़ आ गई। हँसते-हँसते मुस्कान रो पड़ी। उसका सिर अपने सीने पर टिका सुमेधा भी खामोश रही। कमरे में पूरी तरह खामोशी छा चुकी थी। साहिल ने पानी का ग्लास मुस्कान की तरफ बढ़ाया। दो घूँट पीने के बाद ग्लास साहिल को वापस दे दिया। दोनों हाथों से अपने आँसू पोंछती हुई बोली, "ये सजा काफी नहीं है... जब तक कानून इन्हें सलाखों के पीछे सड़ने के लिए फेंक नहीं देता तब तक मुझे चैन नहीं आएगा। रीहान की आत्मा को चैन नहीं मिलेगा, इन लोगों ने मुझ से मेरा भाई ही नहीं छीना, मेरे भाई से जीने का हक और इज्जत से मरने का हक भी छीना है। बेगुनाह को गुनहगार बना उसके मुँह पर हमेशा के लिए कालिख पोत दी।" काफी देर तक कमरे में सन्नाटा पसरा रहा। मुस्कान खामोशी को तोड़ते हुए बोली, "कुछ रिश्ते अजीब होते हैं। रीहान मेरा छोटा भाई था, पर ये भाई-बहन का रिश्ता पूरी तरह से सच नहीं था। कभी वह बाप बन दुनिया के बारे में फिलॉसफी झाड़ता, लड़कियों के बारे में लोगो की क्या सोच है, कैसे उन्हें लोगो को परखना आना चाहिए जैसी बड़ी-बड़ी बातें समझाता। तो कभी बड़ा भाई बन मेरी तरफ देखने वालों की अच्छी तरह से खबर लेता, तो कभी मेरा बेटा बन जाता और अपनी हर जिद मनवाता (हल्का मुस्कुराते हुए बात जारी रखी) अपनी बात मनवानी होती तो अपने छोटे होने की हजार दलीलें देता। मम्मी-पापा के गुस्से से बचने की बारी आती तो झट छोटा भाई बन जाता और इमोशनल ब्लैकमेल करने लगता (गला रुँध गया) उसने हमेशा मुझे अपनी ढाल की तरह इस्तेमाल किया था। नहीं, सच तो ये है कि हम दोनों ही एक-दूसरे की ढाल थे। रीहान की मौत ने मुझ से मेरा सबसे कीमती रिश्ता छीन लिया (मुस्कान की आँखों से आँसू और मुँह से शब्द धीरे-धीरे बह रहे थे) मेरी हर चीज में उसका हक था, हर चीज आधी-आधी बँटती थी। यहाँ तक कि हमारे हर राज बँटते थे (आह भरते हुए अपनी बात जारी रखी), जब मैं चार साल की थी तब वो मेरी जिंदगी में आया था। एक दिन स्कूल से लौटी तो पता चला मम्मी मेरे लिए भाई लाने हॉस्पिटल गई हैं, शुरू में काफी दिनों तक उससे कटी-कटी रहती थी। हर कोई उसका खयाल रखता, घर में मेरी जगह

अब उसने ले ली थी। अपनी नन्ही-सी दुनिया में मैं पूरी तरह अलग-थलग पड़ गई-थी। एक दिन मम्मी ने उसे मेरी गोद में डालते हुए कहा, ये तुम्हारे लिए है, तुम्हारा खिलौना है, इसके साथ अपनी बार्बी डॉल की तरह पेश आओ, प्यार करो, फिर देखना कैसे तुम्हारी हर बात मानेगा। तुम बड़ी हो, समझदार हो, ये तो नादान है, इसे क्या समझ, देखती हो न अपने कपड़ों में सुसु कर देता है... उस दिन मैंने उसे अपनी नन्ही बाहों में भर लिया था, उस घड़ी से उस पर अपना हक समझती आई थी। मेरा बाप, भाई, दोस्त, बेटा, हमराज सब चला गया। उसके जाने के बाद अधूरा महसूस करने लगी हूँ मानो मेरा आधा हिस्सा मर गया है।"

"आगे क्या करने का इरादा है?"

"लॉ की प्रैक्टिस करने की सोच रही हूँ। अलमारी में डिग्री पड़ी-पड़ी धूल फाँक रही है, खयाल आया कि मेरे भाई के साथ जो कुछ हुआ ऐसा बहुतों के साथ होता होगा। उन लोगों को इंसाफ दिलाने के लिए काम करूँगी तो रीहान को अच्छा लगेगा।"

"गुड! मैंने भी यही सोचा है, नौकरी तो रही नहीं, तो खुद की नौकरी करने का प्लान है। बहुत हो गई दूसरों की गुलामी, मेरे साथ काम करोगी?"

"मैंने तो सोचा था काफी जूते घिसने पड़ेंगे पर यहाँ तो किस्मत मुझ पर मेहरबान है।"

"तो सुमेधा एंड मुस्कान कंपनी मेहरबान किस्मत को सेलिब्रेट करने के लिए एक कप चाय हो जाए?"

"बेशक वैसे साहिल हनी तुम हमारे ऑफिस में चाय वाले की नौकरी कर सकते हो।"

"मुझे कोई तकलीफ नहीं है। तुम अच्छी तरह सोच लो हैंडसम चायवाले को देखने के बहाने यहाँ लेडी क्लाइंट्स की भीड़ लग जाएगी, फिर शिकायत मत करना।"

"और कितनी गलतफहमियाँ पाल रखी हैं? रामू चायवाले, चाय में अदरक डालना मत भूलना वर्ना कॉन्ट्रैक्ट कैंसिल।"

"जो हुक्म मेमसाहब!"

#33#

प्राथमिक उपचार के बाद डॉक्टरों ने मुस्कान को घर जाने की इजाजत दे दी, गोपी के साथ हुई हाथापाई के दौरान उसके शरीर पर काफी चोटें आई थीं, पर चोटें गंभीर नहीं थीं। एक हफ्ते तक मुस्कान को पूरी तरह आराम करने की सलाह दी गई। अस्पताल से बाहर निकल वह सीधे सुमेधा के घर गई। उससे मिलने के बाद अपने घर आती है, घर के बाहर लोगों की भीड़ जमा थी। पास-पड़ोस के लोगों के साथ बड़ी संख्या में मीडियावाले हाजिर थे। एंबुलेंस से उतर भीड़ को चीरती हुई मुस्कान घर के भीतर चली गई और भीतर से दरवाजा बंद कर लिया। पत्रकार उससे बात करने की कोशिशें करते रहे। उनकी दरख्वास्त का जवाब बंद दरवाजा था जो लाख कोशिशों पर भी बंद ही रहा। इधर गुनहगारों के पकड़े जाने के संग-संग समाचार चैनलों पर मुर्गे की बेगुनाही की खबर फैल गई। सभी चैनल उसका गुणगान करने लगे। उसकी मौत पर आँसू बहाने लगे, एक पल के लिए तो लगा मानो रीहान की मौत से पूरी मीडिया बेवा हो गई है। एक बार फिर उसकी तस्वीरें छोटे पर्दे पर छा गईं। लोकतंत्र की खिड़की के नीचे विचारों का कबड्डी मैच शुरू हो गया। सत्य घटनाओं पर फिल्में बनाने वाले एक फिल्म निर्माता ने उसकी कहानी पर फिल्म बनाने का एलान कर दिया। कई नामचीन कलाकार बिना मेहनताना लिए फिल्म में काम करने के लिए बेकरार दिखे। उधर न्यूज चैनलों पर चिर-परिचित आवाजें और डॉयलाग सुनाई देने लगे, "गौर से देखिए इन दरिंदे पुलिसवालों को, एक बेगुनाह को मारकर उसे आतंकवादी बना दिया। कानून तो गुनहगारों को सजा देगा, पर जनता क्या सजा देगी?"

चैनलों पर चर्चाओं के दौर शुरू हो गए, टीवी स्क्रीन के छह टुकड़े हुए। एक में कार्यक्रम की सूत्रधार और बाकी के पाँच टुकड़ों में अलग-अलग लोग नजर आने लगे। फिर मछली बाजार सज गया। विचार से विचारों की टकराहट

की खनक से जनता जागरूक हो गई और गर्दन हिला-हिलाकर शब्दों का कबड्डी मैच देखने में व्यस्त हो गई।

काफी देर बाद दरवाजा खुला, मुस्कान बाहर आई। उसे देखते ही पत्रकार उसकी ओर दौड़ पड़े, और उससे बात करने की दरख्वास्त करने लगे। मुस्कान पत्रकारों से बात करने को राजी हो गई। एक पत्रकार ने उससे सवाल किया, "अब जबकि आपके भाई के गुनहगार सलाखों के पीछे हैं, आप कैसा महसूस कर रही हैं?"

सवाल सुन मुस्कान ने उस पत्रकार को ऊपर से नीचे तक हैरत भरी निगाहों से देखा और उसके सवाल का आखिरी हिस्सा दोहराया, "कैसा महसूस कर रही हूँ (कुछ सेकेंड चुप रहने के बाद पत्रकार की तरफ देखते हुए बोली) ठगा हुआ महसूस कर रही हूँ, मेरे भाई के दो गुनहगार हैं एक पुलिस और दूसरे आप लोग, दोनों ने अपने स्वार्थ में आकर उससे उसकी पहचान छीन उसे आतंकवादी बना दिया था। पुलिस को तो उसके किए की सजा मिल गई, दूसरे गुनहगारों को क्या सजा मिलनी चाहिए, पता नहीं।" इतना कह वह घर के भीतर चली गई और दरवाजा बंद कर लिया।

भट्टाचार्जी से मिलने जूही जेल जाती है। उसे देखते ही भट्टाचार्जी की सूनी आँखें उम्मीद से चमकने लगीं। आगे बढ़कर उसने जूही का हाथ अपने हाथों में ले लिया और कहने के लिए शब्द ढूँढने लगा। जूही अपना हाथ भट्टाचार्जी के हाथों से खींच, आँखे फेर कर बोली, "तुम कोई नया झूठ सोचो और मुझे समझाने की कोशिश में समय बरबाद करो, उससे बेहतर है ये पेपर पढ़ लो और इस पर साइन कर दो।"

"क्या है ये जूही?"

"तलाक के पेपर हैं। इसमें लिखा है कि हम दोनों आपसी सहमति से तलाक ले रहे हैं।"

"तलाक! पर क्यों जूही, मैंने क्या गलत किया है तुम्हारे साथ? जो कुछ हुआ उसका असर हमारे रिश्ते पर नहीं पड़ना चाहिए। ये सरासर गलत है। मैं तुम से प्यार करता था और करता हूँ। कभी तुम्हें धोखा नहीं दिया फिर तलाक क्यों, मुझे माफ कर दो जूही, मुझे पता है तुम पर क्या बीत रही है पर..."

"तुम नहीं जानते हो मुझ पर क्या बीत रही है। तुम पर भरोसा था कि तुम कभी धोखा नहीं दोगे। कितना नाज करती थी तुम पर, घमंड से सब के सामने

तुम्हारी तारीफें करती रहती थी। तुम ने जो किया उसकी सजा तो तुम्हें अदालत देगी, पर मुझे मेरी भूल की सजा मिल गई। अपने माँ-बाप का दिल दुखाकर तुम से रिश्ता बनाया था, ये उसी की सजा है। सालों तुम्हारे चेहरे का मेकओवर करती रही, पर दिल में झाँक कर नहीं देखा, बाबा ठीक ही कहते थे, मैं आँखों वाली अंधी हूँ। चश्मे की जरूरत मेरी आँखों को नहीं, दिमाग को थी। खैर अब सब कुछ साफ-साफ दिखाई दे रहा है। आगे सिर्फ घना अँधेरा है।"

"मुझे माफ कर दो जूही, एक बार नजरें तो उठाकर देखो मेरी तरफ, मैं कितना भी गलत क्यों न हूँ, पर तुम्हारे लिए मेरा प्यार सच्चा है। कभी सपने में भी तुम्हें धोखा नहीं दिया।"

जूही नजरें झुकाए बोलने लगी, "तुम्हारे इस रूप की कभी कल्पना नहीं की थी। मेरी माफी से कुछ नहीं बदलेगा। जो दाग तुमने दिया है हमें उसी के साथ जीना होगा। अच्छा, चलती हूँ शायद दोबारा मुलाकात न हो।" जूही हारे हुए कदमों से वापस जाने लगी। भट्टाचार्जी की तरफ उसकी पीठ थी। कुछ कदम चलने के बाद रुकी और बिना मुड़े हुए बोली, "सुनो, तुम पैसों की चिंता मत करना। तुम्हारा केस लड़ने के लिए जो भी खर्चा होगा उसकी जिम्मेदारी मेरी है। तुम्हारा केस हर हाल में लडूँगी, पर भगवान से हर घड़ी यही दुआ माँगती हूँ कि बुराई की हार हो।"

जूही चली गई, भट्टाचार्जी सिर झुकाए हाथ में तलाक के कागज को पकड़े बैठा रहा।

#34#

हॉल से शांतिपुर थाना के कर्ता-धर्ताओं को हथकड़ी पहना पुलिस लॉकअप में ले गई। लॉकअप की गर्म जमीन पर गोपी बाबू का दिमाग तेजी से गुलाटी मारने लगा। बक्षी साहब बड़े क्यूट थे। तिकड़मबाजी को प्रणाम कर जमीन पर लेट खर्राटे मारने लगे। बउआ सिंह को प्यार में उस समय गहरा धक्का लगा जब उसे ये राज पता चला कि उसकी शिमरन कोई और नहीं, बल्कि मुस्कान थी। और वो उसका फायदा उठा रही थी। पर बउआ ने उसे माफ कर दिया है। क्योंकि वो अब वो सिमरन को नहीं, मुस्कान को चाहता है। गोपी जासूस ने फिर एक कहानी रची। इस बार कहानी कुछ यूँ थी कि वे अपनी कामयाबी को सेलिब्रेट करने के मकसद से 'पुलिस बलमा' नामक नाटक की रिहर्सल कर रहे थे। और इस नाटक का प्रस्ताव मुर्गे की बहन की ओर से आया था। वे तो उसे पहचानते नहीं थे। और जो कुछ दुनिया ने इंटरनेट के जरिए देखा वो उन्हें फँसाने के लिए था। नाटक का अंश था। गोपी के आइडिया ने फिर से सब में जान फूँक दी। उम्मीद की किरण अब भी इनके चेहरे पर दिखाई देती है। बचाव पक्ष के वकील भी गोपी की इसी आइडिया को ढाल बनाकर कोर्ट में लड़ रहे हैं। गोपी की कहानी की सत्यता की जाँच जारी है।

फेक एनकाउंटर के सारे आरोपी इस समय जेल की हवा फाँक रहे हैं। दुलाल बाबू और रोमेश बाबू जाँच पूरी होने तक ड्यूटी से सस्पेंड हैं। एक उच्च स्तरीय समिति मामले की निष्पक्ष जाँच कर रही है। उम्मीद है कि इतना रायता फैलने के बाद मुर्गे को इंसाफ मिलेगा। वैसे अदालत उसे सभी आरोपों से बाइज्जत बरी कर चुकी है, पर जब तक उसके गुनहगारों को सजा नहीं मिलती, इंसाफ अधूरा है। मुस्कान इंसाफ के लिए अदालत में मुकदमा लड़ रही है। जरूरी नहीं है कि मुर्गे को इंसाफ आज ही मिले, पर भरोसा रखिए इंसाफ मिलेगा जरूर।

इंसाफ की अपनी प्रकिया है। लँगड़ाते-लँगड़ाते वह इंसाफ करती है। समय लेकर हर चीज को ठोक-बजाकर देखती-परखती है, तब कहीं जाकर इंसाफ देती है। पहले जाँच होगी, उसमें समय बीतेगा, फिर उस जाँच की जाँच होगी, फिर उस जाँच की रिपोर्ट लिखी जाएगी। लिखने के लिए समय तो चाहिए। फिर उसे पढ़ने के लिए समय चाहिए। जिरह होगी तो पन्नों के पहाड़ बनेंगे, फिर उसे पढ़ने में समय लगेगा। काले कोट में लोग अंत तक मामले को घुमाने की कोशिश करेंगे। अगर बिजली विभाग की रोशनी में इंसाफ करने में दिक्कत पेश आई तो जनता मोमबत्ती जलाकर मद्धिम रोशनी कर देगी, फिर तो मुर्गे को हर हाल में इंसाफ मिलेगा। पर कब और किस दिन, ये कहना किसी के बूते की बात नहीं, बस इतना भरोसा रखिए की इंसाफ जरूर मिलेगा। भले ही वह इंसाफ इंसाफ न रहकर भिखारी के कटोरे में भीख के सामान लगे, पर मिलेगा जरूर। इसी इंसाफ की आस में लोग अपनी जवानी से लेकर जान तक झोंक देते हैं इस लड़ाई में, अगर लड़ने वाले होंगे तो इंसाफ भी जरूर होगा। फिर जब दोषियों को सजा मिलेगी तो पता चलेगा कि इस पूरी कानूनी प्रक्रिया के दौरान दोषी जेल में उम्र कैद काट चुके हैं और इंसाफ के हिसाब से इनका कुल छह महीने जेल में रहना बनता है क्योंकि सजा तो ये काट चुके हैं। सच्चाई कुछ भी हो किसी बेगुनाह पर अन्याय होगा तो इस अन्याय के खिलाफ आवाज उठाने वाले भी होंगे। इंसाफ की लड़ाई लड़ने वाले भी होंगे।

गोपी बाबू दुसरी दुनिया में हैं। भट्टाचार्जी, जूही के विरह में दुखी हैं। जेल में बउआ सिंह की मजे में कट रही है, पर मुसीबत तो दूसरों की है, जो उसके बिन पोलियो की खुराक वाले चुटकुलों को झेलने को मजबूर हैं। इन चुटकुलों से बचकर जेल की चहारदीवारी में जाएँ तो जाएँ कहाँ? इसी सोच में सिमटकर बेचारे दूसरे कैदी वजन में आधे रह गए हैं। बक्षी साहब की दशा धोबी के कुत्ते जैसी है। बेचारे हर समय बउआ सिंह के चुटकुले सुनने को मजबूर हैं। हालाँकि बउआ सिंह का 'मुँह बोला साले वाला' स्पेशल स्टेट्स खत्म हो चुका है। फिर भी आदतन उसे झेल रहे हैं। बीबी के गुलाम की पुरानी आदतें जाते-जाते ही जाती हैं। जेल का हर दूसरा कैदी बउआ की रिहाई के लिए भगवान के सामने सुबह-शाम दिल से प्रार्थना करता रहता है। अब ऐसा कैसे संभव है कि जेल से सैकड़ों कैदी एक साथ भाग जाएँ? तो सैकड़ों कैदी एक साथ मिलकर बउआ सिंह को जेल से भगाने की कोशिश करते रहते हैं, पर हाय री इनकी फूटी

किस्मत, हर कोशिश औंधे मुँह जमीन पर गिर पड़ती है। वैसे इन सब में सबसे बुरा हाल रोमेश बाबू का है। सस्पेंशन का डंडा खा अपने रजिस्टर से बिछड़ने का भावनात्मक आघात दिल में छुपाए घर में बैंठे, अपने प्राणों से प्यारे रजिस्टर को काफी मिस करते हैं। बरसों जिस में नजरें गड़ा के बैठे रहते थे, वह अब उनसे दूर थी। रजिस्टर पाने की कई कोशिशें कीं, पर सरकार है कि उन्हें रजिस्टर देती ही नहीं। आखिर जो कुछ हुआ उसमें इन बेचारे का क्या दोष था, ये तो घटना के चश्मदीदों में भी शामिल नहीं थे। घटना के समय दीन-दुनिया से बेखबर रोमेश बाबू अपने रजिस्टर में मुँह गड़ाए बैठे थे। रायता औरों ने फैलाया, सजा इनको मिली। रायता फैलाने वालों को सबक सिखाने के लिए सरकारी गवाह बनने का खयाल दिमाग में छलांग मारता रहता है, पर इस डर से चुप हैं कि कहीं और रायता न फैल जाए।